연리지가
있는 풍경

연리지가 있는 풍경

김종성 소설

문이당

■ 작가의 말
환경 문제라는 이름의 화두

　시행사가 부도를 내고 공사를 중단하는 바람에 우여곡절 끝에 공사를 재개했던 전원 아파트에 입주한 후에도 크고 작은 일들이 꼬리를 물고 일어났다. 정부 투자 기업체가 수도권 석유 비축 기지를 마을 인근의 야산 너머에 만들고, 그곳으로 가는 송유관로를 마을의 주택가 한복판에 매설한다는 소식이 마을에 전해졌다. 나는 대책 위원장을 맡아 정부 투자 기업체를 상대로 지난한 싸움을 하게 되었다. 뿐만 아니라 골프장이 '마을의 환경 문제'와 직·간접적으로 얽혀 있다는 사실을 깨닫고 골프장 환경오염 대책 위원회를 구성해 '마을 환경 운동'을 펼쳐 나갔다.

　'마을 환경 운동'은 나로 하여금 '환경 문제'라는 이름의 화두를 잡고 10년 세월을 보내게 했다. 그동안 나는 대학원에도 진학하여 한국 환경 생태 소설을 전공해 송하춘 선생님의 지도로 학위 논문을 쓰기도 했다.

　환경 문제는 사회 문제에서 나왔다고 생각하는 머레이 북친에 많은 관심이 갔다. 그의 사회 생태론은 환경 위기의 원인을 인간을 포함한 모든 생명 세계를 상품화하려는 시장 논리에 기인한다는 데 초점을 맞추어 인간 사회의 구조적 문제에서 찾기 때문에 인간이 지닌 지배 속성에 주목한다. 사회 생태론은 인간의 무자비한 자연 지배를 초래한 사회 구조적 요인을 찾아 개혁하는 것이 우선이라는 입장을 견지하며 역사의 진보를 이루어 낼 인간의 잠재력을 전폭적으로 지지한다는 점에서 아르네 네스 등의 근본 생태론과 다른 입장을 보인다고 하겠다.

환경 문제를 소재로 한 열 편의 중·단편 소설 가운데 세 편은 《말 없는 놀이꾼들》에 실었고, 이번에 펴내는 《연리지가 있는 풍경》에는 나머지 중·단편 소설 가운데 여섯 편을 실었다. 《연리지가 있는 풍경》은 환경 생태 소설집이 되는 셈이다.

문이당에 원고 투고를 한 후 나는 마치 신인 문학상에 작품을 투고해 놓고 기다리던 때의 심정이 되었다. 여러 해 전 세상을 떠난 정한숙 선생님을 새벽녘 꿈속에서 뵈었던 날, 문이당에서 출간 통고를 해왔다. 《연리지가 있는 풍경》 출간을 계기 삼아 문단에 데뷔할 무렵의 마음가짐으로 돌아가, 소설 창작에 많은 힘을 기울여야겠다는 다짐을 해본다.

  부족한 작품을 읽어 준 박태순 선생님과 김남석 선생, 그리고 난고를 이렇게 아담한 책으로 만들어 준 임성규 사장님께 감사드린다.

2005년 11월
용인 샘골마을 우거에서
김 종 성

차 례 / 연리지가 있는 풍경

5　　작가의 말

11　 연리지가 있는 풍경
51　 일요일을 지킵니다
91　 열목어
129　버력산
215　용 울음소리
247　나비를 찾아서

277　해설 : 건강한 편견 – 김종성의 생태 소설론 / 김남석

연리지가 있는 풍경

1

 내가 연리지 조각품에 관한 이야기를 들은 것은 샘골 사거리에 거상마트가 들어오던 날, 남편한테서였다. 아라가야의 왕궁지가 있었다고 추정되는 성산산성의 뻘층에서 다량의 목기와 목각을 비롯한 목간, 무경식 암막새 기와, 귀신 얼굴 막새기와, 연꽃 문양 막새기와, 뚜껑 등이 출토되었다. 신라의 지방 지배와 관련된 내용이 적힌 목간이 출토되어, 성산산성이 축조된 시기와 유물들이 만들어진 시기는 대략 6세기 중반 이후로 추정된다. 그러나 유적 아래층에서 5세기 대의 가야 토기가 출토되고 있어 성산산성이 처음 축조된 시기는 가야 시대일 가능성도 배제할 수 없다는 것이었다.
 고고목재학을 전공한 남편은 뻘층에서 출토된 목기에 커다란 관심을 보였다. 고고목재학이 옛 나무의 재질과 보존 방법을 연구하는 분야인지라, 남편은 뻘층에서 1천6백 년 동안 썩지 않고 온전히 보존되어 온 삼국 시대의 나무에 대한 관심이 컸다. 더군다나, 나무로 연리지를 형상화한 조각품이 출토되었다는 이야기를, 고등학교 후배로부터 전해 들은 남편은 흥분을 감추지 못했다.

남편은 아침 산책을 갔다 온 후 줄곧, 책상에 앉아 박물관 도록을 뒤적거리고 있었다. 함안 박물관에서 보내온 것이었다.

「남쪽이 높고 북쪽이 낮은 분지로서 낙동강과 남강이 합류하는 지역인 함안은 지형적으로도 농경 문화가 일찍 싹틀 수 있는 여건을 갖추고 있는 곳이야.」

검은 테의 안경과 창백한 얼굴빛으로 인해 언뜻 차가운 인상을 주는 남편이 박물관 도록을 넘기며 말했다.

「가야 하면 금관가야와 대가야만 보통 이야기하는데 아라가야도 세력이 상당했다지?」

내가 남편의 얼굴을 바라보았다.

「가야사를 보통 전기 가야 시대와 후기 가야 시대로 나누지. 전기 가야 시대에는 김해에 있던 금관가야가, 후기 가야 시대엔 고령에 있던 대가야가 우이를 잡던 나라라고 알려져 있는데, 아라가야도 그에 못지않은 세력을 가지고 있던 나라였다는 게 함안 지역에서 출토되는 고고학적 자료에 의해 드러나고 있지.」

남편의 도수 높은 안경알 속에서 검은 눈동자가 반짝였다.

「연리지 조각품은 어디서 보관하고 있어?」

내가 궁금하다는 듯이 물었다.
「아마 창원 문화재 연구소에서 보존 처리 중일걸.」
남편이 짧게 대꾸했다.
「오늘 하루 종일 책상에만 앉아 있을 셈이에요. 약수터에 갔다 와요.」
내가 남편의 어깨에 손을 올려놓으며 말했다.
「그럴까?」
남편이 허리를 일으켜 세웠다.
102동 옆에 하얀 자태를 뽐내고 있던 자작나무들이 모두 목이 뎅겅 잘린 채 서 있었다. 어제저녁까지 멀쩡하던 나무들이었다. 일순 남편의 얼굴이 일그러졌다.
「누가 이 나무들을 이렇게 잘랐어요?」
나의 목소리에서 쉿소리가 났다.
중앙 경비실에 앉아 있던 경비원 박 씨가 모자를 고쳐 쓰고 다가왔다.
「608호 장 씨가 자르라고 해서 잘랐습니다.」
경비원 박 씨가 쭈뼛거렸다.
「가지가 뻗어 나왔으면 가지치기를 하면 되지 이렇게 나무를 기둥 줄기만 남기고 윗동부터 싹둑 잘라 내면 어떻게 합니까?」
남편이 경비원 박 씨를 바라보며 말끝을 잘라 냈다.
「아저씨, 나무도 생명이 있는 건데, 저렇게 무참히 자르면 어떻게 해요.」

나의 목소리에는 어느새 물기가 묻어 있었다.

「608호 장 씨가 나뭇가지 때문에 버스가 다니는 데 지장이 많다고 난리를 쳐서……」

경비원 박 씨의 길쭉한 얼굴이 모닥불을 뒤집어쓴 것처럼 벌게졌다.

남편은 입을 굳게 다문 채 앞장서서 걸어갔다. 남편은 자작나무를 좋아했다. 자작나무는 껍질이 하얗게 벗겨지는 나무였다. 경주 천마총에서 나온 그림이 바로 자작나무 껍질에다 그린 것이라고 했다. 사람들이 종이를 발명하기 전에는 경전 같은 것들을 자작나무 껍질에 썼다는 것이다. 더구나 남편의 고향으로 가는 길에 꼭 넘어야 하는 태백산 굽잇길에 가로수로 심어 놓은 나무들이 자작나무였다. 아파트 단지의 출입구로 들어오는 길가에 심어 놓은 자작나무들은 잘 자랐다. 남편은 그 자작나무들을 바라볼 때마다 태백산 굽잇길의 자작나무를 생각하고, 경주 천마총의 천마도를 생각했을 것이다.

「우리 아파트에 정나미가 떨어졌어.」

남편이 걸음을 멈추며 뒤돌아섰다.

「이사를 가든지 해야겠어.」

잠자코 걷던 내가 입을 열었다.

「사람들이 어떻게 그럴 수가 있어. 골프 연습장 만든다고 아파트 단지 안의 주목을 캐다가 팔아먹지를 않나…… 벽면을 도색한다고 단풍나무와 벚나무를 밑동부터 잘라 버리질 않나······.」

남편이 화난 음성으로 말했다.

「그런 걸 어떻게 다 알고 있어?」

「난 우리 아파트 단지 안에 나무가 몇 그루 있는 줄도 다 안다니까.」

우리가 살고 있는 그린타워아파트 단지는 35평형 1동과 32평형 1동이 들어서 있는 소규모 아파트 단지였다.

모롱이를 돌자, 돈사가 여러 채 나타났다. 돈사 안은 텅 비어 있었다. 돈사 곁의 도랑으로 맑은 물이 흘러내리고 있었다.

골짜기가 가팔라지기 시작했다. 바짓가랑이에 관목의 잎들이 스쳤다. 진달래들이 군락을 이루어 바위틈에 뿌리를 내리고 있었다. 플라스틱 물통을 든 사람들이 샛길을 내려왔다.

「약수터에 사람 많아요?」

내가 점퍼 차림의 사내에게 물었다.

「열댓 명 있어요.」

그가 짧게 대꾸했다.

약수터 앞에는 물통 줄이 길게 늘어서 있었다.

나는 플라스틱 물통을 줄의 맨 끝에다 내려놓았다. 소나무 옆에 세워 놓은 안내판이 눈에 들어왔다. 지난번에 왔을 때 없었던 것이었다. 나는 안내판의 글자를 천천히 읽어 내려갔다.

「이 약수터는 샘골 새마을 부녀회에서 조성하여 개방하는 것이오니 감사한 마음으로 사용하시기 바랍니다. 샘골 새마을 부녀회 일동.」

나는 피식 웃으며 고개를 들어 약수터의 북쪽 비탈을 바라보았다. 연리지 소나무 위로 햇빛이 부서졌다. 연리지 소나무는 어느 날 문득 남편의 눈에 들어왔다. 전임 자리가 점점 멀어져 가자, 남편은 서재에만 틀어박혀 좀처럼 밖으로 나가려고 하지 않았다. 아파트 단지 뒷산에 약수터가 있는데 같이 가자고 내가 설득하여 약수터에 오르내린 지 한 달쯤 되던 어느 날이었다. 약수를 받기 위해, 들고 간 플라스틱 통을 고무호스 밑에서 뻗어 나온 줄의 맨 끝에 내려놓고 너럭바위에 걸터앉아 비탈을 쳐다보던 남편의 시선이 북쪽 비탈에 나란히 뿌리를 내리고 있는 소나무 두 그루에 가 멎었다. 위쪽에 있는 소나무의 굵은 가지 하나가 뻗어 내려와 아래쪽에 있는 나무를 잡아당기고 있는 형상을 하고 있었다. 20년쯤 되어 보이는 연리지였다. 연리지는 서로 가까이 있는 두 나무가 자라면서 하나로 합치는 현상을 일컫는 말이다. 처음에는 그저 가지끼리 맞닿아 있는 것처럼 보였다가, 세월이 흐르면서 맞닿은 자리가 붙어 한 나무로 변한 것이다. 이렇게 연리지가 된 가지는 두 번 다시 떨어지지 않는다.

떠들썩하는 소리와 함께 노란 빛깔의 트레이닝복들이 나타났다. 모두 녹색 모자를 쓰고 있었고, 손에는 플라스틱 물통을 들고 있었다. 트레이닝복의 등에는 '샘골 새마을 부녀회'라고 쓰여 있었다.

「아, 상쾌하다아.」

살집 좋은 몸집의 목련나무집이 커다란 물통을 땅바닥에 소리 나게 내려놓았다. 그녀의 목소리는 매주 수요일 타이탄 트럭을 끌고 아파트 단지 안에 들어와 채소를 파는 아주머니의 그것보다 더 우렁찼다.

「한참 걸었더니 목이 칼칼하네⋯⋯.」

볼이 넓은 여자가 바가지를 호스 밑으로 들이밀었다.

호스에서 흘러내리는 물을 빈 주스 병에 받고 있던 207호 여자가 고개를 돌려 그녀를 힐끗 쳐다보았다. 언 무빛처럼 푸르뎅뎅한 얼굴을 보고는 207호 여자가 몸을 흠칫 떨며 뒤로 한 발짝 물러섰다.

「물맛 한번 조오타아⋯⋯.」

목련나무집이 호기심에 찬 눈길로 207호 여자의 날씬한 몸피를 훑어 내리고는 바가지를 호스 밑으로 들이밀었다.

나는 목련나무집의 살집 좋은 몸집을 일별하고는, 플라스틱 물통을 줄의 맨 끝에다 당겨 놓았다.

그린타워아파트에 입주가 시작된 지 1년이 채 안 되었을 때였다. 아파트 관리 사무소 앞이 시글시글했다. 샘골 원주민들과 아파트 주민들이 서로 고함을 지르며 뒤엉켰다. 그린타워아파트도 엄연히 샘골마을에 속해 있으므로 한 가구당 1만 원씩 이장세를 내야 해유. 샘골 이장이 말했다. 이장이 마을을 위해 수고하고 있으므로 1년에 한 번씩 수고의 대가로 예전에는 곡식을 얼마씩 거두어 주었는데 지금은 현금으로 대신 준다는 설명을, 이장이 했다. 샘골서 더불어 살려면 이장세를 꼭 내어야지. 목련나무집이 목소리를 높였다. 아파트에는 관리 사무소와 입주자 대표 회의가 있고, 부녀회도 따로 있는데 이장세를 왜 내느냐 말이야. 1307호 여자였다. 니 말 잘했다. 니가 언제 적부터 아파트 주민이니? 낮은 데 살다가 높은 데 가 사니까 눈에 뵈는 게 없냐. 목련나무집이 목에 핏대를 세웠다. 촌년이 부녀회장 되더니 간뎅이가 부었는가 봐. 니가 이장 여편네라도 되냐? 설치긴 왜 설치니. 뭐 촌년? 이게 찢어진 아가리라고 함부로 처놀리네. 그날의 맞손질은 용동면 지서에서 경찰관들이 출동하고서야 끝났다.

2

거상마트는 사흘째 개점 기념 판촉 행사를 하고 있었다. 첫날보다 사람들이 줄어들었지만, 매장 안은 발 디딜 틈 없이 복잡했다.

오늘 주부님들을 모실 상품은 영광 굴비 세트입니다. 영광 굴비 세트를 20프로 할인해서 판매하고 있사오니 많이 이용해 주시기 바랍니다. 금테 안경을 쓴 사내는 마이크를 잡고 연방 떠들어 대고 있었다. 목련나무집이 카트를 밀며 다가왔다. 카트에는 상품이 가득 차 있었다. 그녀가 나를 힐끗 한 번 쳐다보고는 계산대로 카트를 밀고 갔다.

식품 코너에서 두부와 콩나물을 산 나는 마을버스를 타기 위해 정류장으로 발걸음을 옮겼다. 귀밑머리가 희끗희끗한 사내와 휴대전화를 손에 든 20대 후반의 사내가 공중전화 부스 옆에 두꺼운 책을 산더미처럼 쌓아 놓고 목청을 돋웠다.

「아, 이렇게 두꺼운 동화 대백과사전 28권을 28만 원에 파는 사연을 들어 보세요. 동화 출판사가 저명한 학자인 이석명 박사님께 일일이 감수를 받아 편찬한 동화 대백과사전 28권 전질을 28만 원에 파는 이유는…….」

많은 사람들이 빙 둘러서서 백과사전을 한 권씩 펼쳐 들고 연방 입을 놀려 대는 사내를 바라보고 있었다.

「동화출판사에서 우리 회사에 어음 쪼가리를 끊어 주고 종이를 사 갖고 가서는 백과사전을 왕창 찍고는 부도를 내고 도망쳤다, 이 말입니다. 악덕 동화출판사 때문에 우리 한세제지 회사까지 부도 위기에 몰려 종이를 팔던 우리들이 직접 거리로 책을 팔러 나오게 된 겁니다.」

귀밑머리가 희끗희끗한 사내의 입가에서 거품이 일고 있었다.

「이 책, 정말 한 권에 만 원이에요?」

목련나무집이 백과사전을 펼쳐 보며 물었다.

「방금 들으신 대로 출판사가 쫄딱 망했기 때문에 종이 값으로 드리는 겁니다. 동화 대백과사전 28권을 사시는 독자 분들에게는 문화출판사에서 나온 대옥편 한 권, 민중출판사에서 나온 고사성어 사전 한 권을 보너스로 드립니다.」

휴대전화기를 손에 든 사내가 말했다.

「원래 정가는 얼마입니까?」

내가 고개를 갸웃거렸다.

「동화 대백과사전은 정가가 98만 원입니다. 대옥편하고 고사성어 사전까지 합하면 정가가 108만 원입니다. 28만 원이면 종이 값도 안 되는 돈입니다.」

귀밑머리 희끗희끗한 사내가 나를 일별했다.

「싸긴 되게 싼데……」

「사야만 싼 거지 사지 않으면 안 싼 거지요.」

휴대전화기를 손에 든 사내가 말했다.

「이 백과사전 몽땅 저 차까지 옮겨다 주세요.」

목련나무집이 느티나무 밑에 주차되어 있는 잿빛 산타모를 가리켰다.

「예, 예.」

휴대전화기를 손에 든 사내가 연방 고개를 꾸벅거렸다.

「싼 게 비지떡이라고…… 싸다고 책 사다 놓으면 계륵이 되어 버려.」

「그래도 거실에 처억 꽂아 놓으면 폼 나잖아. 지적으로 보이고……」

허리를 숙일 때마다 허리 부근의 맨살이 살짝살짝 드러나는

102동 여자 둘이 이기죽거렸다.

나는 집어 들었던 고사성어 사전을 책 더미 위에 슬그머니 내려놓고 허리를 세웠다.

버스가 버스 정류장으로 천천히 다가왔다. 나는 버스 안으로 몸을 들이밀었다. 버스 안은 학생들로 가득 차 있었다. 핫도그를 입에 물고 있는 여학생 옆의 남학생은 만화책에 머리를 박고 연방 낄낄거리고 있었다.

애인 구함. 나이 16세. 용구여중 3학년. 017-375-○○○○. 양남여고생들은 모두 내 꺼다. 양남농업생명산업고 이춘삼. 버스 유리창 옆에 어지럽게 쓰여 있는 낙서에서 눈길을 떼며 나는 입맛을 쩍 다셨다.

버스가 목련나무집 앞 정거장에 바퀴를 멈췄다. 목련나무집 마당가에 뿌리를 내리고 있는 목련나무를 포클레인이 커다란 삽으로 파 올리고 있었다. 목련나무집은 커다란 목련나무가 있어 마을 사람들이 부르는 이름이었다. 목련나무집은 그린타워아파트 1307호 여자와 동기간이나 다름없이 샘골에서 30년을 살아왔다. 초등학교, 중학교, 고등학교도 같이 다니고, 교회도 같이 다녔다. 목련나무집은 1307호 여자네 땅 위에다 집을 짓고 살아왔다. 그동안 아무런 문제가 없었다. 한데 그린타워아파트가 샘골에 들어서자, 샘골 일대의 땅값이 올라갔다. 1307호 여자네가 땅을 팔겠다고 나섰다. 평당 1백만 원에 집터를 사라고 했다. 목련나무집은 평당 1백만 원을 줄 수 없다고 맞섰다.

지상권을 주장하며 도로 땅 위의 집을 사라고 나섰다. 다 낡은 집을 누가 사느냐고 1307호 여자네가 버텼다. 결국 목련나무집은 버들골에 있는 선산 한 자락을 떼어 판 돈으로 평당 1백만 원에 집이 깔고 있던 땅을 살 수밖에 없었다.

「저 나무 밑에서 화투도 치고 잠도 자고 그랬는데 아쉽구먼.」
「왜 저 나무를 파 옮기는 거지.」
「집을 헐고 그 자리에 1층에는 가게를 짓고 2층과 3층에는 원룸을 짓는다지 아마.」
「이젠 양남도 옛날 양남이 아니야. 하루가 다르게 상가와 집이 들어서고 있어.」

맥고모자를 쓴 사내가 차창 뒤로 물러서는 목련나무집에서 눈길을 떼며 중얼거렸다.

양남은 서울의 동남쪽에 웅크리고 앉아 있던 농촌 마을이었다. 군청이 있는 양남 읍내 가까이로 4차선 고속화 도로가 뚫리자, 서울로 가는 교통이 좋아졌다. 고층 아파트 단지가 하나 둘씩 들어서기 시작했다. 집값이 서울의 전세 값도 안 되었다.

우리는 전세를 빼서 서울을 떠나 양남으로 갔다. 그린타워아파트는 입주를 시작한 지 6개월이 지났는데도 3분의 1이 비어 있었다. 중간층을 골라 최초 분양 가격에 샀다. 그것이 재작년의 일이었다. 남편은 양남으로 이사 온 것을 무척 흡족해했다. 바로 옆에 광릉 숲이 있기 때문이었다. 남편은 학교 강의가 없는 날은 광릉 숲길을 걷는 것을 유일한 낙으로 삼고 있었다. 아마 남편은 숲길을 걸으면서 가슴에 깊게 파인 상처를 치유하는 것 같았다.

  1980년 10월 경상남도 김해에서 다리 공사를 위해 굴착 공사를 하다가 뻘층에서 가야 시대 선박이 발견되었다. 선박 안에는 많은 양의 쇠그릇과 도자기들이 발견되었다. 신문과 방송에서는 임나일본부설을 부정하는 획기적인 유물이라고 크게 보도했다. 문제는 엉뚱한 데서 터졌다. 남편은 뻘층에서 썩지 않고 1천6백여 년을 견뎌 낸 선체 나무의 재질을 분석하여 1981년 3월 대한임학회 봄 총회 때 그 결과를 발표했다. 일본에만 자라는 삼나무로 선체를 만들었다는 내용이 포함된 논문이었다. 학술 발표장을 막 빠져나오는데 대동일보 기자가 남편에게 다가왔다. 인터뷰를 하자는 것이었다. 남편은 어리둥절하였으나, 나쁠 것도 없다는 생각에 인터뷰에 응했다. 일본산 삼나무로 선체를 만들었으니 일본 배일 것이라는 기자의 추정이 더해져 특종 기사가 되어 대동일보 1면에 머리기사로 실렸다. 일본의 매스컴들이 가만둘 리 없었다. 아사히 신문, 요미우리 신문에 보도되고 NHK 방송까지 탔다. 급기야는 우리나라의 조선일보, 동아일보에도 기사가 보도되고, 한국방송 9시 뉴스와 문화방송 9시 뉴스데스크에도 보도되었다. 언론의 집중적인 주시를 받은 뒤, 일주일쯤 지났을 때 국가안전기획부에서 남편에게 전화가 왔다. 남편이 국가안전기획부 요원을 학교 앞 다방에서 만났을 때, 그는 「고위층이 기사 내용에 커다란 관심을 가지고 있다」고 말했다. 그 무렵은 광주 민주화 운동이 일어난 지 1년이 채 안 되는 시기였다.

국가안전기획부 요원은 연구 동기부터 꼬치꼬치 물었다. 남편은 고고목재학을 전공했기 때문에 옛 무덤에서 나온 목곽 및 목관재의 나무 종류를 식별하는 연구를 많이 했다고 말했다. 경상남도 의창의 다호리 고분에서 출토된 대형 목관은 상수리나무였고, 경상북도 경산의 임당동 고분에서 출토된 나뭇조각은 느티나무와 산뽕나무였으며, 부산시 동래의 복천동 고분에서 출토된 철정에 붙어 있는 극소량의 나뭇조각을 주사 전자 현미경으로 분석하여 느티나무로 판정한 사실이 있다는 이야기를 했다. 남편의 이야기를 잠자코 듣고 있던 안기부 요원은 남편의 신상에 대해 죄인 신문하듯 물어 신상명세서를 작성하고 난 뒤, 직원을 보낼 테니 연구 때 사용한 표본을 안기부로 제출하라는 명령을 남기고 자리를 떠났다.

남편은 마흔넷에 겨우 얻은 전임 강사 자리도 위태로워졌고, 매일 밤 불안에 떨어야 했다. 정부의 눈치를 보는 대학 당국은 남편이 국가안전기획부 요원에게 조사를 받았다는 사실을 통보받고 다음 학기부터 강의 배정을 하지 않았다. 그 자리는 남편이 동기처럼 아끼는 후배가 차지했다. 나도 남편의 후배를 알고 있었다. 남편이 시간 강사 자리도 주선해 주고, 학술서 출간도 출판사에 연결해 주기도 했다. 후배가 학과장을 통해 학교 재단 이사장에게 접근해 전임 강사 자리를 차지하였다는 사실을 뒤늦게 알게 된 남편은 광릉 숲으로 내려간다는 전화를 하고는 일주일 동안 연락도 하지 않았던 것이다.

마을버스가 삼사미로 들어서자 그린타워아파트 단지의 옥상에 솟아 있는 이동 통신 기지국의 안테나가 햇빛을 받아 반짝 빛났다. 샘골정육점 앞에 늙수그레한 청년들이 쪼그리고 앉아 돼지비계를 몇 점 놓고 소주잔을 홀짝거리고 있었다. 그들은 마을버스에서 내리는 아파트 여자들에게 힐끗힐끗 눈길을 던지며 엉덩이를 달싹했다.

영어 학원 차가 그린타워아파트 정문을 막 빠져나가고 있었다. '영어는 유아 때부터 시작하지 않으면 경쟁에 뒤지게 됩니다'라는 광고문을 뒤꽁무니에 두른 영어 학원 차가 사라지자, 글짓기·논술 학원 차가 아파트 정문으로 머리를 들이밀었다.

그린타워아파트의 입주가 시작되던 날, 제일 먼저 아파트로 달려온 이들이 학원 사람들이었다. 아파트 입구에 봉고를 세워 놓고 공책과 책가방을 나눠 주면서 학원 선전에 열을 올렸다. 속셈 학원, 미술 학원, 피아노 학원, 글짓기 학원, 그리고 영어 학원에서 나온 사람들로 며칠간 아파트 정문 앞이 시장판처럼 북적였다. 그 가운데 영어 학원에서 나온 사람들은 공룡 인형을 아이들에게 하나씩 나눠 주었다. 아이들은 공룡 인형을 서로 받으려고 아우성을 쳤다. 공룡 인형을 뿌린 탓인지 아파트 아이들 가운데 영어 학원에 다니는 아이들이 많았다. 노란 빛깔의 영어 학원 차는 하루에도 서너 차례 아파트 단지를 누비고 다녔다.

엘리베이터가 멎었다.

나는 엘리베이터 안으로 들어가자, 번호판에서 17을 눌렀다. 1307호 여자가 재빨리 열림 단추를 손가락으로 누르고 밖을 향해 소리쳤다.

「제인, 허리 업.」

1307호 여자가 손을 앞으로 내저었다.

아이가 쪼르르 뛰어왔다. 그제야 1307호 여자가 열림 단추에서 손가락 끝을 뗐다. 엘리베이터 문이 닫혔다.

「제인, 5를 영어로 뭐라 하지?」

「파이브.」

「7은?」

「세븐.」

「아이 잘하네. 우리 제인 참 잘했어요.」

「우리 언니네가 대치동에 사는데 거기 사는 엄마들은 간단한 대화 정도는 아이와 영어로 대화하거나 서로들 로버트 엄마, 줄리 엄마라고 부른대요.」

408호 여자가 말했다.

「어머 그래요. 우리 아파트 단지에서도 아이들과 간단한 대화는 영어로 하는 게 어떨까요? 동산 택지 개발 지구의 잉글리시빌리지라든가 하는 아파트 단지는 주민 전체가 영어를 사용한다잖아요.」

내가 낮은 목소리로 말했다.
「호호호, 민규 엄마는 아직 모르고 있었구나. 우리 아파트 부녀회원들은 벌써부터 간단한 대화는 영어로 하고 있어요.」
1307호 여자가 말했다.
엘리베이터가 13층에 멈췄다.
「민규 엄마도 차 한잔 하고 가세요.」
「그래도 되겠어요.」
「주님 안에서는 모두 이웃이고, 형제 아닌가요.」
나는 1307호 여자와 408호 여자를 따라 거실로 들어갔다.
1307호 여자가 길쭉한 얼굴 전면에 웃음꽃을 피우며 금세라도 날아갈 것처럼 날개를 펼치고 서 있는 박제 독수리 옆을 가리켰다. 그곳에는 커다란 주목 조각품이 서 있었다.
「글쎄, 이번에 마음먹고 하나 샀지요. 살아 천 년, 죽어 천 년, 썩어 천 년, 합해서 3천 년을 산다는 주목이라잖아요.」
「주목 뿌리 가운데도 좋은 걸 구했네요.」
「어떻게 주목을 아세요?」
「주목 하면 태백산이 유명하잖아요. 애기 아빠 고향이 강원도예요.」
내가 말했다.
딩동동, 딩동딩동……. 초인종 울리는 소리가 들렸다. 1307호 여자가 급한 걸음으로 현관으로 내달았다. 목련나무집이 살집 좋은 몸집을 현관 안으로 들이밀었다.

「니가 웬일이니?」

1307호 여자가 문을 닫으며 말했다.

「왜 내가 너희 집에 오면 안 되니?」

목련나무집이 말끝을 높였다.

「안 되긴…… 어서 들어와.」

「손님들이 있었네.」

목련나무집이 오른손에 들고 있던 누런 서류 봉투를 방바닥에 내려놓았다.

1307호 여자가 찻잔을 다탁 위에 내려놓았다.

「시청에서 4백억 원의 예산을 투입해 쓰레기 소각장에서 나오는 소각 잔재 매립장을 샘골에 조성하기로 했는데, 매립장을 유치하는 마을에는 시청에서 대대적으로 투자해서 마을을 개발시켜 준다는 거예요. 지금 서로 매립장을 유치하려고 야단인데 샘골에서도 이장님을 비롯하여 새마을 지도자님과 반장님들이 매립장을 유치하려고 적극 노력하기로 했어요. 아파트 주민들도 함께 힘을 합쳐 주었으면 해요.」

목련나무집이 말을 마치고 커피 잔을 앞으로 당겨 입으로 가져갔다.

「쓰레기 소각 잔재 매립장이 들어오면 아파트 값 떨어지는 게 불을 보듯 뻔한데 누가 찬성할까?」

1307호 여자가 목련나무집을 빤히 바라보았다.

「……」

「아파트 입주민들로서는 당연히 반대할 수밖에 없지요.」
408호 여자가 침묵을 밀어내며 말했다
「뉴스에도 자주 나오지만, 쓰레기를 태울 때 나오는 다이옥신이 큰 문제인데…… 쓰레기 소각 잔재 매립장을 자청해서 유치하자는 건 말도 안 되는 소리지.」
1307호 여자가 천천히 고개를 저었다.
「환경 시설을 다 싫다고 하면 어떻게 환경 문제를 해결할 수 있겠어요. 국가적 차원에서 문제를 풀어 나가야지요. 하여간 난 새마을 부녀회의 뜻을 아파트 부녀회에 전달하러 온 거니까요.」
목련나무집이 허리를 세워 일어섰다. 1307호 여자가 목련나무집을 따라 현관으로 나갔다.
거실에 무거운 침묵이 흘렀다. 나는 커피 잔을 만지작거리며 입을 굳게 다물고 있었다.
「커피 잘 마셨습니다. 좋은 말씀도 많이 듣고…….」
나는 커피 잔을 다탁에 내려놓고 일어섰다.
내가 인터폰을 누르자, 민애의 목소리가 흘러나왔다. 나는 현관문을 닫고 거실로 들어섰다.
「어딜 갔다 와?」
텔레비전 앞에 앉아 있던 남편이 고개를 돌렸다.
「부녀회장 집에 들렀다 오는 거야.」
「부녀회장 집엔 왜……?」

「우리 마을에 문제가 생겼나 봐. 광릉 수목원 옆에 소각 잔재 매립장을 짓는대.」

내가 식탁 위에 장바구니를 내려놓으며 말했다.

「누가 그래?」

「샘골 새마을 부녀회장이 1307호에 왔었거든. 그 여자한테 들은 이야기야.」

「샘골 새마을 부녀회장?」

「응. 우리 동네는 부녀회가 둘 있는데, 원주민으로 이루어진 샘골 새마을 부녀회가 있고, 우리 아파트 입주민들로 이루어진 아파트 부녀회가 있어.」

「그렇다면 양남 시청은 이미 샘골에다 매립장을 건설하기로 결정했을 거야. 그래 놓고는 새마을 부녀회라든가 마을 이장, 새마을 지도자 등을 바람잡이로 내세워 여론 몰이를 하는 거지.」

「그래요……. 그러면 이거 예삿일이 아니네.」

「큰일이지……. 광릉 수목원은 절대 보존림 지역으로 요즘은 주말 입장도 제한되고 평일에도 예약을 해야 갈 수 있는 곳이야. 그리고 광릉 숲은 우리나라 나무들의 종자 은행 역할을 하고 있고, 조선 시대부터 이 숲의 가치를 높이 사서 보존해 온 곳인데…… 이런 광릉 숲 바로 옆인 샘골에 쓰레기 소각 잔재 매립장을 건설하다니……. 허, 참…….」

남편이 말끝을 흐렸다.

「4백억의 예산을 들여서 2006년까지 완공할 계획이래.」
「광릉 숲 전체는 조선 시대 세조 이래 국가에서 6백 년간 보존해 왔고, 특히 일제 때도 일본이 백 년 계획을 세웠을 정도로 굉장히 중요한 숲이야. 이건 단순히 광릉 숲이 좋다는 차원이 아니라 한반도 생태계의 표본관이며, 유전 자원 은행이야. 광릉 숲이 파괴되면, 향후 전국의 파괴된 곳을 복원할 수 있는 근본 종자들이 말살돼.」
「광릉 숲이 파괴된다면 우리나라의 생태나 산림의 미래는 없는 것이나 마찬가지네.」
「그렇지. 88올림픽 때 외국인들에게 선전을 하기 위해서 광릉 숲 관통 도로를 만들었지. 그때부터 많은 사람들이 광릉 숲을 찾아오면서 숲이 파괴되기 시작했지. 뒤늦게 문제의 심각성을 깨달은 정부에서는 1997년에 종합 대책을 세우고 평일에만 예약제로 출입을 허용하고, 주말에는 출입을 금지시켰지.」
나는 겉옷을 걸치고 발코니로 나갔다. 시원한 밤바람이 달려들었다. 나는 고개를 길게 빼고 멀리 길 건너편 돈대를 바라보았다. 성냥갑만 한 샘골장로교회의 이마에 솟아 있는 십자가는 불그스름한 빛을 뿜어내고 있었고, 교회 담장 옆에 기대다시피 붙어 있는 두리통닭집의 아크릴 간판이 파르스름한 빛을 두 평 남짓한 앞마당으로 흘려보내고 있었다. 나의 시선이 아크릴 간판에 가 멎었다. 아기 공룡이 닭 다리 하나를 들고 있는 간판이 우스꽝스러웠다. 촌스럽긴. 나는 입안엣말로 중얼거리며 고개를 돌렸다. 붉은 불꽃이 날아오르고 있었다. 양남 쓰레기 소각장의 굴뚝에서 새어 나오는 불꽃이었다.

3

 관리 사무소 아가씨의 힘이 잔뜩 들어간 목소리가 스피커에서 흘러나왔다. 이번 주 금요일 오전 10시에 시청 옆 중앙 공원에서 쓰레기 소각 잔재 매립장 건설 저지 입주민 총궐기 대회가 있으니, 반드시 참석해야 한다는 내용이었다. 이어 부녀회 임원들은 한 사람도 빠짐없이 관리 사무소 2층 부녀회 사무실로 나오라는 내용을 아가씨가 반복해서 말했다. 다시 한 번 알려 드립니다……. 벌써 일주일째였다. 어이구 지겨워. 이젠 그만 해도 될 텐데. 나는 안방으로 들어가며 혼잣소리로 중얼거렸다.
 부녀회원들이 유인물을 들고 각 세대를 방문하여 총궐기 대회 참석을 독려했다. 1307호 여자는 매립장이 아파트 단지 옆에 들어서면 재산상의 손해가 초래된다며 목소리를 높였다. 아파트 단지 여기저기에 플래카드가 내걸렸다. '가자! 중앙 공원으로! 그린타워아파트 입주민 총궐기 대회'라고 쓰인 붉은 글씨가 섬뜩하게 느껴졌다.
 금요일 아침이 밝아 왔다. 아파트 단지가 술렁이고 있었다.

보도를 밟는 발소리가 발코니창으로 줄기차게 뛰어 올라왔다.
「입주민 여러분께 알려 드립니다. 드디어 결전의 아침이 밝아 왔습니다. 오늘 오전 10시에 시청 옆 중앙 공원에서 쓰레기 소각 잔재 매립장 건설 저지를 위한 입주민 총궐기 대회가 있습니다. 입주민 여러분은 한 가구도 빠짐없이 아파트 정문으로 나오시기 바랍니다. 관광버스 두 대를 대절하여 놓았습니다. 우리 재산을 지키고 쾌적한 환경 아파트를 만들기 위해서 우리는 반드시 매립장 건설을 저지해야 합니다. 이번 총궐기 대회에 참석하지 않는 세대는 벌금을 부과하기로 했사오니 적극적으로 참가하시기를 요청합니다. 이상은 부녀회에서 알려 드렸습니다.」

나는 설거지를 미뤄 놓은 채 관리 사무소 앞으로 갔다. 아파트 여자들이 마치 소풍이라도 떠나는 듯 손에 가방을 하나씩 들고 서성거리고 있었다. 아파트 정문 앞에는 관광버스 두 대가 대기하고 있었다.

「입주민 여러분, 이렇게 나와 주셔서 감사합니다. 이번에 이벤트 회사에다 전체 진행을 맡기기로 했어요. 모갯돈이 들지만, 우리 그린타워아파트 입주민들의 힘을 양남 시청에 확실하게 보여 주려고 해요. 이번에 우리의 거사를 위해 608호 장 선생님은 생업을 제쳐 두고 자원하여 운전을 맡으셨습니다. 자, 장 선생님 우리의 거사를 위해 한 말씀……」

1307호 여자가 마이크를 608호 사내에게 넘겼다.

「우리 모두 쓰레기 소각 잔재 매립장 건설을 결사 반대하여 우리 재산을 지킵시다. 파이팅.」

608호 사내가 마이크를 높이 치켜들었다. 파이팅! 파이팅! 까르르 웃음소리가 버스 안을 가득 채웠다. 순간 버스가 왼쪽으로 기우뚱했다. 608호 사내가 핸들을 오른쪽으로 급히 꺾었다.

관광버스가 시청 옆 중앙 공원에 바퀴를 멈췄다. 관광버스가 그린타워아파트 여자들을 인도에 토해 놓았다. 경찰 사이드카가 사이렌을 울리며 몰려오고, 철망을 친 경찰 버스가 미끄러져 왔다. 시청과 중앙 공원 사이 도로는 사람과 차가 뒤엉켜 발을 들여놓기조차 어려웠다. 그린타워아파트 여자들은 전국 노래자랑 경연장에 온 사람들처럼 얼굴에 잔잔한 미소를 뿌리며 '결사 반대, 쓰레기 소각 잔재 매립장 건설!'이라고 쓰인 플래카드가 걸려 있는 곳으로 천천히 걸음을 옮겼다. 그곳에는 그린타워아파트 부녀회의 용역을 받은 이벤트 업체가 미리 와 땅바닥에 그냥 앉도록 돗자리를 단체로 주문해 놓고 대기하고 있었다. 이동 화장실을 세 칸 실은 트럭과 생수를 실은 타이탄 트럭이 현장에 대기하고 있었다. 1307호 여자의 지시로 아파트 여자들은 일사불란하게 돗자리를 공터에 깔았다.

이벤트 업체 진행자가 공터 한가운데에 마련된 연단 앞에서 빨간 모자를 꾹 눌러쓰고 시위를 주도하기 시작했다.

물 맑고 공기 좋은 양남에서 오래오래 살려고 했더니 쓰레기 소각 잔재 매립장이 웬 말이냐, 웬 말이냐. 빨간 모자가 마이크를 잡고 소리쳤다. 웬 말이냐. 웬 말이냐. 웬 말이냐. 그린타워아파트 여자들이 하늘을 향해 하얀 손을 치켜들며 소리쳤다.

이벤트 업체가 매달아 놓은 스피커에서 가요가 흘러나왔다. 〈임을 위한 행진곡〉이었다.

「자, 서로 어깨동무를 하고 힘차게 부릅시다.」

빨간 모자가 흰 장갑 낀 손을 높이 치켜들었다.

그린타워아파트 여자들은 서로 어깨동무를 하고, 노래를 불렀다. 어깨를 좌우로 흔들 때마다 1307호 여자의 젖가슴이 출렁였다. 408호 여자는 연방 악보에다 눈길을 꽂은 채 입을 크게 벌리고 노래를 불렀다.

「여기 모인 사람들은 모두 잘 살고, 모두 스카이 대학 나왔지요?」

빨간 모자가 목을 한 번 가다듬고 나서 소리쳤다.

「예.」

그린타워아파트 여자들이 손을 높이 치켜들 때마다 목덜미를 미끄럽게 타고 내린 속살이 젖가슴께에 이르러 깊은 고랑을 이룬 게 살짝살짝 드러났다.

왕왕거리는 스피커 소리가 줄기차게 사람들 틈을 비집고 날아와 나의 고막을 잡아당겼다. 중앙 공원 옆 도로 가에 철조망을 친 버스들이 미끄러져 와 바퀴를 멈췄다. 방패를 앞세운 전경들이 버스에서 내렸다.

빨간 모자가 스피커를 통해 금속성의 목소리를 사람들 사이로 계속 흘려보내고 있었다.

양남 시청에서 환경과장이 누런 서류 봉투를 든 사내와 함께 나타났다.

「고층 아파트 단지 옆에 쓰레기 소각 잔재 매립장을 건설한다는 게 말이나 되는 소립니까? 아파트 단지와 매립장 사이의 거리는 약 5백 미터밖에 안 되고 아파트 발코니에서 보면, 도로 건너편에 매립장 부지가 보이는 상황입니다. 문제는 1992년부터 매립장 건설 계획을 세워 두고도 바로 옆에 주택 단지가 들어서도록 승인했고, 또 그 주민들에게 바로 옆에 매립장이 들어설 것이라는 사실을 알리지 않았다는 것입니다. 게다가 내년에는 이 매립장 바로 밑에 외국어 고등학교가 들어설 예정인데도 매립장 건설을 계속 추진하고 있다는 겁니다. 쓰레기를 태우고 난 소각 잔재가 다이옥신 덩어리라는 걸 모르고 있는 것은 아니겠지요?」

1307호 여자가 환경과장을 향해 삿대질을 해댔다.

「양남시에서는 매립장 부지를 선정하면서 환경 문제 검토도 했고, 양남시 관내 다른 지역과의 형평성도 고려했고, 환경부 등 관계 기관과의 협의를 거쳐 부지를 선정했습니다. 이 매립장은 광릉 숲으로부터 약 450미터 정도 떨어져 있기 때문에 안전하다고 말할 수 있습니다. 광릉 숲 경계로부터 20미터 이상 떨어져 있으면 매립장 건설이 가능하다는 회신도 환경부로부터 받았습니다. 양남시는, 다이옥신이나 중금속은 비산

재에 포함돼 있고, 바닥재는 그렇게 환경적으로 위험하지 않은 것으로 보고 있습니다. 이번에 건설되는 매립장에는 바닥재만 매립하는 데다가 갖가지 안전 조치를 취하기 때문에 환경적으로 염려할 이유가 전혀 없습니다.」

그린타워아파트 여자들의 등등한 기세에 무르춤해진 환경과장이 무겁고 웅근 목소리로 말했다. 바람이 불어와 희끗희끗한 그의 머리카락을 헝클어 놓고 지나갔다. 순간 기름기 번들번들한 이마가 드러났다.

「밤 작업은 잘하게 생겼어.」

207호 여자가 나의 귓전에다 대고 낮은 목소리로 말했다.

「광릉 숲 옆에 매립장 시설을 허가한 것 자체가 이해가 안 되는데요.」

「무조건 반대만 하지 말고 대안을 내놓으세요. 대안을.」

「우리들의 대안은 일단 쓰레기 매립장을 설치하더라도 처음부터 입지 선정 위원회 등 투명한 절차를 거쳐서 해야 된다는 것이고요. 현재 이 잔재를 재활용할 수 있는 기술도 나오고 있고, 정부에서도 이 실험을 하고 있기 때문에 쓰레기 소각 잔재를 그냥 묻는 매립지가 아닌 새로운 방식을 도입해야 한다는 겁니다.」

「……신기술 도입은 양남시의 현실에 맞지 않습니다. 또 당장 양남시에서 나오는 쓰레기를 김포 수도권 매립지로 보내고 있는데, 수도권 매립지에서는 양남시가 자체 매립지를 건설할 계획을 세우지 않으면 더 이상 쓰레기를 받지 않는다는 입장이기 때문에 매립장 건설을 추진해야 합니다.」

환경과장이 목울대가 움직이도록 입에 괸 침을 삼켰다.

「되지도 않는 소리 집어치우세요.」

408호 여자가 말허리를 꺾고 나서 뒤돌아섰다. 그녀는 부녀회 총무를 맡고 있었다.

환경과장이 굳은 얼굴로 시청을 향해 걸어갔다. 아파트 여자들이 그의 등에다 우우 하고 야유를 보냈다.

「자자, 제가 선창하면 피켓을 높이 치켜드세요.」

빨간 모자가 말했다.

「깨끗한 환경 속에 살자고 왔더니 다이옥신이 웬 말이냐, 매립장이 웬 말이냐?」

「웬 말이냐?」

「웬 말이냐?」

아파트 여자들이 피켓을 치켜들며 소리쳤다.

4

퀴퀴한 냄새가 엘리베이터 안에 맴돌고 있었다. 나는 코를 킁킁거리며 남편의 뒤를 따라갔다.

「어디 가세요?」

408호 여자가 다가왔다.

「약수 뜨러 가요.」

내가 플라스틱 물통을 앞으로 내밀어 보였다.

엘리베이터에서 내려서자, 방송 소리가 바람 소리에 섞여 들려왔다. 다시 한 번 알려 드립니다…… 부락민 여러분…….

청대문집 할아버지가 두엄을 밭이랑에 깔고 있었다. 돼지 똥 냄새가 강하게 코를 자극했다. 408호 여자가 그에게 다가갔다.

「아휴, 이 지독한 냄새, 할아버지 그거 똥 아니에요?」

408호 여자가 오긋하니 둥근 주걱턱을 치켜들었다.

「돼지 똥 두엄이유, 왜 그러쇼?」

키가 작고 몸집이 왜소한 청대문집 할아버지가 이마 위로 오송송하게 솟은 땀방울을 손등으로 닦으며 되물었다.

「저기 저 아파트 부녀회 총무인데요…… 아휴, 지독한 냄새…… 고층 아파트 옆에다 똥 거름을 퍼부어 대다니, 이거 공해 아녜요? 땅 파먹고 살면 공해도 모르세요?」

408호 여자가 쳇소리를 튕겨 냈다.

「……말본새 보게……. 그래요. 땅 파먹고 살아왔소. 그런데 댁이 땅 사는 데 돈 한 푼 보태 주었소?」

「이렇게 앞뒤가 꽉 막힌 사람들과는 상대하지 말아야지. 직접 시청 환경과에다 고발하든지 해야지 원 나 참.」

408호 여자가 빠르게 말받이를 하고는 걸어갔다.

「저런, 저런…… 말대거리를……. 굴러온 돌이 박힌 돌 뽑는다더니……. 아파트에 살면 우리 같은 농투성이는 사람으로 보이지도 않는가…….」

청대문집 할아버지의 목소리가 가볍게 떨렸다.

「부락민 여러분들께 알려 드립니다. 며칠 있으면 광복절입니다. 광복절을 맞이하여 태극기를 염가에 판매하고 있사오니 필요하신 부락민들은 마을 회관 앞으로 오셔서 사 가시기 바랍니다. 에 또, 그리고 유기질 비료가 필요하신 부락민들은 지금 곧 마을 회관으로 오셔서 신청하시기 바랍니다. 다시 한 번 알려 드립니다. 에 또, 추가적으로 말씀드릴 것은 매립장 문제인데 매립장을 유치하면 우리 마을이 발전할 것임을 확신합니다. 찬성하시는 분들은 마을 회관으로 도장을 갖고 나오셔서 서명을 꼭 하시기 바랍니다. 다시 한 번 알려 드립니다…… 부락민 여러분…….」

마을 회관 옥상에 매달려 있는 스피커에서 마을 이장의 굵은 목소리가 계속 흘러나왔다.

「동네가 점점 시끄러워지는군.」

남편이 우울한 눈빛으로 말했다..

「아파트 주민들도 만만치 않지만…… 원주민들도 만만치 않아.」

내가 꺼끌거리는 혀끝을 씹었다.

포장길이 끝나자, 돼지 똥 냄새가 골짜기에 가득했다. 돼지 울음소리가 들려왔다. 돈사 안에는 돼지들이 가득했다. 도랑에는 돈사에서 흘러내린 분뇨들이 고여 있었다. 또 한쪽에는 돼지 똥을 비닐로 덮어 놓았다. 나는 한 손으로 코를 싸쥐고 걸음을 빨리 했다. 돼지 똥 냄새가 폐부 가득히 쌓이는 느낌이었다.

「당신은 저 나무 이름 알아?」

나의 얼굴을 물끄러미 바라보던 남편이 손을 들어 축사 뒤편에 우뚝 서 있는 나무를 가리켰다.

「상수리나무 아냐?」

내가 코를 싸쥐었던 손을 뗐다.

「당신도 제법인걸……. 상수리나무도 다 알고.」

「당신두 참. 당신이 의창 다호리 1호분에서 발굴된 대형 목관이 상수리나무로 만들었다고 말했었잖아.」

「상수리나무는 비중이 0.8 정도의 극히 단단한 나무로서 도구가 강하지 않으면 가공이 불가능한 것인데…… 이미 그 당시에 가야인들은 상당히 발달된 제철 기술을 가지고 있었다고 생각해.」

「……방학 때 외갓집에 내려가면 상수리나무 잎을 뜯어 갈잎 모자를 만들어 쓰고 다니곤 했었는데…… 상수리나무가 그렇게 단단한 나무인 줄은 몰랐어.」

「연리지 소나무는 잘 있을까.」

갑자기 생각났다는 듯 남편이 낮게 중얼거렸다.

「잘 자라고 있겠지.」

「……」

「그런데 왜 원주민들은 매립장이 마을에 들어오는 걸 찬성할까?」

내가 남편을 향해 고개를 돌리며 물었다.

「매립장이 들어서면 주민 대책 위원회가 만들어져서 매립장의 주민 지원 협의체가 구성되게 돼. 하지만 주민 지원 협의체는 이름뿐이고 이들이 임명한 주민 감시원도 감시원을 넘어 아예 고급 일자리로 전락하여 직장화되어 버리지. 이웃 구리시의 경우도 소각장 주민 감시원의 임기가 3개월인데도 불구하고 장기 연임하고 있고, 월 급여도 150만 원을 상회한다는 거야.」

남편이 천천히 발걸음을 옮겼다.

「그래.」

「그런데 더 심각한 것은 시의원들이 임명권자라는 점이야. 주민 감시원이라는 자리를 이용해 자기 식구들 일자리를 챙겨 알 박기를 하는 거지.」

「기가 막혀……」

「……샘골 새마을 부녀회라는 것도 사실상 시의원의 사조직 역할을 하고 있다고 볼 수 있어.」

「그래…… 원주민들은 행정 기관과 밀접하게 얽혀 있는 거 같더라고.」

「그런데 저게 뭐야?」

남편이 발걸음을 멈추고 커다란 자작나무를 가리켰다. 자작나무 줄기와 소나무 줄기 사이로 철조망이 여러 겹으로 쳐져 있었다. 사람은 물론 강아지도 빠져나갈 수 없을 만큼 촘촘했다.

「왜 갑자기 철조망을 쳤을까?」

내가 무거운 어조로 물었다.

「글쎄. ……음.」

남편이 낮게 신음을 발했다.

철조망을 따라 올라가자, 굵은 철망으로 만든 문이 나타났다. 문은 어른 주먹만 한 자물쇠로 잠긴 채 그 밑으로 조그만 안내판이 매달려 있었다. 나는 고개를 숙여 안내문을 읽어 내려가기 시작했다. '환경 보호를 위해 약수터를 폐쇄하고 자연 안식년을 실시하오니 출입을 금합니다. 샘골 새마을 부녀회.' 고개를 쳐드는 순간 폐부 가득 남아 있던 돼지 똥 냄새가 한꺼번에 목구멍으로 올라오는 것을 느꼈다. 그것이 샘골 새마을 부녀회원들의 행위 때문에 그러한 것인지, 나 자신을 포함한 그린타워아파트 여자들의 행위 때문에 그러한 것인지 얼핏 판단이 서지 않았다. 나는 눈꺼풀 밑의 근육이 뒤틀려 오는 것을 느꼈다.

남편의 휴대전화가 울렸다. 남편이 연방 응, 응, 그래, 그래 하고 응답했다. 남편이 휴대전화를 바지 주머니 속으로 밀어 넣었다.

「샘골 새마을 부녀회에서 약수터를 폐쇄했나 봐.」

내가 플라스틱 물통을 무릎으로 툭툭 치며 말했다.

「갈등의 골이 점점 깊어지는군그래.」

남편이 다소 낭패스런 얼굴이 되어 음울한 목소리로 말했다.

「여보, 아까 무슨 전화야?」
나는 화제를 바꾸려고 남편을 향해 얼굴을 돌렸다.
「……함안 박물관에 있는 후배한테 왔어. 함안 박물관에서 성산산성 출토 유물 특별 전시회를 하니까 오라고……..」
잠시 침묵이 흐른 뒤 남편이 말했다.
남편의 표정은 좀처럼 밝아지지 않았다.

5

「여보, 무슨 책을 그렇게 열심히 읽고 있어?」
남편이 부스스한 머리를 손으로 밀어 올렸다.
「《잃어버린 미래》야.」
「《잃어버린 미래》……. 그 책이 출판되면서부터 환경 호르몬과 다이옥신 문제가 세상 사람들의 관심사로 떠올랐다는 것쯤은 나도 알고 있지.」
「다이옥신은 소각장에서 플라스틱이나 페인트 성분 등을 태울 때 주로 발생한다면서?」
「응, 다이옥신의 절반 이상이 소각장에서 생겨난다는 보고서도 있어. 다이옥신은 대기의 흐름을 따라 이동하거나 토양에 침적하였다가 먹이 사슬을 따라 이동하면서 농축되는데 청산가리보다 1만 배나 독소가 강하지.」
내가 커튼을 걷자, 햇살이 방 안으로 한껏 들이쳐 들어왔다.

「서둘러 아침을 먹고 가자고.」

남편이 아이들을 깨웠다.

승용차가 식당 주차장을 빠져나가자, 고층 아파트 뒤에 숨어 있던 커다란 무덤들이 차창으로 불쑥 솟아올랐다.

「저곳이 아라가야 지배 계층의 묘역인 도항리·말산리 고분군이야.」

남편의 손가락이 끝나는 곳에 나지막한 능선을 따라 거대한 무덤들이 열을 지어 앉아 있었다.

사거리를 지나 모롱이를 돌자, 깔때기 위에다 옹기를 얹어 놓은 것 같은 거대한 조형물이 차창에 나타났다. 포장길 양켠으로 상가와 빌라들이 늘어서 있었다.

「아빠, 저게 뭐야?」

민규가 박물관 앞에 우뚝 서 있는 조형물을 가리켰다.

「저것은 5세기 아라가야를 대표하는 토기인 화염형 투창 굽다리 접시를 본뜬 것이야.」

「화염형 투창 굽다리 접시가 어떤 토기인데요?」

이번에는 민애가 물었다.

「응 그건…… 굽다리에 불꽃 모양의 구멍이 뚫려 있는 토기지.」

허우대 큰 남자가 박물관 정문 앞에 서 있었다. 남편의 후배였다. 그의 둥그스름한 얼굴에 피곤이 더께처럼 내려앉아 있었다.

「형수님, 어제 제가 너무 늦게까지 선배님을 붙잡아 두어서 미안합니다.」

남편의 후배가 하얀 이를 드러내며 웃었다.

「미안해할 것 없어요.」

내가 약간 웃어 보이며 말했다.

「우선 박물관 관람부터 하시죠.」

남편의 후배가 박물관 본관을 가리켰다.

제1전시실에서는 함안 지역의 고분군과 산성 분포 모형도가 눈길을 끌었다. 지금까지 함안 지역에서 확인된 아라가야 시대의 고분군은 약 백여 개소이며, 산성은 20여 곳으로 추정되고 있다는 것이다. 그리고 고분군 가운데 초대형 무덤으로 도항리·말산리 고분군을 들 수 있으며, 고분군과 가까운 거리의 산성들 가운데 성산산성이 주요 교통로 지역 또는 중심 지역에 자리 잡고 있어 주목을 끌고 있다는 것이다.

제2전시실에는 무덤의 변천 과정과 무덤에 부장된 토기의 변천 과정을 전시하고 있었다. 그리고 제3전시실에는 고분 문화의 이해를 돕는 아라가야의 유물들이 전시되어 있었다. 눈길을 끄는 곳은 함안 지역에서 출토된 토기들을 시기별로 전시해 놓은 코너였다. 4세기 전반부터 고식 도질 토기(古式陶質土器)가 발생하였고, 5세기 대에는 화염형 투창 굽다리 접시가 나타났으며, 6세기에 접어들면서부터는 굽다리 접시와 뚜껑 등의 토기류는 그 형태가 조잡해지고 규모가 작아졌다는 것이다. 그리고 눈길을 끄는 곳이 또 있었다. 성산산성 출토 유물 전시 코너였다. 성산산성에서 출토한 목간, 무경식 암막새 기와, 귀신 얼굴 막새기와, 연꽃 문양 막새기와, 뚜껑 등이 전시되어 있었다. 그리고 그 옆 칸에 목기들이 전시되어 있었다.

「연리지 조각품이 여기 있네.」

남편이 두꺼운 유리 상자 속에 갇혀 있는 연리지 조각품을 들여다보며 낮게 중얼거렸다. 나는 남편 곁으로 다가가 유리 상자 안을 들여다보았다. 유리 상자 바닥에 꽂혀 있는 전등에서 흘러나온 불빛이 연리지 조각품에 은은하게 비쳤다. 가로 30센티미터, 세로 50센티미터 크기의 연리지 조각품은 위쪽에 있는 소나무의 굵은 가지 하나가 뻗어 내려와 아래쪽에 있는 소나무를 잡아당기고 있는 형상을 하고 있었다.

「중국의 전설에 이런 이야기가 있어. 동쪽 바다에 비목어가 살고 남쪽 땅에 비익조가 산대. 비목어는 눈이 한쪽에 하나밖에 없기 때문에 두 마리가 좌우로 달라붙어야 비로소 헤엄을 칠 수 있고, 비익조는 눈도 날개도 한쪽에만 있어 암수가 좌우 일체가 되어야 비로소 날 수 있대. 연리지라면 나란히 붙어 있는 나뭇가지를 뜻하잖아. 비익조나 연리지는 모두 그 말이 가져다주는 이미지와 같이 남녀 간의 떨어지기 힘든 결합을 뜻하기도 해. 나아가서 사람들이 서로 사이좋게 지내는 걸 말하기도 하지.」

남편이 낮은 목소리로 말했다.

박물관 밖으로 나왔을 때, 태양이 화염형 투창 굽다리 접시를 본뜬 조형물 위에서 머뭇거리고 있었다.

「선배님, 복요리 잘하는 곳이 있습니다. 가시지요.」

「복요리는 비쌀 텐데…….」

「아무리 시골 박물관에서 밥을 빌어먹고 있다지만…… 모처럼 만난 선배님께 점심 한 번 못 살 정도는 아닙니다.」

남편의 후배가 웃으며 말했다.

「자네도 빨리 전임이 되어야 할 텐데…….」

남편이 액셀러레이터를 밟으며 말했다.

「그게 어디 뜻대로 되어야지요.」

남편의 후배는 함안 박물관의 학예 연구사로 있었다. 이번 학기에 세 군데 대학에서 전임 교수를 뽑는 공고가 났다. 같은 지도 교수 밑에서 박사 학위를 취득한 후 전임 교수 자리를 구하지 못한 이들이 세 사람이나 되었다. 사전에 서로 대학을 한 군데씩 나누어 지원하기로 합의했다. 남편의 후배는 남양대학에 지원했다. 1차 서류 심사 결과를 기다리던 그에게 남양대학 사학과 학과장으로 있는 선배로부터 전화가 왔다. 같은 과의 후배 둘이 모두 남양대학에 지원해 채용 심사 자체를 보류할 수밖에 없었다는 것이다.

「우리 학교는 선후배 관계가 좋기로 정평이 나 있었는데……. 이젠 그 이야기도 전설이 되어 버렸어요. 알고 보니…… '선배가 지원하는 곳에 저희들이 어떻게 지원하겠느냐' 하던 후배들이 세 군데 모두 다 넣었더군요.」
남편의 후배가 쓸쓸한 목소리로 말했다.
「어디 좋은 인간관계가 전설이 되어 버린 곳이 한두 군데인가…….」
남편이 천천히 핸들을 돌렸다.
도항리·말산리 고분군 위로 햇빛이 하얗게 부서지고 있었다.

일요일을 지킵니다

1

믿기지 않는 일이 또 일어났다.

높이 2.76미터, 폭 97센티미터, 두께 55센티미터의 웅장한 크기의 표충비는 오석이라 불리는 석재를 사용하여 세운 비석이었다. 비석 4면에 사명 대사와 그 스승인 서산 대사의 비명(碑銘) 등이 새겨져 있어 사명 대사비라고도 불린다. 이 비석이 이틀 전부터 땀을 흘리기 시작했다는 것이다. 표충비는 1894년 갑오 동학 혁명 7일 전에 서 말 한 되 분량의 땀을 흘린 이후 줄곧 우리 역사에서 중요한 사건이 터질 때마다 땀을 흘려 왔다는 것이다. 올해 들어서도 벌써 두 번이나 땀을 흘려 사람들을 긴장케 했는데 또 땀을 흘리기 시작했으니, 나라에 위난이 닥치고 있음을 예보하는 게 아닌가 하고 마을 사람들이 이야기한다는 소식을 마지막으로 뉴스가 끝나고, 몸매가 흠잡을 데 없이 균형 잡힌 기상 캐스터가 장마 전선이 그려진 그림의 밑부분을 손으로 가리키면서 남부 지방에 폭우가 쏟아지고 있다고 말했다. 그리고 이어 천천히 손을 옮기면서 다음 주부터 중부 지방에 집중호우가 예상된다고 말했다. 정환일은 텔레비전 화면에서 눈길을 거두어 무연히 빌딩 위에 걸려 있는 검은 구름 떼를 바라보았다.

「국제광고 정 과장님. 전합니다.」

정환일은 고개를 돌려 카운터 쪽을 바라보았다. 강 마담이 송수화기를 들어 보였다.

「정 과장, 꽃밭에서 혼자만 재미보기요?」

광신물산(光信物産)의 공 과장 목소리가 송수화기 속에서 탁구공처럼 톡 튀어 올랐다.

「아따, 아침부터 무슨 꽃밭 타령이야?」

「어, 거 왜 이래? 요즘 강남 꽃밭에 꽃이 만개했다는 소문을 나도 익히 들어 알고 있어.」

「거 점점 알 수 없는 소리네.」

정환일은 이마에 배어난 땀을 손등으로 훔치며 마른침을 꿀꺽 삼켰다.

「……정 과장, 오늘 저녁에 강남으로 건너갈 거니까, 시간 좀 내봐. 광고 담당자로 새로 온 양 대리 상견례도 겸해서 말이야…….」

공 과장의 껄껄거리는 목소리가 송수화기에서 사라졌다.

「애기를 빙빙 돌려 하긴…… 광고 계약 체결됐으니 한잔 사라 이거지.」

정환일은 구시렁거리며 고쳐 앉았다. 그의 이마에 땀이 송골송골 맺혀 있었다.

「과장님, 무슨 일이세요?」

윤 대리의 목소리를 듣고 그제야 정환일은 숙였던 고개를 들어 얼굴이 둥글고 윤기가 나는 그녀의 얼굴을 멀뚱히 쳐다보았다.

「……광신의 공 과장한테서 전화가 왔는데, 저녁때 강남으로 오겠대.」

정환일이 어깨를 낮추고 심드렁하게 대꾸했다.

「네에…… 광신에서요……. 그럼 술 한잔 사라 하면 되겠네요.」

윤 대리가 치붙은 눈썹을 꿈틀거리며 살짝 웃었다.

「우리보고 한잔 사라는데…….」

정환일이 풀린 목소리로 말했다.

「어머머…… 그런 법이 어딨어요. '광신엑스엑스패션'의 광고 카피가 요즘 장안의 화제인 걸, 모를 리 없을 텐데…….」

윤 대리가 흠칫 놀라는 표정을 지으며 꼬리가 깊게 팬 눈을 동그랗게 치켜떴다.

「정말 이번 광고는 광신에서 우리한테 한잔 톡톡히 사야 한다구요…… '광신은 일요일을 지킵니다'라는 카피가 방송을 타고부터 '광신엑스엑스패션' 매출이 부쩍 늘기 시작한 거 아

일요일을 지킵니다 53

네요?」

윤 대리가 지갑을 집어 들었다.

그들이 사무실로 돌아왔을 때, 아직 자리가 반 이상 비어 있었다.

「윤 대리, 실장님이 날 찾으시면 광신의 홍보 팀 만나러 갔다고 해.」

정환일이 가방에 매체 정보 파일을 밀어 넣으며 말했다.

약속 시간까지는 두 시간가량 남아 있었지만, 사우나에 가서 뜨거운 물에 몸을 푹 담갔다가 갈 생각이었다.

「아름다움의 메신저 광신엑스엑스패션…… 여성미를 창조하는 광신엑스엑스패션…….」

요금을 받는 미스 염의 등 뒤에 있는 텔레비전 화면에서는 광신물산의 여성 의류 광고가 흘러나왔다.

몇 년 전부터 소비자들의 주의를 끌기 위해 강한 성적인 주제를 사용한 여성 의류 광고와 화장품 광고들이 늘어났다. 성 개방과 가치관의 변화는 광고계에도 몰아닥쳤다. 에로티시즘의 도입은 현대 광고에 있어서, 특히 여성 의류나 화장품 광고에서 거의 필수적인 것이 되었다. 에로티시즘이란 그리스어의 에로스에 어원을 두고 있는 말이었다. 원래는 육체적 사랑과 정신적 사랑을 포괄하는 개념이었으나 근래에 와서는 주로 육체적 사랑, 성애를 가리키는 말로 바뀌게 되었다. 에로티시즘 광고의 범람은 종교계, 특히 기독교계로부터 거센 반발을 불러

일으켰다.

　광신이 여성 의류 광고 제작을 의뢰해 온 것은 작년 가을의 일이었다. 광고 카피에 '광신은 주일을 지킵니다'라는 문안을 꼭 넣어 달라는 것과, '믿음'을 강조해 달라는 주문을 달고 있었다. 정환일은 고개를 갸웃거렸다. 광신그룹 회장이 아무리 교회 장로이지만, 제품 광고에까지 '믿음'을 개입시킬 필요가 있을까 하는 생각을 했다. 제품 광고에 '믿음'을 강조하라는 특별 지시가 회장으로부터 있었다는 이야기를 듣고, 광신엑스엑스 패션의 광고 카피는 '믿음'에 주제를 맞추게 되었던 것이다.

　정환일은 신세계사우나를 빠져나왔다. 박쥐처럼 대낮의 태양을 피해 어디론가로 몸을 숨겼던 여자들이 가슴이 보일락말락한 옷을 걸치고 엉덩이를 실룩거리며 골목으로 사라졌다.

　'나성'에는 이미 공 과장이 스무 살쯤 되어 보이는 여자를 무릎 위에 앉혀 놓고 술을 마시고 있었다.

「정 과장, 동작이 굼떠. 그 벌로 한 잔.」

　공 과장이 잔을 들어 정 과장 앞으로 내밀었다.

　정환일이 잔을 들자, 공 과장 옆에 앉아 있던, 이마가 약간 도도록한 여자가 그를 향해 고개를 숙여 보이고는 술병을 집어 들었다.

「잘 부탁합니다. 미스 표예요.」

「미스 표라고 했나? ……그럼 밀양의 표충비하고 어떻게 되는 거야?」

「어머 공 과장님께서 표충비를 어떻게 아세요?」
「우리 집사람 고향이 밀양이야.」
「어머 그러세요. 저도 고향이 밀양인데요. 아하, 그래서 표충비를 알고 계시군요.」
미스 표가 반갑다는 표정을 지었다.
「공 과장, 지난번엔 어부인께서 고향이 상주라고 하더니 이번엔 밀양이야?」
정환일이 공 과장을 향해 말끝을 높였다.
「하하하…… 어제 방송에 나고, 오늘 아침 신문에도 났는데. 미스 표는 신문도 안 보고 뉴스도 시청 안 하나?」
공 과장이 핀잔을 주었다.
「그럴 수도 있지요 뭐. 표충사 오석이 신문 방송에 났어요?」
미스 표가 깔깔거리며 물었다.
「그렇다니까……. 그거 비과학적인 이야기 아녀?」
「현대의 상식으로 풀리지 않는대서 비과학적이라고만 할 수 없지요. 나라에 변고가 생기면 으레 표충비가 땀을 흘려, 밀양 경찰서가 서울의 높은 곳에 알리고 그곳에서 청와대에 알린다는 이야기가 있어요.」
미출한 몸매의 미스 표가 잠시 말을 멈췄다가 말을 이어 나갔다.
「표충비에서 나는 땀은 사람 몸에서 땀이 나는 것처럼 비석 4면에서 퐁퐁 올라오는데요, 그 땀을 맛보면은요, 약간 짠 맛이 느껴질 정도로 사람 땀과 흡사하대요. 이게 바로 보통 물이 아니라는 증거가 아니겠어요.」

「우리 상식으로 풀 수 없는 일이 세상에 자주 일어나지. 우리 고향 마을에 신라 시대 창건된 용정사라는 절이 있는데, 그 절 대웅전 뒤에 미륵불이 하나 있어. 미륵불이 영험하다 해서 전국에서 불교 신도들이 관광버스를 전세 내어 찾아오기도 하는 곳이야. 미륵불한테 기도 드리고 아이를 낳았다는 얘기가 많아.」

정환일이 낮은 목소리로 말했다.

「자자, 재미없는 이야긴 그만두고 술이나 마시자구.」

공 과장이 혀 꼬부라진 소리로 말했다.

「아이, 공 과장님 벌써 취하셨어요?」

「취하긴…… 크리스천이 취하는 거 봤어?」

「어머 크리스천은 술을 마셔도 안 취하나요?」

미스 윤이 생글거리며 공 과장의 술잔에 술을 따랐다.

「미스 윤, 내 앞에서는 쥐똥 같은 소릴 해도 되지만, 우리 노장로 앞에서는 그런 소리 하지 마라. 당장 이거다.」

공 과장이 손으로 목을 긋는 시늉을 해 보였다.

「어머 노 장로가 누군데 공 과장님 목을 잘라요?」

미스 표가 눈을 동그랗게 뜨고 물었다.

「저희 회사 회장님이십니다. 교회 장로이시거든요.」

양 대리가 조그맣게 한마디 했다.

일요일을 지킵니다 57

「야, 양 대리 술맛 떨어진다. 이 자리에서까지 노 장로 얘길 해야 하니.」

공 과장이 빽 소리를 질렀다.

「죄송합니다.」

창문 옆의 벽시계가 9시를 가리키고 있었다.

「배도 출출하고 하니, 자리를 옮겨 보는 게 어떻겠어?」

정환일이 고개를 돌리며 말했다.

「그게 좋겠어.」

공 과장이 성마른 목소리로 짧게 대꾸했다.

「설악집에 가서 속 좀 풀자구.」

정환일이 계산대에서 술값을 치르고 밖으로 나오며 말했다.

설악집은 동해안에서 바로 보내온 해산물과 강원도의 무공해 산채 나물로 끓인 된장국으로 유명했다.

「참, 공 과장 당신 사는 동넨 괜찮아? 무슨 악취 소동으로 난리라던데.」

「말도 마. 벌써 일주일째 악취가 나서 난리법석인데 아직 그 원인을 모른대…….」

공 과장이 잠시 말을 멈추고 숟가락으로 된장 국물을 입 안에 떠 넣었다.

「뻔한 거지 뭐. 그게 박정희 시대 이래 환경을 마구 파괴하고 개발해 온 탓이야.」

「공단이 들어서기 전만 해도 시흥이 얼마나 자연환경이 좋은 동네였어요. 동양적인 정취를 그대로 간직하고 있는 마을이었지요.」

「야, 양 대리, 거창하게 왜 여기서 동양적인 정취가 나와?」

「……」

「……시흥의 악취 소동도 알고 보면 다 동양 사상을 무시하고 서양 사상에 우리가 급속히 물들었기 때문에 생긴 재앙이야. 동양 사상에 삼재(三才)라는 게 있어. 천·지·인(天地人), 이 세 가지가 그것이야. 우리 인간은 하늘과 땅 사이에 존재해. 하늘과 땅은 곧 자연이야. 동양 사람들은 자연을 객체나 대상이 아니라, 상호 의존적이고 보완적인 것으로 파악했거든. 자연을 결코 투쟁이나 정복의 대상으로 생각하지 않았어. 그런데 서양 사람들의 자연관은 어떠했어. 먼저 서양 사람들의 논리를 보자고. 그들의 논리는 성(聖)과 속(俗), 선과 악으로 가르는 이원적 구조로 되어 있어. 인간과 자연을 서로 별개의 존재로 파악하지. 인간을 자연 세계의 한 부분으로 보는 게 아니라, 자연과 마주 대하는 전혀 이질적인 존재로 보고 있는 거야. 이 이야기는 서양의 학자들도 인정하고 있는 이야기야. 그들의 말에 의하면, 기독교, 특히 서유럽의 기독교는 세계 종교 중 가장 인간 중심적이며, 고대 이방 종교나 동양 종교와는 극단적으로 대비되게 인간과 자연의 이원론을 정립하였을 뿐만 아니라, 인간이 자신의 적절한 목적을 위해 자연을 착취하는 것을 하느님의 뜻이라고 강조한다는 거야.」

정환일이 잔을 들어 물을 한 모금 마시고 난 후 식탁에 내려놓았다.

「······우리 노 회장도 예배 시간에 비슷한 얘길 한 적이 있어. 구약 성경 창세기 제1장을 봉독하고 나서는 하는 말이 하나님은 아담에게 다른 창조물을 지배하라 했다면서 자연은 오로지 인간의 이익만을 위해 존재한다는 거야. 하나님께서는 자기 모습과 닮은 사람을 만들고자 했다는 거야. 그래서 바다의 고기와 공중의 새, 또 집짐승과 모든 들짐승과 땅 위를 기어 다니는 모든 길짐승을 다스리게 하자고 말했다는 거야. 그러면서 하는 말이 우리 광신그룹이 구룡에 광신월드 컨트리클럽을 만든 것도 다 하나님의 뜻이라는 거야.」

공 과장이 가라앉은 목소리로 말했다.

「음, 그건 마치, 스코틀랜드의 어느 목사가 해변에서 놀고 있던 두 마리 새끼 수달에게 총을 쏜 자신의 행위에 대해 하나님은 인간에게 야생 동물들에 대한 지배권을 주었기 때문에 자신의 행동이 정당하다고 주장하는 거와 똑같군.」

정환일이 공 과장을 바라보며 말했다.

「······이제 3차를 가셔야지요.」

양 대리가 말을 중동무이로 만들고 나서 일어섰다.

2

「1분기 결산을 보니까, 영업 실적이 아주 저조해. 물가는 자꾸 올라가지 인건비는 자꾸 오르지, 행정 규제는 날로 심해지지 매출이 올라가도 회사를 지탱할까 말까 한데, 매출이 자꾸 떨어지고 있다니 이게 말이나 되는 소리냐고 사장님은 구조 조정을 다시 또 해야 한다고 하시지……. 실장 노릇도 못 해 먹겠어……. 그런데 정 과장, 이번 광신월드 텔레비전 광고 건은 큰 거니까, 책상에만 앉아 있지 말고 광신월드에 가서 기획조정실 홍보 팀을 만나 보란 말이야 정 과장이 광신월드의 광고 기획자가 되어야 한단 말이야……그리고 이런 카피 가지고는 안 돼.」

황 실장이 카피 기획안을 정환일 앞으로 내밀었다.

「'광신월드는 믿음으로 사는 세상을 꿈꿉니다.' 너무 약하지 않아. 카피가 이래 가지고는 좋은 제작이 나올 수 없어.」

황 실장이 말을 끝내고는 인터폰으로 성 대리를 불렀.

정환일은 엉거주춤한 자세로 한 걸음 뒤로 물러나 서 있었다. 그의 손바닥이 축축하게 젖어 왔다. 성 대리가 잔뜩 긴장한 얼굴로 들어왔다.

「성 대리, 광신월드 광고 말이야. 카피도 약하지만, 콘티도 너무 약해…… 광신월드가 '믿음의 기업'을 표방하는 광신그룹 계열사라는 걸 너무 의식한 거 아냐. 물론 기독교와 기업을 결합시켜 이미지를 좋게 한 씨랜드 같은 광고도 있지만 너무

진부하잖아. 기독교를 팔아먹는 회사가 어디 한둘이어야 말이지…….」

황 실장이 성 대리를 향해 새된 목소리로 말했다.

「…….」

성 대리의 낯빛은 종잇장같이 되었다.

「고정관념을 버리고 제작하라고 내가 항상 말해 왔잖아. 이번에 광신월드 광고 건은 반드시 성사시키도록 해. 만약에 실패하면 사표 쓸 각오들 하라고.」

정환일과 성 대리가 굳은 얼굴로 황 실장의 방에서 나오자, 동료들은 연민에 찬 눈초리로 그들을 바라보았다. 모두들 너희도 이제 끝장이구나 하는 표정이었다. 그도 그럴 것이 광신월드의 광고 수주는 뉴월드기획에서 대부분 따내고 있었다. 뉴월드기획 사장이 광신그룹 노 회장이 장로로 있는 교회에 출석한다는 것이었다. 다른 회사가 광신월드의 광고를 수주하기란 낙타가 바늘구멍으로 들어가기보다 힘든 일이었다.

「성 대리, 우리 최선을 다해 보자구. 지성이면 감천이라잖아.」

정환일이 잠깐 숨을 몰아 쉬고는 목소리를 낮추어 말했다.

정환일은 심호흡을 가다듬고 광신월드 홍보실에 전화를 넣었다. 맑은 목소리의 여자가 송 과장이 자리에 없다고 했다. 지방 출장을 갔다는 것이었다. 그는 송수화기를 내려놓고 볼펜을 손가락 사이에 끼워 책상을 톡톡 치며 자신의 막힌 가리사니를 두들겼다. 지방 출장을 갔다면 아직 희망이 남아 있을 것만 같았다. 그는 가방을 챙겨 들었다. 황 실장이 인터폰으로 당장 부를 것만 같아 사무실을 빠져나왔다. 두 다리가 솜을 밟고 있는 것처럼 휘청거렸다. 그는 담배를 꺼내 불을 붙였다. 천천히 걸음을 옮기며 허공으로 흩어지는 담배 연기를 바라보았다. 처음 입사해서 그가 맡은 일은 광고 문안 작성이었다. 그가 광고 문안을 써낼 때마다 '반짝반짝하는 감각이 있다'고 윗사람들로부터 칭찬을 들었다. 하지만 그러한 칭찬도 오래가지 않았다. 입사한 지 3년째 되는 해 봄, 그는 광고 문안을 작성하는 일에서 손을 털고 영업 일선으로 내몰리게 되었다.

정환일이 계단을 내려서자, 전동차의 문이 막 닫히고 있었다. 다음 전동차가 올 시간까지는 5분이 남아 있었다. 그는 주위를 두리번거리다 신문 가판대에 꽂혀 있는 주간지에 눈길이 갔다. '믿음의 기업 광신 노승모 회장 직격 인터뷰'라는 굵은 활자가 눈길을 끌었다. 그는 지갑에서 지폐를 꺼내 주간지를 샀다.

'주일을 지키는 일은 생명을 지키는 일'이라는 제목 아래 광신그룹 노 회장의 근엄한 사진이 표지를 장식하고 있었다.

정환일은 심호흡을 하고 책장을 넘겼다.

기자와 나눈 일문일답의 인터뷰 기사가 소개되어 있었다.

— 일요일을 지키는 것은 생명을 지키는 일이라고 주장하시면서 창업 이래 모든 영업장은 일요일에 문을 열지 않는데 무슨 큰 뜻이라도…….

― 인류는 지금 역사상 그 어느 때보다 물질적인 풍요를 누리고 있습니다. 이 인류에게 물질적 풍요를 갖다주신 건 하나님이시죠. 그런데 우리 인간들은 이 혜택을 지혜롭게 쓰지 못하여 사람들의 정신마저 나날이 황폐해지고 자연환경은 누구나 걱정하지 않으면 안 될 지경까지 이르고 말았습니다. 지금 인간은 하나님의 창조 역사가 시작된 이래 일찍이 없었던 절대적인 환경의 위기에 처해 있다고 할 수 있습니다. 이것은 인간 자신이 빚어낸 모순이라고 하지 않을 수 없습니다. 이러한 위기는 단순히 인간의 이기주의와 탐욕으로 인해 자연 생태계가 파괴되어 인간의 삶 자체가 위협받게 되었다는 사실을 넘어서, 하나님으로부터 자꾸만 멀어져 가는 정신적·신앙적 위기에 처해 있다는 사실에 문제의 심각성이 있다고 평소 보아 왔기 때문입니다.

― 일요일에 모든 사업장이 문을 닫는 것은 단순히 일주일에 하루를 쉰다는 의미뿐만 아니라, 생명 생태계를 보호한다는 차원도 있다, 이 말씀이군요.

― 일주일에 한 번 안식을 주는 거죠. 구태여 성경 말씀을 들추지 않더라도 인간이고 자연 생태이고 간에 생명을 지키기 위해서는 최소한 일주일에 하루쯤은 안식을 가져야 하지 않겠습니까.

― 일주일 가운데, 특히 일요일에 모든 매장이 쉰다면 경제적 손실이 클 텐데요.

— 제품만 좋아 보세요. 고객들이 월요일에서 토요일 사이에 다 사 갑니다. 일주일에 한 번 쉬는 것은 일의 능률을 올린다는 차원에서 필요한 것이고, 또 일요일에 안식을 취한다는 것은 하나님의 뜻이기도 합니다. 하나님의 뜻을 어기면서까지 돈을 벌 생각은 없습니다.

노 회장은 열네 개의 기업을 거느린 재벌 회장이라고 하기보다는 큰 교회의 당회장 목사 같은 풍모를 풍기고 있었다. 두 페이지 남짓한 인터뷰에서 그는 '믿음'이라는 말을 무려 열 번이나 말하고 있었다. 가업인 양복점을 맡아 시작한 사업이 날로 번창하여 국내에서 대표적인 의류 업체로 성장했고, 큰돈을 번 그는 골프장과 호텔업에도 뛰어들었고, 뒤이어 유통 회사와 건설 회사를 인수해 냅다 몰아치고 있는 중이었다. 그는 모든 기업을 '믿음'으로 한다고 말했다. 믿는 자만이 승리자가 될 수 있다고 강조했다. 또, 그가 운영하는 회사는 모두 '주일'을 지키기 때문에 '주일'에는 영업을 하지 않는다고 했다. 그리고 덧붙여 말하기를, 자신들이 텔레비전 광고에 '광신은 주일을 지킵니다'라고 자막을 내보내자, 정부에서 특정 종교를 선전하는 광고라며 '주일'이라는 말을 쓰지 못하게 하여 대신 '일요일'이라는 말을 쓰게 된 것은 유감스러운 일이라고 말했다. 자신이 기업을 하는 것은 예수 그리스도의 복음을 전파하기 위한 방편이라고도 했다.

차창에 넘실거리는 한강물 위로 검은 구름이 쏟아져 내리고 있었다. 금세라도 장대비를 쏟아 부을 형세였다. 정환일은 한강을 바라보며, 지나간 세월을 생각해 보았다. 그가 광고 회사에 들어가게 된 계기는 순전히 신문 광고 때문이었다. 신문사 기자 시험에 두 차례나 연달아 낙방하고는 대학원 진학을 할 것인가, 아니면 출판사 같은 데라도 취직을 할까 망상거리고 있을 무렵, 조간신문의 광고가 그의 눈을 번쩍 뜨이게 했다. 국제광고라는 곳에서 카피라이터와 그래픽 디자이너를 뽑는다는 내용이었다. 그러나 카피라이터에 대해 그가 알고 있는 것은 광고 문안을 쓰는 사람이라는 정도의 지식밖에 없었다. 그는 교보문고로 달려갔다. 카피라이터에 관한 책을 이것저것 뒤적이다가 '총칼 없는 광고 전쟁터, 그 뒤안길에서 때로는 흥분된 가슴을 때로는 담담한 얼굴로 스케치해 낸 광고의 세계'라는 광고 문안이 책표지에 쓰여 있는 258쪽짜리 책을 한 권 사 들고 집으로 돌아와 밤새도록 읽었다.

 덕분에 정환일은 면접시험을 무사히 통과할 수 있었다. 흰머리가 제법 눈에 띄는 면접관은 그에게 알고 있는 카피라이터 이름을 한 사람 말해 보라고 했다. 그는 우에조 노리오의 이름을 댔다. 그러자 면접관이 우에조 노리오에 대해 아는 대로 말해 보라고 했다. 우에조 노리오는 일본의 광고인으로 국제적 시야를 가진 사람이었다. 미국, 유럽, 동남아, 중국을 두루 여행했고, 글리오 상, 칸 등 수많은 국제 광고상을 수상한 바 있다. 현재 크리에이티브 디렉터로서 간사이(關西)대, 교토(京都) 시립예술대 '카피라이터' 양성 강좌 등에서 카피라이터를 가르치고 있다. 그리고 저서에는 《카피 교실》, 《광고 카피의 기초 이론》, 《광고의 발상법》 등이 있다. 대충 이러한 내용을 이야기하자, 면접관은 고개를 끄덕거렸다.

국제광고에 입사한 뒤 정환일은 처음 6개월간은 뭐가 뭔지 모르는 상태에서 지나갔다. 그리고 카피를 어떻게 쓰면 되는지를 알게 되었을 무렵, 그는 일본어를 배워야겠다는 생각을 하게 되었다. 우리나라 광고가 일본 광고에서 많은 것을 모방한다는 사실을 알고부터였다. 그는 출퇴근 시간의 복잡한 전철 안에서도 귀에 이어폰을 꽂고 일어 테이프 듣기를 멈추지 않았다. 이러한 노력 덕분에 그는 일어를 곧잘 읽을 수 있게 되어 카피를 쓰는 데 많은 도움을 받았다. 그러나 그는 자신이 앉아 있는 자리가 항상 남의 자리만 같아 늘 불안했다. 불안이 마음속을 가득 채우게 되면 슬며시 자리에서 일어나 옥상으로 올라갔다. 우관산 자락의 밭에서 푸른 채소와 관상수들이 자라고 있는 게 한눈에 들어왔다. 꽃과 나무를 사랑하는 그는 맑은 시냇물이 졸졸 흐르는 계곡 옆에서 꽃과 관상수를 재배하는 조그마한 농원을 하나 갖는 게 꿈이었다.

전동차가 충무로역에 도착했다. 정환일은 전동차에서 내려 지하 보도로 걸었다. 좁은 골목을 돌자, 사식집, 원색 분해집, 사진 스튜디오 같은 광고·인쇄 관련 업체들의 간판이 어깨를 맞대고 이어져 있었다. 대홍기획은 낡은 3층 건물에 세 들어 있었다. 대홍기획으로 올라가는 나무 계단은 발걸음을 내디딜 때마다 삐걱거리는 신음 소리를 냈다.

소파에 앉아 신문을 뒤적거리고 있던 홍 부장이 정환일을 보자, 웬일이냐며 허리를 세웠다.

「어때 요즘?」

홍 부장이 악수를 청하며 물었다.

「죽을 지경입니다.」

정환일이 맞은편 소파에 앉으며 짧게 대꾸했다.

「광고업계가 불황의 영향을 제일 먼저 받긴 하지만, 국제광고는 원래 빵빵한 곳이잖아.」

정환일과 무람없는 사이인 홍 부장이 안경을 벗으며 말했다.

「빵빵한 게 다 뭡니까. 저희 회사라고 불황에 별수 있겠습니까…… 실장님이 광고 수주해 오라고 쪼아 대서 자리에 가만히 앉아 있는 게 꼭 가시 방석에 앉아 있는 기분이라니깐요. 가을 중 쏘대듯 돌아다녀도 성과가 없고…… 견디다 못해 사표를 낸 친구도 있어요.」

「그 정도란 말이야?」

홍 부장이 안경을 다시 끼며 정환일의 얼굴을 찬찬히 살폈다.

「……참 요새 광신월드의 김 차장님 여기 자주 와요?」

「어제도 왔다 갔는데.」

「그래요. 광신월드 광고 어디 줬다는 이야기 못 들었지요?」

「못 들었는데.」

「혹시 김 차장님 어디 갔는지 알아요?」

정환일의 우울한 얼굴을 물끄러미 바라보던 홍 부장은 전화기를 당겨 어디론가 전화를 걸었다. 그가 송수화기를 내려놓고 김 차장이 구룡으로 내려갔다고 말했다. 일이 덧거치고 있었다. 정환일은 몸에서 기운이 한꺼번에 빠져나가는 것만 같았다.

「광신월드의 광고를 따내려면…… 이건 어디까지나 내 생각인데…… '광신은 일요일을 지킵니다' 식으로는 안 될 거야. 광신월드가 '믿음의 기업'을 표방하는 광신그룹의 아킬레스건이야.」

「아킬레스건이라뇨?」

「이 사람, 이렇게 광신월드를 몰라서야…….」

「……」

「광신월드가 골프장 영업을 주로 하는 회사라는 거 알지…….」

홍 부장은 광고업계의 소식통이라 불릴 만큼 광고업계 돌아가는 사정을 꿰뚫고 있었다.

「골프장 하면 사람들이 뭘 떠올리겠어. 여러 가지를 떠올리겠지만, 환경 파괴의 주범이라는 사실도 많은 국민들이 인식하고 있지. 환경 단체와 매스컴의 영향으로 환경 의식이 예전보다 높아진 탓이지.」

「기독교에 초점을 맞추지 말고 환경에다 초점을 맞추라는 말씀이군요.」
「역시 카피라이터 출신이라 머리가 반짝반짝 돌아가는군……. 바로 그거야 광신월드가 환경 친화적인 기업이라는 걸 알리는 녹색 광고에 포인트를 두는 거야.」
홍 부장이 정환일의 어깨를 툭 쳤다.

3

「……이번 광신월드 광고는 정 과장의 말처럼 그린, 즉 녹색 광고가 되어야 한다고 봐. 탄성사이다 텔레비전 광고 '숲 속의 봄' 편을 봤지? 울창한 침엽수림과 송사리 떼를 이용해 제품의 말끔함을 부각시켰잖아. 하모니카 음색이 깔끔하게 흐르고, 전나무와 잣나무가 빽빽이 우거진 계곡의 맑은 시냇물 위로 나무 그림자가 길게 드리워진다. 그 그림자 위로 나뭇잎 하나가 떠간다. 이어 송사리 떼가 경쾌하게 꼬리치며 나뭇잎을 따라가는데, 거기에 탄성사이다가 있어. 그때 병마개 따는 소리가 들리면서, 깜짝 놀라 도망가는 송사리, 사이다의 투명한 거품이 싸하게 올라간다. 얼마나 좋아?」
황 실장이 좌중을 휘둘러보았다. 평소에도 기획 회의 때 종종 가시 세워 말하는 그의 얼굴이 오늘따라 더 굳어 있었다.
「……」
「윤 대리, 탄성사이다 광고에서 뭐 느낀 거 없어?」

황 실장의 날카로운 눈길이 윤 대리에게 향했다.
「광고를 보기만 해도 자연으로 뛰어들고 싶고, 또 그 순간 사이다를 떠올리게 하는 광고로 아주 성공작인 거 같습니다.」
윤 대리의 짙은 눈썹이 쌍그렇게 올라갔다.
「고정관념을 버리고 제작에 임하라고 내가 늘 강조해 왔잖아.」
황 실장이 이야기에 쐐기를 쳤다.
「……」
「이번 광신월드 광고는 무에서 유를 창조하는 정신으로 해봐. ……차갑게 고여 있는 물에서는 움직이지 않는 송사리들 때문에 설악산에 인공 시내를 만들고 미지근한 물을 조금씩 흘려보내며 5일에 걸쳐 촬영했다는 거야. 그리고 참, 정 과장은 밖으로 많이 나돌아다니니까 이번 광신 광고 제작 건 자료 수집은 정 과장이 수고 좀 해줘.」
황 실장이 말을 끝냈다.
정환일은 걸음이 무거워지고 가드라들었다. 그는 자리에 앉기 바쁘게 '자연의 친구'에 전화를 걸었다. 마침 자료실장은 자리에 있었다.
「이번에 저희 회사에서 생태계 보존을 주제로 광고를 한 편 제작하려고 하는데요, 숲에 관한 자료를 좀 구하고자 이렇게 전화를 드렸습니다…….」
정환일은 연방 땀을 훔치며 볼펜을 만지작거렸다.

숲에 관한 자료는 많이 있으니 언제든지 미리 전화하고 오라는 자료실장의 말에 정환일의 얼굴이 환해졌다.

「정 과장님, 웬 땀을 그렇게 흘리세요. 몸에 무리가 간 거 아니세요?」

「괜찮아.」

「병원에 가서 한번 진찰해 보세요. 땀이 많이 나는 것도 여러 원인이 있을 거예요.」

성 대리가 말을 끝내고 전화기를 잡아당겼다.

며칠 전 정환일은 망설이다가 내키지 않는 걸음으로 논현동에 있는 종합 병원을 찾아갔었다.

한 30분을 기다린 뒤에야 간호사가 정환일의 이름을 불렀다. 안경을 쓴, 40대 초반의 의사가 진찰을 끝내고, 차트를 보며 낮은 목소리로 말했다.

─ 보통 이상으로 많은 양의 땀을 흘리는 증상을 다한증이라고 합니다. 다한증에는 전신성 다한증과 국소성 다한증이 있습니다. 기온이 약간 높아졌다든가, 가벼운 운동을 해도 땀을 많이 흘리게 되지요. 전신성 다한증은 체질적인 것과 바제도병, 당뇨병, 뇌하수체 기능 항진 등의 내분비 장애나 신경 질환으로도 일어나는데…….

국소성 다한증은 얼굴, 겨드랑이, 외음부, 손바닥과 발바닥에 보통 이상으로 땀의 분비가 많은 데다가 정신적 감동으로 더욱 증가하는 것을 말한다. 이 경우는 교감 신경의 기능 장애로 인한 것이 대부분이라고 한다.

— 치료 방법은 없나요?

정환일은 어깨를 낮추고 앉아, 이맛전이 반듯한 의사의 얼굴을 바라보았다.

— 체질적인 것은 근치시킬 방법이 없습니다. 가정이나 회사에서 지나치게 신경을 안 쓰는 게 좋습니다.

의사가 차트를 덮었다.

「정 과장님, 2번 전홥니다.」

성 대리의 목소리였다.

「오빠야, 나야. 환희.」

환희의 목소리에는 물기가 가득 배어 있었다.

「아……버……지가……사고를…… 당하셨어…….」

「작은아버지가 흙더미에?」

정환일은 우두망찰하여 목소리를 높였다.

활엽수가 무성하던 마을 뒷산 허리를 중장비로 깎아 내리고 조성한 골프장이 끝내 사고를 불러오고야 말았다. 골프장에서 흘러나오는 오수를 처리하는 오수 처리장의 둑이 폭우에 견디지 못하고 무너져 내리면서 마을을 덮쳤다는 것이다. 마을 주민 다섯 명이 크게 다치고, 작은아버지가 흙더미에 묻혀 죽었다는 것이었다.

말이 잠시 끊겼다.

「……한 시간만 있으면 퇴근이니깐……. 회사 일 급한 거

처리하는 대로 내려갈게…….」

「……빨리 와야 돼요.」

환희가 계속 울먹였다.

정환일은 송수화기를 내려놓고 창밖을 바라보았다.

검은 구름이 빌딩 숲에 내려앉고 있었다.

4

정환일이 고속버스 터미널에 도착했을 때, 시계는 5시 35분을 가리키고 있었다. 구룡이라고 씌어 있는 창구 앞에 등산복 차림의 사내 둘이 표를 막 끊어 가지고 뒤돌아섰다. 매표원이 창문에 붙어 있는 버스 시간표를 6시 05분으로 갈아 끼우고 있었다. 그는 천 원짜리 지폐 두 장을 창구 안으로 들이밀고 표를 끊었다. 매표원이 내민 버스표를 들여다보았다. 좌석 번호가 6번이었다. 그는 느릿느릿 걸음을 옮기며 주위를 휘둘러 보았다. 텔레비전에서는 권투 중계방송이 흘러나오고 있었다. 쳐라, 쳐. 저런, 저런, 야아. 텔레비전 화면에 시선을 고정시킨 사람들은 한국 선수가 주먹을 앞으로 내리뻗을 때마다 소리를 지르곤 했다.

시계가 5분 전 6시를 가리키고 있었다. 정환일은 천천히 탑승구로 걸어갔다. 버스 안은 이미 승객들로 가득 차 있었다.

고속버스 터미널을 떠난 버스는 좀처럼 서울 시내를 벗어나지 못하고 있었다. 정환일은 고개를 의자 등받이에 누이고 차창에 느린 화면을 보여 주는 듯한 아파트와 빌딩들을 바라보며 생각에 잠겼다. 고속버스를 타면 한 시간이면 도착할 수 있는 곳이 구룡이었다. 그가 구룡에 내려가 본 지도 6년의 세월이 지나가고 있었다. 작은어머니가 세상을 떠났을 때 내려가 보고는 오늘이 처음이었다. 집안에 큰일이 있으면 환희가 연락해 오곤 했으나 그는 고향 땅을 찾아가지 않았다.

젊어서부터 정치판에 발을 들여놓았던 아버지는 국회의원 선거에서 세 번이나 떨어져, 할아버지가 물려준 논밭을 다 팔아 치우고, 선산마저 팔아먹었다가 집안 어른들이 고소하는 바람에 감옥 생활을 1년이나 하고 난 뒤부터 집을 아예 떠나, 전국을 떠돌아다니다가 어머니의 고향 마을인 진천 어느 절에서 숨을 거두었다. 그가 중학교 3학년 때의 일이었다. 아버지를 선산에 묻는 걸 완강하게 반대하는 집안 어른들에게 아버지를 선산에 묻어야 한다고 작은아버지가 한마디 해주길 기대했던 어머니는 작은아버지가 끝내 아무 말도 하지 않자, 아버지의 시신을 용달차에 싣고 진천으로 내달렸다. 진천엔 어머니 일가붙이들이 집촌을 이루고 살고 있었다. 진천에서 올라오는 길로 어머니는 그의 형제를 끌고 구룡을 떠났다.

서울 금호동 산동네에 이삿짐을 풀었다. 어머니는 함지박을 머리에 이고 장사를 나가고, 정환일과 그의 동생은 신문 배달을 시작했다.

서울 톨게이트를 막 빠져나온 버스는 신갈 인터체인지를 지나, 영동고속도로로 들어섰다. 골조 공사가 끝난 아파트들이 차창 뒤로 빠르게 사라졌다. 버스는 야트막한 산줄기를 따라 완만하게 굽은 고속도로 위를 빠른 속도로 달려가고 있었다. 정환일은 차창 저편을 내다보았다. 소나무 숲 사이로 등갱이가 푹 꺼진 곳에 잔디밭이 언뜻언뜻 보였다. 그것은 마치 기계총 걸린 까까중머리 꼴을 하고 있었다. '구룡 컨트리클럽 입구'라는 안내판이 보였다.

구룡은 수려한 산세를 갖고 있다. 게다가 전체적으로 산세가 완만한 구릉지여서 골프장을 건설하기에 이상적인 조건을 갖추고 있었다. 서울에서 가깝고 경부고속도로와 영동고속도로 그리고 중앙고속도로가 열십자로 통과하고 있어 교통까지 편리한 곳이어서 기업체들이 그냥 지나칠 리 없었다.

버스가 구룡 진입로로 서서히 미끄러져 들어갔다. 구룡 톨게이트 이마에 '믿음의 기업'이라는 글자가 쓰여 있었다. 짧으면서도 강렬한 어구였다. 정환일은 「아」 하고 낮게 신음을 토했다. 퇴근 후 저녁 식사를 막 끝내고, 노곤한 기운을 느끼며 거실 소파에 드러누워 리모컨으로 이리저리 텔레비전을 작동할 때 달려 나오곤 하는 게 있었다. 허리선이 날씬한 여자가 배꼽을 다 드러낸 옷을 입고 엉덩이를 요분질하듯 흔들어 대며, 고혹적인 눈빛을 쏘아 댈 때, 화면 한쪽 귀퉁이에 신의 계시처럼 각인되어 있는 '광신은 일요일을 지킵니다'라는 어구였다. 그것을 볼 때마다, 그는 묘한 기분에 휩싸이곤 했다.

버스 터미널 안은 승차권을 사기 위해 줄을 서거나 출발 시간을 기다리며 어리대고 있는 사람들로 가득 차 있었다. 그들 대부분은 대학생으로 보이는 젊은이들이었다. 정환일은 버스 터미널 안을 빠져나와 택시 승강장으로 갔다. 우멍한 눈을 끔벅거리며 택시 운전사가 왕복 요금을 요구했다.

고층 아파트에서 흘러나오는 불빛이 끝나자, 시골 길이 시작되었다. 택시가 금양동과 일동면의 살피가 되는 노릇고개를 오르자, '광신월드 컨트리클럽 입구' 표지판 밑에 '광신로'라고 새겨진 표지석이 보였다.

「광신로라니?」

정환일이 낮게 중얼거렸다. 광신월드에서 도로 이름을 따다 붙인 모양이었다.

마을이 가까워지자, 마을 뒷산이 온통 싯누렇게 창자를 드러내고 있었다. 정환일은 숨이 컥 막혀 왔다. 가슴이 터질 듯 쿵쾅거렸다. 택시에서 내리자, 정자나무 밑에 소 두 마리가 매여 있는 게 눈에 들어왔다. 소의 등에는 진흙이 엉겨 붙어 있었다.

작은집은 마을 회관을 지나 돈대로 올라서자, 바로 보였다. 마당에 쳐져 있는 두 개의 천막 안에서는 사람들이 옹송거리는 소리가 새어 나왔다. 대문 바로 옆 담장 밑에 무더기의 사잣밥과 세 켤레의 흰 고무신이 놓여 있었다.

정환일이 대문 안으로 들어서자, 안 회장이 어질더분한 마당을 가로질러 나오다 말고 걸음을 우뚝 멈췄다.

「그동안 안녕하셨습니까?」

안 회장은 정환일의 팔을 잡은 채 놓을 줄 몰랐다.

「뭐라고 위로의 말을 건네야 할지 모르겠네…….」

수염 없는, 길고 여윈 안 회장의 얼굴엔 몇 줄의 깊은 주름살이 우묵 팬 뺨을 가로질러 가고 있었다.

「…….」

「자, 어서 들어가 보게나. 난 마을 회관에 좀 갔다가 오겠네.」

안 회장이 종종걸음으로 나갔다.

정환일이 댓돌에 올라서서 기침 소리를 내자, 방문이 열렸다.

방에는 윗목으로 병풍이 둘러쳐져 있었고, 그 앞에는 환기와 환희 두 상제가 방으로 들어서는 정환일을 맞았다.

정환일이 병풍을 향해 절하려고 고개를 수그릴 때, 곡소리가 터져 나왔다. 그가 손등으로 눈물을 훔치며 뒤로 물러서자, 방 안은 더욱 숙연해졌다.

5

「골프장이 용정골에 들어선다는 소문이 나기 시작하고부터 이날 이때까지 조용한 날이 하루도 없었어.」

안 회장이 안타깝다는 듯 몇 번이나 헛바닥을 찼다.

「용정골에 낯선 사람들이 지프차를 타고 들락거려서 처음에는 구경 다니는 사람이려거니 했지. 그래도 미심쩍어 물어봤더니 나무의 생육 상태를 조사하러 다닌다는 거야. 그런가 보다 했지. 근데 그게 아니었어. 베티 사는 정찬석에게 그들이 땅을 사 달라는 거야. 이미 외지 사람이 소유한 땅은 광신월드에 넘어간 뒤였어. 논밭뿐만 아니라, 산도 팔리는 거야. 뭔가 있구나 하고 생각한 마을 사람들이 자네 작은아버지를 시청에 가보도록 했지. 용정골에 골프장이 들어온다는 거야. 마을 사람들은 모두 놀랐지. 예부터 골짜기와 물이 좋기로 유명한 동네가 아닌가.」

마을은 벌집 쑤신 듯이 소란스러워졌다. 마을로 들어오는 도로에 바리케이드를 치고 골프장 건설 현장으로 가는 공사 차량의 출입을 막았다. 광신월드 사람들과 마을 아낙네들 간에 투석전이 벌어져 아낙네들이 다치자, 뒷짐을 지고 수수방관하고 있던 마을 남정들도 가세해 골프장 건설 반대 투쟁은 더 뜨거워져 갔다.

다부져 보이는 몸집의 면장이 나와 둥근 턱을 들어 골프장이 건설되면 마을이 발전한다고 설득했다.

— 발전 좋아하시네. 우릴 문문하게 여기는가 본데, 면장 너 이놈, 골프장 회사서 돈을 얼마나 받아 처먹었느냐. 받아 처먹는 거 좋아하면 이거나 처먹어라.

면장에게 눈총을 쏘고 있던 작은아버지는 시악을 쓰며 똥바가지를 그의 머리에 들이부었다.

똥바가지 세례를 받은 면장이 나동그라졌다.

다음 날 전경을 가득 실은 경찰 버스가 마을로 들이닥쳤다. 아낙네들은 웃통을 벗어젖히고 알몸으로 경찰에게 저항했다. 그러자 경찰은 가마니에 아낙네들을 싸서 경찰 버스에 밀어 넣었다.

「아니 그러면 마을 청년들은 뭘 하고 있었어요?」

정환일이 궁금하다는 듯이 물었다.

「처음에는 마을 청년들도 같이 골프장 건설 반대에 앞장섰지. 그러나 말깨나 하는 청년들이 광신월드에서 돈뭉치를 흔들어 대며 달려드니까, 하나 둘 넘어가기 시작했지. 끝까지 말을 안 듣는 청년들은 수원으로 불러내 술을 퍼먹이고 예쁜 계집아이들을 하나씩 안겨 주고는 돈뭉치를 바지 주머니에 찔러 주어 입을 막았지.」

「앞장서서 싸웠던 김 이장도 광신월드에서 협상하자며 수원으로 유인해 가서는 술을 퍼먹이고는 호텔에 밀어 넣었다는 거야. 자고 일어나니까, 돈뭉치가 주머니에 찔러져 있고, 날 것으로 삼켜도 비린내 나지 않을 것 같은 계집애가 쌔근거리며 곁에서 자고 있었다는 거야.」

「이장만 그랬나? 청년회장도 그랬고, 새마을 지도자 병삼이도 그랬고……」

골프장 건설을 강행한 광신월드는 골프장으로 가는 진입로를 확보하기 위해 혈안이 되었다. 주민 가운데 약삭빠른 축들은 땅

값을 시가의 서너 배만 주면 팔겠다고 나섰다. 반대해 봤자 어차피 골프장은 들어오는 거, 이 기회에 한몫 챙기자고 떠들어 댔다.

「그래도 작은아버지는 끝까지 땅을 안 팔았지.」

어느 날 작은아버지가 읍내에 갔다 오니 광신월드가 불도저로 땅을 밀어붙이고 아스팔트를 깔아 도로를 개설한 것이었다. 기가 막힌 일이었다. 작은아버지는 이리저리 뛰어다니며 항의도 하고 호소도 했으나 소용없는 일이었다.

형제봉 기슭을 타고 내려온 어둠이 돈대를 지나 마을 고샅으로 물밀어 왔다. 어둠은 구룡저수지 위에서 너울너울 춤을 추고 있었다.

마당 한쪽에서는 화투판이 벌어져 있었다. 밤샘하는 사람들을 위해 연방 술상이 들락거렸다. 마당에선 장작불이 삐적삐적 소리를 내며 벌겋게 타올랐다. 마당 한구석에서 왁자지껄하는 소리가 났다.

「우리 마을은 그 뒤로 되는 게 없었네. 관청에 밉보이면 개 한 마리 키울 수 없고 개천가 밭 한 뙈기 부칠 수 없는 곳이 농촌 마을이네. 이런 농촌 마을에서는 면사무소의 권세가 일제 시대 총독부 권세보다 더하네.」

날이 희부옇게 밝아 오고 있었다.

정환일은 밥상 앞에 앉기는 했으나, 입 안이 깔깔한 게 도무지 밥이 목구멍으로 넘어가지 않았다. 국에 밥 몇 순가락을 말아 뜨는 둥 마는 둥 하고 자리에서 일어났다.

　상여꾼들의 발걸음이 바빠졌다.

　영구가 대문 밖을 빠져나갔다. 대문 밖에 대기 중인 상여 앞으로 영구가 옮겨졌다.

　발인제가 진행되었다. 마을 사람들은 모두들 착잡한 심정이 되어 버렸다. 광신월드와 시청에서 나온 사람들은 아무도 보이지 않았다. 면사무소 산업계장이 멀쑥한 얼굴을 비쭉 내밀고 부의금을 떨구어 놓고는 가버린 게 고작이었다. 광신월드에서는 산사태가 골프장 때문에 났다는 증거가 없다는 것이고, 시청에서는 재해 기준에 따라 위로금이 나올 것이라고만 말했다.

　「산사태가 골프장 때문에 났다는 증거가 없다고 말하는 건 말도 안 되는 소리야. 우릴 업신여기고 하는 소리지. 골프장이 환경 파괴의 주범이라는 건 잘 알려진 사실 아녀? 산림 훼손은 물론이고 수질과 토양을 오염시킨다는 게 여간 심각한 문제가 아냐. 골프장 잔디에 맹독성 농약을 뿌린다는 사실은 비밀 아닌 비밀이야. 이번 폭우에 무너져 내린 오수 처리장이라는 것도 내막을 들여다보면 농약 물을 가둬 놓았다가 큰비만 내리면 그냥 개천으로 흘려보내는 농약 물 저수지였지. 큰비만 오면 구룡저수지에서 팔뚝만 한 잉어가 둥둥 떠내려 오는 게 다 이유가 있었던 게야. ……골프장이 들어서기 전에 용정사 뒷산 숲 속에서는 여우 우는 소리가 들려오고, 안개가 낀 가을날 아침, 느타리버섯 따러 용정골로 올라가면 나무 열매를 따먹기 위해 수많은 새 떼들이 몰려오고…… 골짜기를 흐르는 여울물엔 버들무지와 개구리가 우글우글하고…… 어디 그뿐이야. 웬놈의 까치 떼들은 그렇게도 많이 몰려오던지…… 새 울음소리로 가득 찼던 용정골에서 지금 새소리를 들을 수 있나, 버들무지 한 마리를 볼 수 있나, 소름이 좍좍 끼쳐 올 정도로 조용해졌어. 그처럼 재잘거리던 새들은 다 어디로 간 것일까.」
안 회장이 말끝을 흐리며 허공을 응시했다.
「사과꽃이 피어도 벌 한 마리 날아오지 않아…….」
키가 크고 수척한 김 이장이 옙들었다.
「자, 떠납시다.」
막걸리 한 잔을 쭈욱 들이켜고 난 앞소리꾼이 소리쳤다.
상여꾼들이 하나 둘 상여 줄 사이로 들어섰다.

　간다, 간다, 나는 간다
　북망산으로 나는 간다
　북망산이 어디던고,
　강 건너면 그곳인데

정환일은 작은아버지를 마지막으로 떠나보내는 정회가 애달팠다. 아버지가 가족을 팽개치고 방황할 때, 정환일네가 굶지 않고 지낼 수 있었던 것은 작은아버지가 쌀이며 콩이며 보리를 가져다주곤 한 덕분이었다. 어머니는 작은아버지 같은 사람은 이 세상에 없다면서 늘 작은아버지를 칭찬했다. 그러나 아버지가 집으로 돌아오고, 이어 선산을 팔아넘기자, 작은아버지는 발길을 끊었다.

「아버지, 아버지, 이제 우리 집을 마지막 가시면서 어찌 그리 말 한마디 없이 가세요. 한번 가면 영원히 못 올 길을 가시면서…….」

환희가 동구 앞길을 막 넘어가는 영구를 붙잡고 울부짖었다. 영구를 뒤따르는 사람들도 흐느껴 울었다.

명정을 앞세운 상여 행렬은 '경축 제2회 광신그룹 회장배 쟁탈 골프 대회'라고 쓰인 현수막 옆을 지나 공파리골로 접어들었다. 삼사미에 이르자, 상여가 멈췄다. 왼쪽으로 올라가면 광신 컨트리클럽이 나타나고, 오른쪽으로 가면 용정사로 가는 길이었다. 장지는 용정사 뒷산이었다.

앞소리꾼의 구슬픈 목소리가 끊어졌다.

상여가 신작로 한가운데를 막고 좀처럼 움직일 기미를 보이지 않자, 승용차들이 꼬리를 물고 상여 뒤로 줄을 섰다. 골프장으로 가는 승용차들이었다. 승용차들이 클랙슨 소리를 요란하게 울리며 상여를 비켜 지나갔다. 어깨가 바라지고 얼굴이 길죽한 경비원이 다가왔다.

「상여를 빨리 빼시오.」

40대 후반에 건장한 얼굴의 경비원이 위엄을 부렸다.

「빨리 못 뺀다면 어떡할 거여?」
상여꾼들이 경비원을 둘러쌌다.
「상여가 막고 있으니까, 차들이 비켜 지나가느라, 불편을 겪고 있잖습니까.」
경비원이 떨리는 목소리로 말했다.
「불편? 웃기는 소리 하고 자빠졌네. 우린 골프장 때문에 이렇게 생목숨을 빼앗겼어.」
앙가바틈한 키와 가무잡잡한 얼굴을 한 김 이장이 손등으로 입가에 고인 거품을 훔치며 엇조로 말했다.
「그런 이야긴 나중에 사무소로 찾아오셔서 이야기하시고, 상여 좀 빨리 비켜 주세요.」
경비원이 애원조로 말했다.
「죽은 사람이 원통해서 못 가겠다며 도무지 떠날 생각을 안 하는데 우린들 어떻게 하란 말예요.」
환희가 울부짖자, 상여꾼들도 훌쩍거렸다.
사이렌 소리가 들렸다. 정환일은 귓바퀴를 세웠다. 사이렌 소리가 점점 가까워졌다. 경찰 지프를 앞세운 전경 버스가 모롱이를 돌아오고 있었다.
「자아, 갑시다.」
선소리꾼이 요령을 흔들며 구슬픈 소리를 토해 냈다.

황천길이 멀고도 먼데

억울해서 못 가겠네
너어화 너어화
너와넘차 너어화

어느새 방패를 앞세운 전경들이 상여 양쪽에 열을 지어 따라가고 있었다. 상여 행렬이 용정사로 올라가는 갈림길로 접어들자, 전경들이 행진을 멈추고 도로를 따라 방패를 앞세우고 도열했다.

상여는 아름드리 전나무들이 그림자를 길게 내려뜨리고 있는 산길로 줄달음쳤다.

6

정환일은 고개를 돌려 명부전을 다시 바라보았다. 작은아버지는 사진틀 속에서 향냄새를 맡으며 근엄한 표정을 짓고 있었다. 사십구재에 참석하기 위해 결근계를 내자, 황 실장은 이 바쁜 시기에 회사를 비워야 하겠느냐며, 미간을 잔뜩 찌푸렸었다.

「……꼭 참석해야만 합니다.」

정환일이 짧게 말했다.

「정 그렇다면 할 수 없지.」

황 실장이 결근계를 다탁 위에 휙 집어던졌다.

회사를 빠져나오면서 정환일은 자신의 가슴이 와르르와르르 무너져 내리는 소리를 들었다. 사흘 밤을 새워 완성한 기획안을 어제 아침 황 실장에게 넘겨주었었다. 사흘 밤을 꼬박 새워 만든 기획안이라는 게, 결국은 앞으로는 믿음을 앞세우고, 뒤로는 환경 파괴를 일삼는 광신그룹의 전단이 되는 셈이 아닌가. 정환일은 울가망한 심정이 되어 대웅전 뒤로 걸음을 옮겼다.

소나무 숲이 찬 기운을 뿜어내고 있는 산길을 올라서자, 용정골이 한눈에 들어왔다. 하얀 모자를 쓴 골퍼들이 푸른 잔디밭에 점점이 박혀 있었다. 하늘을 날아갈 듯한 처마를 단 건물 앞에는 만국기가 펄럭이고 있었다.

「이왕 여기까지 온 거니까, 미륵불이나 보고 가세요.」

환희가 조용히 입을 열었다.

「그게 좋겠어.」

정환일이 짧게 대답했다.

사람들이 끊임없이 밀려오고 있었다. 미륵불을 향한 행렬이었다. 정환일은 조심스럽게 바위 위에 발을 올려놓았다. 바위를 타고 오르자, 중턱부터는 돌계단이 시작되었다. 돌계단 양쪽에는 쇠로 된 난간이 세워져 있었다.

정환일이 잠시 걸음을 멈췄다. 숨이 턱에 닿았다.

「다 왔는데 쉬기는요.」

환기가 걸음을 멈추며 말했다.

「웬 사람들이 이렇게 많아요? 오늘이 무슨 날인가요?」

「날은 무슨 날. 오늘같이 일요일만 되면 서울에서도 많은 사람들이 기도 드리러 와요.」

환희가 마른침을 삼켰다.

숨을 거칠게 몰아 쉬며 마지막 돌계단을 올라서자 거대한 미륵불이 바다에 뜬 돛배처럼 솟아 있었다. 마치 갓처럼 생긴 바위를 머리에 인 미륵불은 입을 굳게 다물고 사람들을 내려다보고 앉아 있었다. 미륵불 앞에는 돌로 된 상이 있었다. 그 상 위에는 쌀, 사과, 배 같은 과일이 더 올려놓을 공간이 없을 정도로 쌓여 있었다. 그리고 그 아래로는 수십 개의 촛불이 타고 있었다.

사람들은 엎드렸다가 일어섰다. 그리고 합장을 하고 다시 엎드렸다. 사람들은 그러한 동작을 수없이 반복하고 있었다.

정환일은 작은아버지의 극락왕생을 기원하는 환희를 무연한 심정으로 바라보았다. 속눈썹이 긴 고요한 두 눈에는 깊은 간구에 잠긴 듯한 빛이 담겨 있었다. 해쓱한 얼굴이 소복에 얼맞아 보이는 그녀는 땀을 닦고 크게 숨을 내쉬고는 다시 절을 하기 시작했다. 차츰 앉고 일어서는 그녀의 동작이 느려졌다. 얼굴이 창백해지면서 땀이 비 오듯 흘러내렸다.

바로 그때였다.

「미륵님이 땀을 쏟기 시작했다.」

누군가가 소리쳤다.

정환일은 고개를 들어 미륵불을 바라보았다. 미륵불의 얼굴에서 굵은 땀방울이 뚝뚝 떨어졌다.

환희는 다시 절을 하기 시작했다. 어느덧 그녀의 얼굴은 땀과 눈물로 뒤범벅이 되어 있었다.

어느새 정환일도 합장을 하고 미륵불을 향해 서 있었다. 합장한 손바닥이 축축하게 젖어 왔다. 그는 고개를 들어 미륵불을 바라보았다.

그때 미륵불에서 떨어져 내려온 땀방울이 그의 뺨에 뚝 떨어졌다.

열목어

1

「저 메기가 좀 이상해요?」

순영이 어항의 두꺼운 유리벽을 가느다란 손가락으로 콕콕 찌르며 말했다.

「메기가 이상하다고?」

권 실장이 뒷짐을 지고 어항 곁으로 다가갔다.

「다른 물고기들은 다 놀고 있는데 왜 저놈은 저렇게 누워 있는 거죠?」

「그건 메기가 낮에 자고 밤에 활동하기 때문이야.」

「그래서 그런가요. 버들치 같은 고기는 잘 죽는데 메기는 잘 죽지도 않는 게요.」

「그래서 그런 건 아니고, 물이 오염되면 버들치가 빨리 죽지. 열목어·산천어·버들개·버들치가 살면 1급수, 꺽지·쉬리·퉁가리·자가사리·은어가 살면 2급수, 잉어·붕어·뱀장어·

메기·미꾸라지가 살면 3급수지.」

「실장님은 물고기에 대해서 언제 그렇게 공부하셨어요?」

「내 친구 중 하나가 민물고기 연구소를 하고 있어. 연구소에 들락거리면서 들은 이야기야. 서당개 3년이면 풍월을 읊는다 했잖아.」

권 실장이 슬몃 웃음을 지었다.

권 실장은 일간 보고서를 정리하기 시작했다. 어제 만나고 온 사람들 이름과 만나서 이야기를 나눈 것을 적는 것이었다. 겨우 두 명밖에 못 만나고 왔다며 위로 찢어진 눈꼬리를 치뜰 안 사장을 생각하니 몸이 잔뜩 움츠러들었다. 인터폰이 울리더니 정 상무가 사장실로 들어갔다. 간간이 안 사장의 꺽진 목소리가 흘러나왔다. 권 실장은 주간 보고서를 펼쳐 들었다. 광대뼈가 나오고 볼이 들어간 그는 퍽 수척해 보였다.

정 상무가 길쭉한 얼굴을 일그러뜨린 채 사장실에서 나왔다.

「자, 점심 식사나 하러 갑시다.」

정 상무가 교정지를 서랍 속에 밀어 넣으며 몸을 천천히 일으켰다.

거리는 텅 비어 있었다. 휴가철이 시작된 것이다. 햇빛이 보도 위로 사정없이 쏟아져 내리고 있었다. 비명을 지르고 싶을 정도로 무더운 날씨였다.

앞서 걷던 권 실장이 천천히 문을 밀고 식당 안으로 들어서자, 차가운 바람이 목덜미로 파고 들어왔다. 수원 지방 법원이

필로폰과 엑스터시를 먹은 유명 여자 탤런트에게 징역 1년 6개월 형을 구형했다는 소식이 텔레비전 화면에서 막 흘러나왔다.

「필로폰도 모자라 엑스터시를 먹어? ……우린 무얼 먹나?」

주름살이 팬 이마 위에 드리워진 흰 머리카락을 쓸어 올리며 정 상무가 텔레비전 화면에서 시선을 거두었다.

「……삼계탕이 어떻습니까?」

권 실장이 차림표를 바라보며 말했다.

「좋지요.」

작달막한 키에 탄탄해 뵈는 몸집을 가진 서 부장이 텔레비전 화면에 시선을 주며 대꾸했다.

「환경부에 따르면, 오성엔지니어링 기술 연구소와 한국대학교 시스템응용공학부 등 여덟 개 연구 기관이 지난해 6월 30일부터 올해 6월 30일까지 강원도 동척시 감곡광산 등 전국 10개 폐광산의 555개 지점을 조사한 결과 198개 지점에서 비소, 카드뮴, 납 등의 중금속이 토양 오염 우려 기준을 초과한 것으로 밝혀졌습니다. 조사 결과 감곡광산의 경우 아연과 카드뮴 함유량이 최고 자연 함유량의 51.9배에 달하고 일부 지역의 농작물 생육 피해 한계 농도가 40퍼센트에 달하는 등 극심하게 오염돼 있었습니다. 카드뮴은 사람의 몸에 쌓일 경우 이타이이타이병을 일으켜 문제의 심각성을 더해 주고 있습니다.」

텔레비전 화면에 폭격을 맞은 것처럼 부서진 선광장이 누런 쇳물을 흘리며 사라지고, 콩밭에서 풀을 뽑는 농부들의 얼굴이 화면에 나타났다.

「저런 심심산골에서 재배하는 농작물도 오염되었으니, 뭘 먹고 사나?」

서 부장이 심드렁하게 말했다.

「요즘 오염 안 된 게 어딨어. 이렇게 먹고 살다가 가는 거지 뭐.」

서 부장이 삼계탕 국물을 숟가락으로 뜨며 말했다.

「사장님이 무슨 일로 우리 모두를 댁으로 초대하는 걸까요?」

서 부장이 의아한 낯빛으로 물었다.

「……깊은 생각이 있겠지…….」

정 상무가 말끝을 흐렸다.

「깊은 생각이라뇨?」

순영이 젓가락질을 멈추고, 뜨악한 표정을 지어 보였다.

「글쎄…… 자, 이제 그만 일어나지.」

정 상무가 허리를 세웠다.

「실장님, 우편물 왔어요.」

순영이 우편물을 권 실장에게 건네주었다.

권 실장은 봉투를 뜯었다. 현 소장이 보내온 것이었다.

「부지런도 해. 언제 이런 걸 다 번역했지?」

권 실장은 중얼거리듯 말하며 책장을 넘겼다. 책장을 넘기다가 '이타이이타이병의 아픔'이란 사진의 캡션에 눈길이 멎었다. 이타이이타이병이라고 불렸던 일본의 상징적인 공해병을 통렬히 고발한 보도 사진가 아유가이 시세이의 30년에 걸친 충격적인 기록 사진과 취재 수기를 실은 책이었다. 첫 장은 '기이한 병이 발생한 도야마 현(富山縣) 진즈 강(神通川) 연안 지역. 1960년 촬영'이란 해설이 붙은 사진이었다. 둘째 장은 '신에 저주받은 여자들'이라는 설명이 붙은 사진이었다. 이타이이타이병은 주로 아이를 많이 낳은 갱년기 여성에게 발병하며, 요통 하지 근육통으로 시작하여 수년 후에는 보행 불능이 되고, 병세가 급격히 진행하여 몸을 조금만 움직이거나 기침을 해도 골절을 일으켜, 밤이나 낮이나 '이따이 이따이'라고 고통을 호소하는 데서 이름이 붙었다('이따이 이따이'는 '아프다, 아프다'는 뜻이다). 병이 진행하면 온몸이 쇠약해져 사망한다. 동통은 목 윗부분을 제외한 전신에 걸쳐 일어난다. 키가 단축되고 피부는 특유의 검은빛을 띠며, 엑스레이 사진으로 보면 뼈의 고도의 위축과 병적 골절이 보이고, 병리학적으로는 골연화증에 가깝다. 원인은 진즈 강 상류의 아연 광산 폐수에서 흘러나온 카드뮴이 하천을 오염시켜 농축산물에 농축되었는데, 그 농축산물을 먹은 마을 사람들이 만성 중독을 일으키게 된 것이었다. 오리처럼 뒤뚱거리며 걸어가는 모습의 여자 사진 밑에 '진즈 강에는 카드뮴에 의한 무서운 독니가 잠재해 있다. 그러나 진즈 강가에 사는 농민들은 알 길이 없다. 신에 저주받은 사람들은 서서히 목을 졸리어 할아버지가, 아버지가, 어머니가, 그리고 아들이 죽어 갔다. 그 신을, 그 누가 분노시켰는가……'라고 쓰여 있었다.

「권 실장, 뭐 해? 빨리 가야지.」

정 상무가 권 실장을 향해 말했다.

권 실장은 보던 책을 책꽂이에 꽂고 일어섰다.

안 사장의 집은 신사 전철역에서 그리 멀지 않은 주택가에 자리 잡고 있었다. 단독 2층 주택인데 넓은 마당은 잔디로 덮여 있었고, 주목과 향나무 사이로 어린아이 키만 한 자연석들이 웅크리고 앉아 있었다. 현관으로 들어가자, 안 사장 부인이 눈웃음 비슷한 표정을 지으며 그들을 맞았다.

「사장님께서 서재에서 기다리고 계십니다.」

권 실장은 벽의 한 면을 가득 채운 책장으로 시선을 던졌다.

《거부 열전》, 《성씨 인물사》, 《한국을 움직이는 사람들》 같은 책들이 책장에 가득 꽂혀 있었다.

안 사장 부인이 예쁜 쟁반에 뜨거운 물이 담긴 주전자와 찻잔을 가지고 왔다.

「……출판업계가 파산 직전이라는 걸 여러분들도 잘 아시죠? 우리 회사가 오늘까지는 그럭저럭 버텨 왔으나, 이대로 가다가는 앞으로 몇 달 못 가서 여러분 월급도 못 줄 상황이 벌어질 것은 불을 보듯 뻔합니다.」

안 사장이 잠시 말을 멈추고 주전자를 앞으로 당겼다.

「매출이 급격히 떨어져 재고 도서가 창고마다 그득 차 있어 더 이상 책을 쌓아 놓을 데가 없어서 우리 집 차고에까지 책을 쌓아 놓게 되었습니다. 내 말이 거짓말인지 아닌지 확인하기 위해 우리 차고로 가보기로 합시다.」

안 사장이 찻잔을 다탁에 내려놓고 일어섰다.

정 상무가 재빨리 일어섰다. 권 실장도 엉거주춤 일어섰다. 그러자 나머지 사원들도 모두 일어섰다. 그들은 안 사장을 따라 차고로 갔다. 차고 한쪽에는 그랜저 지엑스가 서 있었고, 4면 벽에는 재고 책들이 천장에 닿을 정도로 쌓여 있었다. 책 더미에서 곰팡이 냄새가 뿜어져 나왔다.

「난 요즈음 출판사 사장이 아니라, 창고지기가 아닌가 하는 생각이 들어요.」

안 사장이 사원들을 휘둘러보며 말했다.

「그렇다고 이 어려운 시대에 사원들을 무턱 대고 길바닥으로 쫓아낼 수는 없고 해서 궁여지책으로 생각해 낸 게 자비 출판의 확대입니다. 내가 어떤 자료를 보니까, 일본의 경우 출판물의 50프로 이상이 자비 출판이라는 겁니다. 사실 그동안 우리 회사는 학술적 가치와 자료적 가치가 있는 책들만 찍어 오다 보니, 상업성이 없는 책만 내는 출판사로 알려져 있습니다.」

안 사장이 잠시 말을 멈췄다.

「……..」

사원들의 얼굴은 돌처럼 굳어 있었다.

그들이 서재로 돌아와 이야기를 나누고 있을 때, 안 사장 부인이 들어와 식사 준비가 끝났다고 말했다.

식당엔 맛깔스런 음식이 식탁 위에 가득 놓여 있었다.

아무 말 없이 밥을 입에 떠 넣고 있는 권 실장 옆으로 안 사장이 다가갔다.

「권 실장, 내일부터 알래스카에 냉장고를 판다는 정신으로 일해 봐. 권 실장 동문들이 각계각층에 쫙 깔려 있잖아. 내일부터 동문들만 찾아다녀도 한 1년은 잘 팔아먹을 거야. 우선 우리 회사가 막대한 돈을 들여 제작한 《한국 민속 전집》좀 팔아 봐. 내가 월급 외로 수당 줄게. 나, 누구처럼 벌어서 혼자 다 먹는 나쁜 놈 아냐.」

안 사장이 싯누런 금니를 드러내며 웃었다.

「……」

「자존심 상해 못하겠다는 소리는 안 하겠지. 권 실장이 우리 회사에 들어와서 기여한 게 뭐 있어야지. 내가 권 실장에게 처음 기대했던 거에 너무 못 미쳐. ……이젠 그나마도 권 실장이 아는 국문학계의 인맥은 거의 바닥이 났잖아.」

안 사장이 부드러운 어조로 구슬리듯 말했다.

「……」

권 실장은 뇌수에 바늘 끝이 와 닿는 느낌이었다. 안 사장의 속마음 뜻을 잘 알 수 있었다. 기획실장인 그에게 이제 영업 사원을 겸해 뛰라는 이야기였다.

「그렇다고 너무 실망하지 마. 국문학계의 인맥이 바닥났으면, 환경계로 눈을 돌리면 돼. 요새 제일 장사 잘되는 게 뭐야. 환경 아냐? 고리타분한 한국학 책만 낼 게 아니라. 환경 책도 만들어 보자고.」

안 사장이 다시 자기 자리로 돌아가 젓가락을 집어 들었다.

사원들은 조용히 숨을 고르며 슬금슬금 안 사장의 기색을 살폈다.

「그렇다고 내가 그동안 한국학 서적 출판을 선도해 온 우리 회사의 이미지를 어지럽히는 책을 내자는 건 아닙니다. 전국 각지에 흩어져 있는 환경 운동가들의 이야기와 환경 생태 보고서를 출간하고자 하는 겁니다. 마침 강원도 태백산 일대에서 '숲의 집'을 조성하고 있는 오경구 목사가 원고를 보내왔기에 환경을 지키는 사람들이라는 시리즈물 1호로 출간하면 어떻겠느냐 하는 겁니다. 근데 문제는 오경구 목사 같은 분들은 전문 작가가 아니기 때문에 사실상 원고를 출판사에서 거의 새로 쓰다시피 해야 한다는 겁니다. 권 실장이 이 원고를 집에 가서 한번 검토해 보고 월요일 기획 회의 때 이야기를 나눠 보기로 합시다.」

안 사장이 말을 끝내고, 원고 봉투를 권 실장에게 건네주었다.

「자, 정 상무, 한 잔 받아.」

안 사장이 정 상무 앞으로 맥주잔을 내밀었다.

「권 실장, 내일부터 무에서 유를 창조한다는 정신으로 일해 봐. 권 실장은 명문 대학 출신 아닌가. 게다가 척척 글을 쓸

수 있는 작가가 아닌가. 이 프로젝트엔 권 실장이 적격자라니깐. 이 프로젝트가 성공하면 월급과 별도로 특별 수당을 생각해 줄게. 나 벌어서 혼자 먹는 놈 아니야.」
안 사장이 권 실장에게 다가가, 꺽진 목소리로 말했다.

2

　권 실장이 마을버스를 타고, 용인 버스 터미널에 도착했을 때 시계는 7시를 가리키고 있었다. 남부 터미널행 버스가 막 떠날 채비를 하고 있었다. 그는 차표도 끊지 않고 버스에 올랐다. 버스 뒷좌석에 자리가 하나 비어 있었다. 그는 그곳으로 엉덩이를 밀어 넣었다. 터미널을 빠져나온 버스는 좀처럼 움직일 줄 몰랐다. 여기저기서 클랙슨 소리가 요란하게 터져 나왔다.
　'앞서 가는 한길, 한국의 미래가 한길에 있다.'
　권 실장은 빠르게 화면이 바뀌는 전광판을 바라보며 상념에 잠겼다
　대학을 졸업하고 그가 들어간 곳이 한길그룹 홍보실이었다. 국문과를 '굶는 과'라고 자조하던 동기생들은 그가 한길그룹 홍보실에 취직한 것을 무척 부러워했다. 그는 회사에 들어간 지 2년 만에 결혼도 하고, 아이도 갖고 용인시 외곽에 31평 아파트도 한 채 마련하고, 아내에게 소형 자가용도 한 대 사 주고 매주 일요일이면 에버랜드로, 민속촌으로, 수원성으로 가

족을 끌고 놀러도 갔다. 그러던 그가 거리로 내몰리게 된 것은 한길그룹이 북한에 투자한 사업이 부진하자, 한길그룹이 부도 위기에 몰리면서부터였다. 6개월 동안 집 안에 틀어박혀 있다가 거래처였던 인쇄소 사장의 소개로 안 사장을 만나 금문각 출판사의 기획실장이 되었다.

버스 차창으로 머리가 기계총처럼 깎인 골프장이 빠르게 흘러갔다. 권 실장은 눈을 지그시 감았다.

용인은 곳곳에 야트막한 산이 시냇물이나 저수지를 끼고 있어 풍광이 아름다운 곳이다. 일찍부터 용인에 눈을 돌린 기업들은 놀이 동산, 민속촌, 연수원을 앞 다투어 지었다. 그리고 이 골짜기 저 골짜기에다 스무 개가 넘는 골프장을 만들었다. 용인은 하루 종일 서울 사람들로 북새통을 이루고 있다. 도시화의 물결을 막을 수는 없지만 서울 근교에 마지막으로 남은 풍광 좋은 용인이 날이 갈수록 파괴되어 가는 것을 보며 권 실장은 안타까움을 금할 수 없었다. 용인 북서쪽에 자리 잡고 있는 수지와 구성도 아파트 단지가 들어서기 전에는 나지막한 구릉에 소나무와 활엽수 그리고 관목들이 우거져 있어 버스를 타고 그 옆을 지나가노라면 산골에 온 듯한 착각을 일으키게 하는 곳이었다. 불도저와 포클레인의 엔진 소리가 몰고 온 개발 바람은 소나무 숲이 빽빽한 산과 나지막한 구릉을 깡그리 갈아엎어 허허벌판으로 만들었다. 아파트 회사들은 단 한 평의 땅이라도 손실이 있을까 봐 벌판에다 거대한 성냥갑 같은 아파트들을 빼꼭히 꽂았다. 차츰 골짜기에서 새소리를 듣기 어려워졌고, 밤송이들이 바람 소리에 떨어지는 소리를 들을 수 없게 되었다. 오늘 아침 신문은 용인에 땅을 사둔 사람들의 이름과 사둔 땅을 지도에 정확하게 표기하여 보도했다. 국무총리를 지낸 사람, 현직 대법원 판사, 대학교 총장, 전·현직 장관…… 이름 석 자만 대면 알 수 있는 사람들이었다. 양지·송전·수지·백암·원삼·모현·구성·남사……. 어린 시절 초등학교에 다닐 때 친구들의 이름처럼 다정한 이 이름들의 주인이 왼손에 권력을 오른손엔 돈을 거머쥐고 있는 서울 사람들이라는 것을 떠올리자, 권 실장은 사람의 욕망이라는 것에 생각이 미쳤다.

만남의 광장이 가까워 왔다. 버스가 가다 서다를 반복했다. 손목시계를 보았다. 용인 터미널을 떠난 지 50분이 지나 있었다. 수지와 구성 쪽에 아파트 단지가 속속 들어차기 시작한 후부터 고속도로는 주차장처럼 변해 갔다.

서초구청이 보였다. 버스가 바퀴를 멈췄다. 권 실장은 천 원짜리 한 장과 백 원짜리 동전 여섯 개를 요금통에 던져 넣고, 허겁지겁 양재 전철역을 향해 내닫기 시작했다. 계단으로 내려서자, 얼굴에 뜨거운 열기가 확 끼쳐 왔다. 지하철 회수권을 개폐기에 들이밀면서 허벅지로 출입구의 봉을 밀었다. 전동차가 막 플랫폼에 들어서고 있었다.

전동차 안의 좌석은 꽉 차 있었다. 그는 손잡이를 잡고 시렁 위에 버려진 신문이 없나를 살폈다. 신문은 없었다. 그가 서 있는 바로 앞 좌석에 회사원 차림의 사내가 누런 서류 봉투를 손에 들고 졸고 있었다. 서류 봉투에는 한길그룹 마크가 선명했다. 한때 권 실장도 서류 봉투를 들고 전철에서 졸던 때가 있었다. 그는 시선을 천천히 차창 밖으로 옮겼다.

물끄러미 창밖을 바라보던 권 실장은 가방에서 안 사장이 준 원고를 꺼내 펼쳤다.

내가 하나님의 부름을 받아 조성해 가고 있는 숲의 집은 태백산 언저리의 문수봉 밑에 자리 잡고 있다. 이곳은 산이 높고 골짜기가 깊다. 4, 50년 전만 해도 사람의 손길이 거의 닿지 않은 지역이었다. 산기슭은 활엽수와 침엽수로 뒤덮여 있어 대낮에도 호랑이가 나오고, 나무가 얼마나 빽빽이 들어차 있는지 소를 끌고 나갈 수 없었다. 그러던 곳이 1936년 일본인들이 삼척개발주식회사를 만들어 석탄을 캐기 시작하고부터 숲이 파괴되기 시작했다. 한국전쟁과 7, 80년대 산업화 시대를 거치면서 이곳의 숲은 갱목으로 땔감으로 잘려 나가, 산은 민둥산이 되었고, 계속되는 석탄 채굴로 산비탈에는 갱이 토해 낸 버력이 또 다른 산을 이루고, 숲은 사라져 갔다. 이제 석탄 산업 합리화로 대부분의 탄광 회사들이 문을 닫고 떠나 버리고, 남아 있는 것은 버력 더미와 숲을 베어 낸 상처와 병든 광부와 그 가족들이다.

큰 교회 목회자들! 교단의 지도자들! 대도시로 몰려가 교인한 사람을 두고 서로 자기 교회로 끌어들이려고 갖은 수단 방법을 동원해 가며 열을 내는 목회자들! 이제는 광산촌 같은 특수 지대의 선교에 힘쓸 때가 온 것이다.

「하나님의 뜻이 계셔서 목사님을 막장 지대인 광산촌에 보내 주셨다고 믿습니다」라고 이곳 사람들은 말하고 있다.

하늘이 3천 평밖에 안 보인다는 이곳이 이제 내가 마지막 여생을 보낼 곳이라 생각하니 하나님의 뜻이 어디에 있는지 알 것만 같았다.

「아무래도 대필 작가를 투입해 처음부터 다시 취재해 글을 써야 될 것 같군.」

권 실장은 낮게 중얼거리며 차창 밖을 내다보았다. 홍제역이었다.

필자들과 약속이 없어, 권 실장은 오전 내내 기획실에 앉아 오 목사의 원고를 검토했다.

오 목사는 강원도 회성 탄광촌으로 내려가기 전까지 서울에서도 이름 있는 교회의 당회장 목사였다. 일요일이면 교인이 3천 명이나 모이는 교회에서 목회를 하던 그가, 회성으로 내려가게 된 것은 순전히 막내아들 때문이었다. 막내아들이 교인들 돈을 끌어다 건설 사업을 하다가 부도를 내는 바람에 오 목사는 책임을 지고, 자신이 개척한 교회를 떠나야만 했던 것이다. 오 목사가 쉬고 있다는 소식을 들은 회성의 황산장로교회 장로들이 서울로 올라가 오 목사를 담임 목사로 모시겠다고 간청해, 황산장로교회 담임 목사로 부임하게 되었다. 그 후 그는 회성에서 많은 사업을 벌였다. 야간 학교도 하고 노인 대학도 하고, 어린이집도 했다. 그리고 광부들의 복지를 위한 프로그램도 운영했다. 그런데 이 광부 프로그램이 문제였다. 광업소의 사주를 받은 교회 장로들이 오 목사를 산업 선교회 목사로 몰아 배척하기 시작한 것이다. 오 목사는 뜻을 같이하는 사람들과 함께 황산장로교회를 떠나, 따로 회성의 변두리에 교회를 개척했다. 그것을 모체로 하여 숲의 집을 만든 것이었다.

「사장님이 들어오시라는데요.」

사장실에 들어갔던 순영이 말했다.

「풍산문화재단에서 최종 결정이 났다고 합니다. 애 많이 썼어요.」

안 사장의 목소리가 부드러웠다.

풍산문화재단 환경 생태 총서를 출간하는 문제가 이제야 최종 결정이 났다는 것이다. 풍산문화재단을 만든 풍산그룹의 모태는 경상북도 연봉군과 강원도 회성시·동척시 등지에 아연 광산을 갖고 있던 풍산광업소였다. 환경 생태 총서 간행은 황금알을 낳는 거위와 같은 것이었다. 풍산문화재단에서 넘겨주는 원고를 깔끔하게 편집하여 책으로 만들어 주면 재단에서 초판 2천 권을 책임지고 구매해 준다는 것이었다. 그것도 매년 12종 이상 출간하는 것이었다. 큰 힘 안 들이고 많은 돈이 굴러 들어오는 것이었다. 때문에 풍산문화재단 환경 생태 총서를 따내기는 쉽지 않았다. 다행히 안 사장 부인이 나가는 교회의 집사가 재단 사무차장으로 있어서 커다란 힘이 되었다. 그러나 암초는 엉뚱한 데 있었다. 돈 냄새를 맡은 출판사들이 금문각 출판사의 출판 단가의 절반에 책을 출간해 주겠다며 달려들어, 최종 계약이 미루어졌던 것이다. 일이 꼬여 간다는 것을 눈치챈 안 사장은 이번 일을 성사시키지 못하면 회사가 위기에 몰리게 된다며, 권 실장에게 풍산문화재단으로 송 차장을 매일 찾아가라고 닦달했다. 권 실장이 사무국 문턱이 닳도록 들락거려 어렵게 계약을 따냈던 것이다.
「송 차장님의 힘이 컸지요.」
「그 송 차장이 우리 집사람이 나가는 교회의 집사거든……. 이래서 다 줄이 중요하다는 이야기가 아니겠소.」
「……」
「그 일은 그렇고…… 참, 오 목사 원고는 읽어 봤소?」
안 사장이 갑자기 생각났다는 듯이 말했다.
「아무래도 대필 작가를 투입해 처음부터 다시 취재해서 글을 써야만 할 것 같습니다.」
「……그 문젠 차차 생각해 보기로 하고, 우선 권 실장이 오 목사를 한번 만나 보아야 하는데…… 출판 조건도 그렇고…….」
안 사장이 하얀 봉투를 한쪽으로 밀어 놓으며 말꼬리를 흐뜨렸다.

「그래야겠지요.」

한국 현대 인물사 편찬 위원회.

안 사장의 책상 위에 놓여 있는 하얀 봉투에 씌어진 단체 이름이 길다고 권 실장은 생각했다. 권 실장이 시선을 천천히 안 사장의 얼굴로 옮겼다. 안 사장이 입가에 엷은 웃음을 흘렸다.

「오늘은 웬일로 사장님이 웃는 얼굴을 하고 있을까?」

사장실을 빠져나오면서 권 실장은 혼잣소리로 중얼거렸다. 권 실장은 안 사장으로부터 불호령을 듣지 않은 것만도 다행이라고 여겼다.

3

'숲의 집' 오 목사와는 아직 통화조차 하지 못하고 있어, 원고 진행이 되지 않고 있었다. 오 목사와의 면담일이 결정되면 총무가 연락해 주겠다는 언질을 들은 지 보름이 지났으나 연락이 없는 것이었다.

「실장님, 전홥니다.」

순영이 송수화기를 들어 보였다.

권 실장이 송수화기를 들자 현 소장의 걸걸한 목소리가 흘러나왔다.

「아, 전화 좀 하면 안 되나.」

대뜸 현 소장이 시비조로 나왔다.

「먹고사느라 바쁘다 보니 그렇게 됐어.」

권 실장은 풍산문화센터 앞에서 택시를 버리고 천천히 걸음을 옮겼다. 풍산문화센터는 40층 건물에 벽면이 온통 유리창으로 뒤덮여 있었다. 유리창은 빛이 닿기 바쁘게 빛을 되쏘았다. 권 실장은 출구 옆의 화단 옆 의자에 금방 숨이 넘어갈 듯이 기침을 토해 내며 쭈그리고 앉아 있는 사람들에게 눈길이 끌렸다. 그들은 '아프다, 아프다, 아프다', '아퍼, 아퍼, 너무 아퍼' 붉은 글씨가 쓰인 피켓을 손에 들고 있었다.

어깨선이 훤히 드러나는 옷차림의 여자들이 밀물같이 밀려들고 밀려 나오는 출입구 앞에 피켓을 들고 쭈그리고 앉아 있는 사람들의 모습이 기괴하기까지 했다. 경비원들이 몰려나와 그들을 몰아내기 시작했다. 권 실장은 걸음을 멈추고 그들을 바라보았다. 오리처럼 뒤뚱거리며 느릿느릿 뒤로 물러서는 그들은 한결같이 얼굴에 검은빛을 띠고 있었다.

「아프다, 아프다, 아프다? 무엇이 아프다는 걸까?」

권 실장은 고개를 갸웃거리며, 풍산문화센터 안으로 들어갔다. 시원한 기운이 순식간에 온몸을 끼얹었다. 권 실장이 커피숍 문을 밀고 들어갔다. 창밖을 물끄러미 내려다보고 있는 현 소장이 눈에 들어왔다. 대구에 있는 국립대학을 나와 미국에서 환경생태학을 연구해 박사 학위를 취득하고 돌아온 그는 몇 군데 대학에 시간 강사로 나가면서 민물고기 연구소를 운영하고 있었다. 연구소로 찾아가겠다는 그를 현 소장은 번거롭게 그럴 필요 없다면서 마침 자신이 종로로 나갈 약속이 있으니 오후쯤 시간을 내서 만나자고 했다.

「민물고기 연구소는 잘 운영되고 있어?」

권 실장이 자리에 앉으며 물었다.

「그럭저럭.」

현 소장이 심드렁하게 대꾸했다.

「민물고기 연구소를 운영하자면 그 비용도 만만찮게 들 텐데.」

「그러니까 내가 이리 뛰고 저리 뛰고, 이런 책도 써 내고 그러는 거지 뭐.」

찻잔을 다탁 위에 내려놓은 현 소장은 가방에서 책을 한 권 꺼냈다. 《한국의 토종 민물고기》라는 책이었다.

「이 책 반응이 좀 괜찮아요.」

현 소장이 사인을 한 다음 권 실장에게 건네주었다. 그러고 나서 그는 한국의 토종 민물고기에 대한 이야기를 늘어놓기 시작했다. 민통선에서 제주도 서귀포까지 남한의 하천에 그의 발길이 닿지 않은 곳이 없었다. 미호종개·납자루속·미레·감돌고기·갈겨니·흰줄납줄개·꺽지·참마자·미수개미……. 현 소장의 이야기 속에서 수많은 물고기들이 오르내렸다. 이야기가 열목어에 이르자, 그의 목소리에 열기가 묻어나기 시작했다.

「고등학교에서 생물을 가르치고 있는 동창 하나가 열목어 이야기를 하더라고. 경상북도 낙동강 상류 어딘가에 열목어가 살고 있다고 하던데.」

「1608년 권기 등이 펴낸 것으로 알려진 《영가지》에는 소천 부곡의 토산물로 여항어를 소개하고 있는데, 이 여항어가 열목어야. 소천부곡은 현재의 경상북도 연봉군 낙동강 상류 일대야.」

「그렇다면 열목어가 살아 있다는 말이 맞겠군.」

「금세기 초까지만 해도 낙동강 상류 일대에 열목어가 널리 살고 있었어. 특히 낙동강 지류인 송정천에 열목어가 살고 있다는 게 밝혀져 1938년 그 일대의 산림을 포함한 약 1천2백만 평을 천연기념물 서식지로 지정했지. 그런데 1962년 송정천의 거의 중류쯤 되는 곳에 아연 광산이 개발되면서 열목어가 사라지기 시작했어. 1970년대에 이르러서는 열목어가 아주 멸종해 버렸지.」

「멸종해 버렸다면……? 어떻게 열목어가 송정천에서 살고 있을까?」

「글쎄. 아연 광산이 몇 년 전에 문을 닫아, 폐수를 흘려보내지 않으니까 열목어가 다시 살기 시작한 게 아닐까? 뿐만 아니라 회성시의 석탄 광산들이 거의 문을 닫아 낙동강 상류의 수질이 많이 좋아졌거든.」

「……그 얘긴 그렇고, 이번에 우리 회사서 물고기와 야생화, 나무에 관한 아동물을 기획하고 있어. 물고기 사진을 싣고 거기다, 쉬운 이야기를 곁들이는 거야. 현 소장이 물고기 편을 맡아서 해주면 좋겠어.」
「나야 끼워 주면 좋지. 그런데 출판 조건은 어떻게?」
현 소장이 말끝을 높였다.
「필자가 사진 원고까지 책임지고, 인세 8프로 하면 어떨까 하는데.」
「아무리 아동물이라지만 인세 8프로는 너무 짜다.」
「인세 문제는 내가 사장님께 다시 말씀드려 볼게.」
권 실장이 현 소장과 헤어져 회사로 돌아왔을 때는 5시가 되어 가고 있었다.
「실장님, 전홥니다. 숲의 집이랍니다.」
순영이 송수화기를 들어 보였다.
권 실장은 송수화기를 집어 들고 전화기의 국선 3번을 눌렀다.
「……권 실장님이시죠. 우리 원장님과의 면담일이 잡혔습니다.」
달뜬 목소리가 송수화기에서 튀어나왔다.
「아, 네. 그러면 제가 8월 25일 오전 11시까지 그곳으로 가겠습니다. 그럼 그때 뵙겠습니다.」
권 실장은 전화를 끊고 사장실로 들어갔다.
「오경구 목사님의 면담 일정이 잡혔습니다. 8월 25일 오전 11시에 그곳 원장실에서 만나기로 했습니다.」

「그래요. 수고해 주어야겠어요.」

안 사장이 네모진 얼굴 가득 웃음을 지었다.

권 실장은 사장실을 빠져나오며 오른손으로 목덜미를 쓰다듬었다.

책상에 우편물이 놓여 있었다. 겉봉투에 '한국 현대 인물사 편찬 위원회'라고 쓰여 있었다. 지난번 사장실에서 본 것과 똑같은 것이었다. 겉봉투를 뜯자, 여러 장의 안내문이 나왔다.

「'단군 건국 이래 유구한 역사 속에 깃든 민족적 시련과 영광된 역정을 비롯하여 찬연하게 빛나고 있는 정통 민족 사관을 새로이 정립하고자 합니다. ……초호화 영구 애장본 사륙 배판형…… 전 7권…… 귀하를 본 위원회에서 한국의 현대 인물로 선정했습니다.' ……요즈음은 책 팔아먹는 수법도 지능적이란 말이야.」

권 실장은 안내문과 겉봉투를 꾸깃꾸깃 접어 쓰레기통에 밀어 넣었다.

「권 실장, 저녁 약속이 끝나는 대로 나도 갈 테니까. 예정대로 모임을 갖도록 하지.」

안 사장이 밖으로 나가며 말했다.

'브이아이피'에는 이미 풍산문화재단 사무국 팀이 구석진 자리에 자리 잡고 있었다.

「권 실장, 늦었어. 안 사장님은 같이 안 오십니까?」

송 차장이 웅숭깊은 눈을 번쩍이며 물었다.

「갑작스러운 약속이 있어서 좀 늦을 겁니다. 우리가 먼저 한 잔하다 보면 오실 겁니다.」

권 실장이 자리에 앉으며 말했다.

술이 몇 순배 돌았을 때 안 사장이 나타났다.

「인터뷰 좀 하고 오느라 늦었습니다.」

안 사장이 자리에 앉으며 말했다.

「인터뷰라뇨? 대한일보 문화부 이 기자를 만났습니까?」

권 실장이 물었다.

「그게 아니라 '한국 현대 인물사 편찬 위원회'라는 데서 내가 현대 한국 인물로 선정되었다면서 인터뷰를 하자 해서 갔다 오는 길이야.」

안 사장이 자랑스러운 듯이 말했다.

「사장님께서 현대 한국 인물로 선정되셨다고요? 저희 재단에만도 현대 인물로 선정된 사람이 스무 명이 넘습니다. 부장급 이상은 전부 다 통지문을 받았고, 별 볼일 없는 차장인 저도 한국 현대 인물로 낙점받았다니까요.」

뾰족한 턱을 치켜들고 송 차장이 느물거렸다.

「그럴 리 있나. 송 집사가 뭘 잘못 알고 있는 게지.」

안 사장이 헛기침을 했다.

권 실장은 터져 나오려는 웃음을 억지로 참느라 숨을 크게 몰아 쉬었다.

안 사장과 헤어져 권 실장이 서초구민회관 앞에 도착했을 때,

용인으로 가는 막차는 끊어진 지 오래였다. 그는 택시를 집어 탔다.

「경부고속도로를 죽 따라 내려가다가 신갈 인터체인지에서 영동고속도로로 들어선 뒤 마성 터널을 빠져나가자마자 용인 톨게이트로 가세요.」

말을 끝내고 권 실장은 머리를 의자 등받이에 뉘었다. 피로감이 무거운 납덩이처럼 그의 몸을 짓눌러 왔다.

「손님, 손님, 용인 시내 다 왔어요.」

운전기사가 권 실장을 흔들어 깨웠다.

「용인 시내라구요? 용인 시내 사거리에서 안성, 평택 방면으로 10분쯤 달리다가, 묵리로 가는 표지판이 나오면 좌회전해 죽 올라가세요. 그러면 그린타워아파트가 보일 겁니다.」

권 실장이 눈을 비비며 말했다.

택시가 아파트 중앙 경비실 앞에 멎었다.

권 실장은 엘리베이터에서 내려 인터폰을 눌렀다. 딩동딩동. 아무런 대답이 없었다. 다시 한 번 벨을 힘껏 눌렀다. 딩동딩동…….

「깊이 잠들었나?」

권 실장은 고개를 갸웃거리며 다시 벨을 힘껏 눌렀다.

아무런 응답이 없었다. 가방에서 열쇠를 꺼내 현관문을 열었다. 안으로 들어가, 현관문을 닫았다. 불빛이 갑자기 확 달려들었다. 권 실장이 눈을 찡그리는 순간이었다.

「해피 버스데이 투 유.」

아내와 딸아이가 손뼉을 짝짝 쳤다.
「아빠, 해피 버스데이 투 유. 생일 축하합니다.」
딸아이가 권 실장의 팔에 매달렸다.
「여보, 미안해, 오늘 당신 생일인 거, 시어머님 전화 받고 안 거 있지. 정말 미안해.」
아내가 머리를 긁적이며 말했다.

4

열목어가 물살을 헤치며 거슬러 올라가고 있었다. 등에 자주색의 작은 얼룩무늬가 번득거렸다. 가파른 낭떠러지를 뛰어오르려고 몸부림쳤다. 눈에 열이 많아서 차가운 물을 찾아 자꾸만 위로 거슬러 오르는 고기가 열목어였다. 열목어는 1급수의 맑은 물이 아니면 살지 않았다. 권 실장은 깜짝 놀랐다. 커다란 열목어가 그를 바라보고 있었다. 열목어들의 눈은 한결같이 붉게 충혈되어 있었다.
덜컹 하고 열차가 멈추었다.
권 실장은 잠에서 깨어났다.
「웬 잠꼬대를 그렇게 하우.」
「제가 잠꼬대를 했다고요.」
「'숨을 쉴 수 없어요. 숨을 쉴 수 없어요'라고 하더군.」
얼굴에 저승꽃이 돋은 할아버지가 웃었다.

옆자리의 단발머리 여자도 배시시 웃었다.

차창에 불쑥 어둠이 내렸다. 열차가 덜커덩거리며 터널을 지나가고 있었다. 권 실장은 망연히 차창 밖을 응시했다. 납작 엎드려 있는 역사를 휘감고 지나온 안개가 '추전역. 해발 855미터. 우리나라에서 제일 높은 역입니다'라고 씌어진 안내판으로 스멀스멀 기어가고 있었다.

「이제 회성시도 좋은 시절이 끝났지요. 요 몇 년 사이에 12만 명이나 하던 인구도 반으로 팍 줄었다잖아요. 게다가 남아 있는 광산들도 몇 년이나 더 갈지 모른다잖아요. 이렇게 인구가 계속 줄다간 회성시가 군이 될지도 모른다고 지금 회성 시민들 사이에 위기의식이 팽팽해요. 인구가 6만 이하로 떨어지면 중앙 정부 보조금이 팍팍 깎인다잖아요. 회성시 같은 경우 시 예산의 절반 이상이 중앙 정부 보조금으로 채워진다잖아요.」

「내가 처음 회성에 왔을 때만 해도 굉장히 훙청거렸던 도신데……. 그 망할 놈의 석탄 산업 합리환가 뭔가 하는 것 땜에 도시 망하고…… 광부들 다 쫓겨나고…… 장사꾼들도 다 보따리 싸고……..」

산비탈에 댐처럼 걸려 있는 버력 더미를 바라보며, 얼굴에 탄가루 자국이 박혀 있는 사내가 말끝을 흐렸다. 광부와 그 가족들이 살길을 찾아 모두 떠나 버린 광부 사택촌에는 마치 콜레라가 휩쓸고 지나간 것처럼 생명체라곤 강아지 새끼 한 마리

보이지 않았다.

「동네가 텅텅 비어 뿌렀어.」

할아버지가 혼잣말처럼 중얼거렸다.

「어디 동네만 텅 비었겠어요. 저 산도 속이 텅텅 비고 껍데기만 남아 있다 하대유.」

단발머리 여자가 비음 섞인 목소리로 말했다.

「석탄을 40년 이상이나 캐냈으니, 아무리 속이 꽉 찬 산인들 남아나겠어. 껍데기밖에 안 남아 있겠지.」

열차가 속도를 늦추고 회성역 플랫폼으로 들어섰다.

권 실장은 역 광장으로 나왔다. 헌 신문지 조각이 발끝에 차였다. 고원택시라는 글자를 뒤꽁무니에 매단 택시가 몇 대 멈춰 서 있는 게 보였다. 맨 앞에 서 있는 택시 앞으로 다가갔다.

「용소로 갑시다.」

권 실장이 택시 문을 닫으며 말했다.

거리는 적막했다. 택시가 속력을 내기 시작했다.

실팍한 개천은 온통 싯누런 빛이었다. 땅과 물이 시커멓다는 탄광촌에 대해 권 실장이 가지고 있던 생각에 혼란이 왔다.

「아, 저거요. 탄갱에서 흘러나온 유황과 철분 섞인 물이 내로 흘러와서 저런 겁니다.」

택시 기사의 퀭한 눈빛이 날카로웠다.

「그래요.」

개천 양쪽으로 지붕이 날아가고 벽이 무너져 내린 사택들이

열목어 117

잇대어 차창에 나타났다 사라졌다. 뒤이어 무너져 내린 선탄장의 싯누런 철물 구조물과 시커먼 아가리를 벌린 갱구가 차창을 스쳐 지나갔다.

택시가 시가지를 벗어나 계속 달렸다.

「손님도 '숲의 집'으로 가십니까?」

택시 기사가 물었다.

「그걸 어떻게 알았소?」

권 실장이 되물었다.

「용소로 가는 거라면 뻔하지요. 거긴 '숲의 집'밖에 없으니깐요. 오늘만 해도 두 탕쨉니다.」

「숲의 집엔 나무들이 많습니까?」

「무슨 나무가 많아요? 거긴 옛날 풍산광업소 아연 광미(鑛米) 처리장이 있던 곳인데요.」

「아연 광미 처리장.」

권 실장은 중얼거리듯 그 말을 되뇌었다.

「지금은 문을 닫았는데, 그전에 풍산광업소가 경상북도 땅인 연봉군 철포면 대풍리에서 아연을 캤거든요. 아연광을 대풍 제련소에서 제련하고 남은 아연 광미와 아연광을 캐면서 나온 버력을 지하 갱도를 통해 경상북도 경계 너머에 있는 강원도 땅인 회성시 용소 골짜기에다 20년 가까이 갖다 버렸는데, 그게 어마어마한 양이어서 골짜기 수십만 평이 평지가 되어 버렸어요. 광산이 문을 닫은 뒤부터 비만 오면 광미 처리장에서 폐수가 흘러나와 용소 골짜기 밑의 점동마을 일대의 지하수와 저수지가 오염되어 주민들이 시위도 하고 난리를 쳤지요.」
「문 닫은 아연 광산에서 흘러나오는 폐수라면 카드뮴이 섞여 있을 텐데……..」
「……」
「풍산광업소에서 오염 방지 시설을 제대로 하지 않고 철수했나요?」
「오염 방지 시설을 할 생각이 있는 놈들이 경북 땅에서 캔 아연 광석 찌꺼기를 지하 갱도를 이용해 강원도 땅에다 갖다 버렸겠습니까? 강원도에서도 풍산광업소가 문을 닫기까지 까맣게 몰랐다는 거예요. 거기가 워낙 골짜기가 깊은 데다 광업소 땅이라 일반인들의 출입을 금지시켰거든요. 그런데 몇 해 전 어떻게 이 사실을 안 방송국 기자가 취재를 나오니까, 풍산그룹 홍보실에서 사람들이 내려오고 시끌벅적했지요. 한동안 잠잠하더니, 거기 정신병자 요양원이 들어선다는 소문이 돌더라고요. 들리는 소문에는 풍산그룹이 오 목산가 하는 사람에게 그 광미 처리장을 공짜로 주었다더군요. 오 목사는 수십만 평의 땅을 그저 주워서 좋고, 풍산그룹은 골치 아픈 광미 처리장의 환경 오염 방지 시설 문제를 돈 한 푼 안 들이고 해결하게 되어 서로 누이 좋고 매부 좋게 된 셈이지요.」

택시가 모롱이를 돌자, 개천이 구불구불 이어지기 시작했다.
「풍산이라면 재벌 회사가 아닌가. 어떻게 재벌들이 그런 짓을……. 최소한의 양심도 없는 사람들이군…….」
권 실장이 말끝을 흐렸다.
「자본주의 사회에서 돈이면 최고 아닙니까. 돈 벌겠다는 욕심 앞에 양심이 어딨어요?」
택시 기사가 액셀러레이터를 밟았다. 오르막이 시작되고 있었다.

풍산광업소는 풍산그룹이 운영하던 회사였다. 아연 광산을 기반으로 해서 기업을 그룹 규모로까지 키운 풍산은 영업 실적 기준으로 우리나라 50대 재벌 그룹 안에 포함될 만큼 큰 기업군으로 성장했다. 노동조합이 없던 풍산광업소에 노동조합이 결성되고, 집행부가 강경 노선을 걷자, 광산의 문을 닫아 버렸다. 그러고 나서 외국에서 아연 광석을 수입해다 대풍제련소에서 계속 제련해 오고 있다. 아연 광석을 어마어마한 황금 덩이로 바꾼 풍산그룹은 서울에 대형 빌딩과 호텔을 짓고, 부산에다 수산물 가공 회사를 차려 많은 돈을 벌었다. 게다가 풍산문화재단을 만들어 환경 문화 사업을 벌여 기업 이미지를 높이고 있는 중이었다.

권 실장은 차창 밖으로 시선을 던졌다. 오르막길이 급해지면서 택시의 속도가 느려졌다. 개천이 거품을 북적이며 가늘게 흐르고 있었다. 물이 핥고 간 바위는 모두 잿빛이었다. 개천 바닥에도 시멘트 가루 같은 회색 침전물이 두껍게 깔려 있었다. 물거품의 숫자가 점점 많아지고 있었다.

「요양원 이름이 왜 '숲의 집'인가요?」

권 실장이 개천에서 시선을 떼며 물었다.

「그걸 전들 어떻게 알겠습니까? 광미 처리장을 흙으로 덮고 거기다 건물 열 개 동을 지어 놓고 숲의 집이라 이름을 붙였는데. 허허 모르겠어요. 오 목사의 깊은 뜻이 숨어 있겠지요.」

택시가 오르막길을 올라서자, 대단위 아파트 단지를 짓기 위해 조성해 놓은 택지 개발 지구처럼 넓게 펼쳐진 벌판이 보였다. 고등학교 교사같이 생긴 4층 건물이 우뚝 서 있는 양옆으로 여러 채의 대형 퀀셋 건물이 군대 막사처럼 차려 자세로 도열해 있었다.

「볼일이 다 끝나시면 이리로 전화를 주세요. 모시러 오겠습니다.」

택시 기사가 권 실장에게 명함을 건네주었다.

권 실장은 주위를 살폈다. 어디선가 찬송가 소리가 들려오고 있었다. 그는 찬송가 소리가 들려오는 4층 건물 쪽으로 걸음을 옮겼다. 건물 앞 전나무 아래에는 작업복 차림의 사람들이 둘러앉아, 물끄러미 권 실장을 바라보았다. 그들은 그에게 시들시들한 눈초리를 보냈다. 건물 주위로 둥근 가시 철조망이 2중 3중으로 둘러쳐져 있었다. 그리고 건물을 빙 둘러싸고 초소와

열목어

망루가 일정한 간격을 유지하고 서 있었다.

권 실장은 4층 건물 안으로 들어갔다. 목마른 짐승처럼 서 있던 사내가 다가왔다. 원장님을 만나러 왔다고 하자, 손가락으로 하얀 문을 가리켰다.

사무실 안으로 들어가자, 키가 작달막하고 검은 테 안경을 쓰고 있는 총무 간사가 소파를 가리키며 앉으라는 시늉을 해 보였다. 이윽고 송수화기를 내려놓은 총무 간사가 권 실장에게 다가왔다. 금문각출판사에서 왔다고 하자, 총무 간사는 고개를 돌려 벽에 걸려 있는 상황판을 바라보았다.

「목사님은 시청에서 급한 회의가 있어 나가셨는데, 두세 시간쯤 있으면 돌아오실 겁니다.」

총무 간사가 상황판에서 시선을 떼며 말했다.

권 실장은 그만 망연한 심정이 되고 말았다. 총무 간사가 차를 끓여 왔다.

「간사님은 여기 오신 지 얼마나 되셨어요?」

권 실장이 찻잔을 다탁에 내려놓았다.

「3년쯤 되었어요.」

총무 간사가 탁자 위에 흩어져 있는 신문과 인쇄물들을 한쪽으로 밀어 놓았다. 서울의 대학에서 연극 비평을 강의하는 남편을 두었던 그녀는 늘 도시를 벗어나고파 했다. 서울에서 승용차로 한두 시간 거리에 있는 곳 가운데서 근처에 저수지가 있고, 푸른 야산으로 둘러싸인 곳에다 전원주택을 짓고 사는 게 그녀의 꿈이었다. 그런데 남편이 갑자기 교통사고로 세상을 떠나는 바람에, 그녀는 외롭게 다세대 주택의 방 한 칸에 의지한 채 보습 학원의 강사로 살아가게 되었다. 그러던 어느 날, 교회 사무실에서 《숲의 집 사람들》이란 소식지를 보고, 진한 감동을 느껴 오 목사에게 전화를 한 것이 이곳으로 오게 된 동기였다.

권 실장은 탁자 위에 놓여 있는 소식지 《숲의 집 사람들》을 펼쳤다.

'숲의 집'은 독일의 발트킨더가르텐이라는 숲 유치원에서 힌트를 얻어 시작하게 되었다. 1993년 처음 등장한 발트킨더가르텐이 최근에는 독일 전체에 80개에 달할 정도로 성행하고 있다. 발트킨더가르텐에 다니는 아이는 감기에 좀처럼 걸리지 않는 등 자연에 대한 적응력이 훨씬 커졌다는 것이다. 발트킨더가르텐은 말 그대로 지붕과 벽이 없는 숲 속의 유치원이다. 아이들이 인공적인 유치원 공간에서 벗어나 스스로 자연을 탐구하고 발견하도록 하자는 취지에서 만들어졌다. '숲의 집'은 발트킨더가르텐 방식을 정신 질환자 등 요양자들에게 도입해 자연 속에서 생활하게 하여 자연에 대한 적응력을 키워 질병을 치료하고 질병을 예방하며 어린이처럼 살아가자는 데 그 취지가 있다고 했다.

「목사님께서 엄청난 일을 하고 계시군요.」

「그럼요. 보통 사람 같으면 엄두도 못 낼 일이지요.」

「막사이사이상 같은 거라도 드려야겠어요.」
「막사이사이상 갖고 되겠어요. 우리 목사님은 노벨 평화상을 받을 분입니다.」
총무 간사가 웃으며 말했다.
「노벨 평화상을요?」
권 실장이 《숲의 집 사람들》을 덮으며 말끝을 높였다.
「예수 이름으로 나아갈 때 불가능한 일은 없는 거지요.」
총무 간사가 정색을 하고 말했다.
「시설들을 좀 돌아볼 수 있겠습니까?」
「그건 목사님 허락 없이는 곤란하겠는데요.」
「그렇습니까?」
「점심 식사 안 하고 오셨지요?」
총무 간사가 자리에서 일어섰다.
「네.」
권 실장도 엉거주춤 일어섰다.

식당은 넓고 깨끗했다. 입구 쪽에 마련된 배식대 앞에 배가 불룩 튀어나온 사람, 몸보다 머리가 더 큰 가분수형인 사람, 연방 히죽히죽 웃는 사람, 한쪽 팔이 없는 사람, 바짝 말라 훅 불면 날아갈 것만 같은 사람, 한쪽 눈이 찌그러진 사람 들이 줄을 지어 서 있었다. 그들이 스테인리스 식판을 들고 차례로 손수 반찬 통에서 반찬을 떠 담고, 밥통에서 밥을 떠 담아, 식탁의 빈자리로 가 앉았다.

권 실장과 총무 간사도 차례로 스테인리스 식판에다 반찬과 밥을 담아 빈자리로 갔다.

「이 많은 사람들을 다 먹이려면 엄청난 비용이 들겠네요?」

권 실장이 젓가락질을 멈추고 물었다.

「물론 비용이 많이 들지요. 사랑동에 있는 저분들은 정신이 온전한 분들이기 때문에 스스로 식사를 찾아 먹을 수 있지만, 소망동 같은 곳에 있는 분들은 식사를 날라다 줘야 하기 때문에 그 수발도 만만치 않아요. 그러나 하나님이 사랑으로 항상 채워 주시니까, 걱정을 안 해요.」

총무 간사가 말했다.

식사를 끝내고 권 실장과 총무 간사는 사무실로 갔다. 권 실장은 총무 간사로부터 숲의 집에서 일하는 직원들이 모두 자원봉사자들이라는 말을 듣고 몹시 놀랐다. 봉사를 하면 하나님이 사랑으로 채워 주시는데 따로 보수가 필요 없다는 것이었다.

오 목사는 3시가 지나서야 돌아왔다. 희멀건 얼굴의 그는 체구가 건장했다.

「오경구입니다. 반갑습니다.」

권 실장이 원장실로 들어가자, 오 목사가 악수를 청했다.

「권웅탁입니다. 직접 만나 뵙게 되어 영광입니다.」

오 목사가 권 실장에게 자리를 권하고, 맞은편 자리에 앉았다.

오 목사가 오랜 목회 생활에서 나온 온화한 미소를 입가에 흘리며 대화를 이끌어 나갔다.

「'숲의 집'은 계속 조성해 가고 있는 단계입니다만, 벌써부터 기독계는 물론이고 정부 기관과 언론계 등에서 많은 관심을 가지고 있습니다. '숲의 집'이 최종 계획까지 완료되면 이곳엔 상시 3천 명이 요양할 수 있죠. 그렇게 되면 회성시 인구가 3천 명이 늘어나는 거죠. 그리고 또 3천 명의 사람들이 숲에 모여 서로 손을 잡고 기도를 하며 하루를 시작한다고 생각해 보세요. 얼마나 은혜로운 일입니까? 나뭇가지를 옷걸이 삼아 옷을 걸어 두고, 그루터기를 식탁 삼아 빵으로 식사를 하고, 산책도 하고⋯⋯. 성경 공부도 하고 율동도 하고⋯⋯. 천국이 따로 있겠습니까?」

「여길 오다 보니까 숲이 거의 없던데요?」

「이제 조성 단계이다 보니까 그렇지요. 부지는 확보해 놨으니까, 이미 절반 이상 조성한 거나 진배없습니다. 나의 특수 선교에 우리나라는 물론 해외에서도 많은 관심을 가지고 후원해 주고 있으니까, 잘될 겁니다.」

「그렇군요.」

「참, 원고는 검토해 보셨습니까?」

「네. 검토해 보았습니다.」

「많이 고쳐야 할 거요.」

「취재를 더 해서 대폭 수정해야 될 것 같습니다.」

「그건 차후 문제고⋯⋯ 출판 조건은 어떻게 할 겁니까?」

「초판 1만 부를 선인세로 드리고 계약할까 하는데요.」
「그 정도 조건이라면 별로 내키지 않는데…….」
오 목사가 말끝을 흐리며 인터폰으로 총무 간사를 호출했다.
총무 간사가 문을 밀고 원장실로 들어왔다.
「내 원고 말이야. 우리가 출판사 등록 내서 직접 출판하면 어떨까? 우리 후원회원에게만 팔아도 10만 권은 팔 텐데 말이야.」
「검토해 보겠습니다.」
총무 간사가 눈을 내리깔며 허리를 굽혔다.
「내가 3시 반에 방송국에서 기자들이 취재를 오기로 했거든요. 그 원고 건은 생각을 좀 더 해봅시다.」
오 목사가 자리에서 일어서며 악수를 청했다.
창밖의 하늘은 잔뜩 흐려져 있었다.

5

권 실장이 전화한 지 30분이 채 안 되어 택시가 나타났다
 권 실장은 택시 안으로 몸을 들이밀자마자, 등받이에 머리를 뉘었다.
「……이 지역은 안개가 많은가 봐요.」
 골짜기에 가득 내려앉고 있는 안개를 바라보며 권 실장이 말했다.

「지대가 높다 보니 안개가 많이 끼고, 기후 변화가 심하지요.」

골짜기의 모든 것이 선명한 윤곽을 잃고 모호한 형태로 변해 버렸다. 안개가 나뭇가지에 닿자, 그들은 음산한 기운을 뿜어냈다. 안개가 스멀스멀 내려와 차창에 다닥다닥 붙었다. 차창의 유리가 뿌연 안개로 휩싸였다. 눈앞이 침침해졌다. 지척에 있는 나무들이 꿈틀거렸다. 안개를 힘겹게 헤치며 열목어 떼가 다가왔다. 열목어 떼들은 한결같이 눈이 충혈되어 있었다. 권 실장은 열목어의 눈 속으로 빨려 들어가는 듯한 느낌을 받았다. 윙 하는 소리가 머릿속을 훑고 지나갔다. 그때 풍산문화센터 앞에 피켓을 들고 쭈그리고 앉아 있던 사람들이 오리처럼 뒤뚱거리며 느릿느릿 다가왔다. 이윽고 그들은 안개의 숲 속으로 물러섰다. 열목어 떼가 사라졌다.

「숲의 집에서 숲을 보셨습니까?」

택시 기사가 흐릿하게 웃었다.

「못 보았습니다.」

권 실장이 신음처럼 말했다.

「또 오실 건가요?」

택시 기사가 물었다.

「아니요.」

권 실장은 단호하게 대답했다.

안개의 숲 속에서 열목어의 울음소리가 들려왔다.

버력산

1

 낮게 내려앉아 있던 안개가 걷히자, 송곳처럼 하늘을 향해 우뚝 솟아 있는 화연산 벼랑에서 바위가 굴러 내리기 시작했다. 화연산 꼭대기에서 희뿌연 먼지가 하늘로 치솟아 올랐다. 벼랑이 순식간에 희뿌연 먼지로 휩싸였다.
「산이 무너진다!」
 누군가 외마디 비명처럼 소리를 내리지르며 고샅으로 내달렸다. 마을 사람들이 고샅으로 뛰어나왔다. 산이 무너져 내리는 소리가 계속 들렸다.
「지진이 났는가 벼.」
「지진이 난 게 틀림없니더.」
「지진은 무슨 지진이여……」
 마을 사람들이 허둥거렸다.
「벼랑에서 돌이 굴러 내리면 반드시 점동마을에서 누군가가 죽는다는디.」

천득이 혼잣소리처럼 중얼거렸다.

「그랬지. 우리 영식이 아빠가 병방 나갔다가 죽은 전날에도 벼랑에서 바위가 굴러 내렸지.」

여량집이 깊이 가라앉은 목소리로 말했다.

고샅은 물을 끼얹은 것처럼 조용했다. 우르르 쾅. 우르릉 쾅. 바위들이 다시 굴러 내리기 시작했다. 마을 사람들은 숨을 죽이고 벼랑에서 굴러 내리는 바위들을 바라보았다. 바위들은 육장 없이 굴러 내렸다. 화연산이 흔들렸다.

「폐갱도(廢坑道)가 무너져 내려앉는 소리야.」

윤 반장이 힘이 잔뜩 들어간 목소리로 말했다. 그의 얼굴에는 야생 밤 껍질만 한 흉터가 여러 개 나 있었다.

「폐갱도가 무너져 내려앉는 소리라니?」

천득이 성냥으로 콧구멍을 후벼 파며, 윤 반장의 길죽한 얼굴을 뜨악하게 바라보았다.

「생각혀 봐, 땅속을 40년이나 들쑤셔 파먹었으니께, 화연산인들 온전하겠느냐 이거여. 화연산이 성한 데가 어딨어. 온통 지진이 난 거처럼 쩍쩍 갈라져 있었잖아. 그리루 빗물이 들어가니까, 더 갈라질 수밖에……」

윤 반장이 담배를 꺼내 물었다.

화연산 꼭대기에서 희뿌연 먼지가 사라지자, 바위가 굴러 내리는 소리가 멈췄다.

화연산으로 나물을 뜯으러 갔던 사람들이 마을로 내려왔다.
「글쎄 말도 말게나. 화연산 꼭대기에 커다란 연못이 생겼더라니까.」
미순이 엄마가 가녀린 어깨를 흠칫 떨었다.
「연못이라니?」
천득이 작은 코 위에 붙어 있는 퀭한 눈을 동그랗게 뜨고 물었다.
「왜 있잖아. 한라산 백록담 같은 연못이 생겼더래이.」
「맞다니까, 시퍼런 물이 가득 차 있는데 무섭더래이…….」
「한 3백 평은 실히 될 거야.」
믿기지 않은 일이었다. 화연산 꼭대기에 연못이라니. 산 밑이 아닌 산꼭대기에 연못이 그것도 3백 평이나 되는 연못이라니. 천득은 마을 사람들이 무엇인가에 홀려 잘못 본 것이 아닌가 생각했다.
「폐갱도 속에 가득 차 있던 물이 어디로 가겠어. 땅거죽이 내려앉으니께 터져 올라왔겠제.」
윤 반장이 손가락으로 갈퀴를 만들어 머리를 긁었다.
「시간 나면 한번 올라가 봐야겠니더.」
천득이 콧구멍을 후벼 파던 성냥을 휙 집어던졌다.
「문수갱 사무소가 있던 데까지는 도로가 나 있으니께, 마음만 먹으면 금방 올라갈 수 있을 거야.」
윤 반장이 덧붙여 말했다.

「그나저나 마 십장님, 인부들은 모았니껴?」

자그마한 몸집의 여량집이 얼굴을 쳐들었다.

「아직 다 못 모았니더. 그래서 숲실로 가볼 참이었니더.」

천득이 빠른 목소리로 말했다.

실망스러운 기운이 윤 반장의 눈빛을 스치고 지나갔다.

「빨랑빨랑 인부들 좀 모으소. 그 덕에 나도 돈 좀 만져 보게……. 나물 뜯어 갖고는 신발 값도 안 나오니더…….」

여량집이 말끝을 흐렸다.

「알았니더. 내 퍼뜩 갔다 오겠니더.」

천득이 여량집을 향해 말했다.

여량집의 얼굴빛이 밝아졌다. 천득은 버스 정류장으로 걸음을 옮겼다. 어딘지 몹시 허약해 보이는 몸집이었다. 마침 황산행 버스가 비탈길을 내려오고 있었다.

버스가 모롱이를 돌자, 차창에 거대한 바위 굴이 천득의 눈에 들어왔다. 구문소였다. 천득이 어린 시절을 보냈던 점동마을의 화연산 벼랑에는 박달나무가 울창하게 숲을 이루고 있었고, 벼랑 위로 산양·노루·산토끼·구렁이·산비둘기 들이 둥지를 틀고 살았다. 벼랑이 끝나는 곳에 구문소라는 천연 굴이 자리 잡고 있었다. 태백산 언저리의 황지에서 흘러 내려오는 물이 점동마을에 이르러 커다란 바위 벽을 뚫고 지나가면서 바위 문을 만들고 소를 이루고 있는데, 이곳을 마을 사람들은 구문소라고 불렀다. 구문소 바위 벽 사이로 회양목과 소나무가 뿌리를 내리고 있었다.

 천득은 가끔 아버지를 따라 구문소로 고기를 잡으러 가곤 했다. 가매안에서 성지미골을 넘어가면 벼랑들이 줄을 지어 나타났다. 벼랑 위에는 구문소로 가는 길이 나 있었다. 벼랑 밑으로 돌들이 부서져 내려 있었다.

「아빠, 저기가 삼엽충 화석 캤는 데니꺼?」

 천득이 벼랑 밑을 손가락으로 가리켰다.

「그래, 그래. 바로 저기제. 구문소 벼랑에는 삼엽충 화석뿐만 아니라 고기 화석도 많이 발견돼. 서울의 대학에서 내려왔다 카는 사람이 폐어 화석을 발견한 데도 저기지.」

누르끼한 얼굴에 깊은 주름살이 잡힌 아버지가 말했다.

「폐어는 무슨 고기니꺼?」

천득이 궁금하다는 듯이 물었다.

「폐어는 3억만 년 전 고생대 말기에 출현한 고기라제 아마. 아가미 호흡과 폐 호흡을 동시에 하는 물고기라 카더라. 폐어는 남아메리카산과 아프리카산, 오스트레일리아산이 있는데 남아메리카산과 아프리카산은 폐가 두 개, 오스트레일리아산은 폐가 하나로 오스트레일리아산은 땅속에서 폐 호흡을 하며 살 수가 없다 카제. 폐어는 보통 물속에서 생활하지만 물이 마르면 뻘 속으로 들어가 누에고치를 만들고 체내에 저장된 영양분을 조금씩 섭취하여 땅속에서 무려 4년을 살 수 있다 카제.」

「으떻게 땅속에서 4년간이나 살 수 있다니껴?」

「나두 자세히는 모른다 카이. 서울의 대학서 내려왔다 카는 사람이 그렇다 하더래이.」

아버지가 숨을 가쁘게 몰아 쉬었다. 그의 두 눈은 충혈되어 있었다. 갱에서 벙방 작업을 하느라 잠을 제대로 못 잔 탓이었다.

그들은 바위 벽 밑으로 조심스럽게 발걸음을 내디뎠다. 박달나무 가지에 똬리를 틀고 있던 구렁이가 털썩하고 강물 위로 떨어졌다. 버들치들이 하얗게 하늘로 치솟았다. 버들치들을 재빨리 낚아챈 산비둘기들이 구구거리며 일제히 삼형제폭포 물 위로 날아올랐다. 때마침 폭포수를 거슬러 오르려고 하늘로 치솟던 은어 떼의 비늘이 햇빛을 받아 반짝반짝 빛나기 시작했다.

숲실마을 앞에 버스가 먼지를 일으키며 바퀴를 멈췄다. 천득은 버스에서 내렸다.

도로 양옆으로 유리창이 깨져 나가고, 지붕마저 달아난 사택들이 줄지어 서 있었다. 태풍이 휩쓸고 지나간 것만 같았다. 깨진 유리창 사이로 빨래를 넌 집이 드문드문 보였다. 사택 뒤로는 수갱(竪坑) 철 구조물이 벌겋게 녹이 슨 채 오후의 나른한 햇빛 속에 몸을 맡기고 있었다. 어린아이 키만큼 자란 쑥이 골목을 뒤덮고 있었고, 이따금 들고양이들이 울음소리를 내며 어슬렁거렸다.

왜소한 몸집의 승길이 어머니가 지팡이로 길바닥을 두드리며 느릿느릿 걸음을 옮겼다.

「뭘 하고 있니껴?」

천득이 걸음을 멈추고 물었다.

「갑방 나간 우리 승길이가 아즉 안 와서, 기다리고 있니더.」

승길이 어머니가 어깨를 늘어뜨린 채 지팡이로 길바닥을 두드렸다.

「지팡이로 길바닥을 두들기면 승길이가 나오니껴?」

「수갱에 탄 캐러 들어갔으니께 내가 두들기면 소릴 듣고 나올 거니더.」

콧등과 눈썹 밑에 피어오른 저승꽃에 탄가루가 묻어 있는 승길이 어머니가 눈을 내리깔았다.

「그만 집에 들어가시소.」

천득이 승길이 어머니의 팔을 잡아당겼다.

「갑방 나간 승길이가 굴에서 아즉 안 나왔는데 어미 된 내가 으떻게 가니껴.」

승길이 어머니가 지팡이를 들어 수갱 구조물을 가리켰다.

숲실마을 한가운데로 흐르는 황산천은 바위가 모두 시뻘겋다. 바위뿐만 아니었다. 냇물 바닥도 온통 시뻘겋다. 마치 유황을 솥째로 들이부은 것만 같았다. 갱 속에 그대로 방치한 갱목과 철 구조물 시설에 녹이 슬어 흘러내리는 물이었다. 탄광이 한창 개발되고 있을 때는 먹물을 들이부은 것 같은 시커먼 석탄 물이 흘러내리던 곳이었다.

탄광이 문을 닫자, 일자리를 잃은 광부들과 그 가족들은 일자리를 찾아 다른 곳으로 하나 둘 떠나 버렸다. 자고 나면 떠나는 사람들로 붐비던 숲실마을도 재작년 가을부터는 한산해졌다. 떠날 사람들이 없어졌기 때문이었다. 마지막까지 남아 있던 민보가 일자리를 찾아 가족들을 이끌고 경기도 안산으로 떠난 뒤로 진폐증에 걸린 퇴역 광부들과 그 가족들만 남아 있었다.

숲실마을은 숲이 빽빽하게 나무가 들어찬 골짜기라 해서 이름 붙인 마을이었다. 60년대부터 탄광이 개발되면서 산골짜기를 뒤덮고 있던 나무들은 마구 베어졌다. 트럭이 쉴 새 없이 골짜기를 오르내리며 나무들을 광업소 갱목장으로 실어 날랐다. 전기톱이 날카로운 이빨을 드러낼 때마다, 나무들은 갱목으로 가공되었다. 급기야 숲실 골짜기는 민둥산으로 변해 버렸다. 숲이 사라지자, 마을 한가운데를 흘러내리는 황산천은 썩어 가고, 마을은 팔도 뜨내기들로 가득 차 하루하루 인심이 메말라 갔다. 그러나 무엇보다도 마을 사람들을 벼랑 끝으로 몰아세운 것은 석탄 산업 합리화 정책이라는 회오리바람이었다. 석탄 산업 합리화 정책이란 정부가 만든 석탄 산업 합리화 사업단의 지원 아래 경제성이 낮은 영세 탄광을 자율적으로 정비토록 하고, 경제성 있는 탄광만 육성한다는 정책이었다. 숲실마을에 있던 탄광 세 개가 모두 문을 닫았던 것이다. 탄광 개발 30년 만에 숲실마을은 숲과 사람, 모두를 송두리째 잃어버린 것이었다. 광산 경기가 한창 좋을 때는 2천 명이 넘는 사람들이 살고 있던 마을이었다.

「너 혹시 흑염소 키우던 털보 아저씨가 사는 집이 어딘지 아니?」

천득이 나이에 비해 꽤 숙성해 보이는 사내아이 앞에 걸음을 멈추었다.

「아, 털보 아저씨요? 개울 건너 저 수갱탑 바로 밑에 살았는데…… 요즘 통 못 봤니더…….」

사내아이가 말끝을 흐렸다.

천득은 무연히 황산천을 내려다보다 낮게 신음을 발했다.

한 아름이나 되는 느티나무가 서 있는 곳으로 천득이 다가가자, 나무 밑에서 사슴 두 마리가 서로 엉덩이를 맞대고 낑낑대고 있었다. 그가 옆으로 바투 다가가자, 눈망울 맑은 놈이 앞다리를 허우적대며 도망치려 했다. 그러자, 거무스레한 털빛이 드문드문 박힌 놈이 낑낑대며 뒷다리를 땅바닥에 끌었다. 그는 숨을 안으로 깊이 들이쉬고 사슴을 향해 천천히 걸음을 뗐다. 비척거리던 사슴들이 쑥대밭 속으로 재빨리 달아났다.

에이, 눈앞이 와 이리 침침하지. 내가 헛것을 보았나. 천득은 손등으로 눈을 한번 비볐다. 사슴들은 보이지 않고 누런 개 두 마리가 텔레비전 안테나가 비쭉 튀어나와 있는 집 뒤로 달아나고 있었다. 그는 천천히 걸음을 옮겼다. 고샅 주위는 잡초들이 무성하게 자라 있었다. 사위는 고즈넉했다. 풀잎들이 발목을 스쳤다. 판자로 덧대어 만든 문 위에 '오준영'이라는 문패가 걸려 있었다.

천득이 헛기침을 한 번 했다. 방 안에선 어떤 기척도 느낄 수 없었다. 그는 다시 헛기침을 한 번 하고, 문을 세차게 흔들었다.

가느다란 인기척이 천득의 귓가에 짚여 왔다. 이윽고 안방 미닫이가 열렸다. 헝클어진 머리를 손으로 쓸어 올리며 불룩한 눈두덩에 눈곱이 붙은 여자가 주걱턱을 앞으로 내밀었다.

「우째 찾아왔니껴?」

40대 중반쯤 되어 보이는 여자의 날카로운 눈빛이 천득의 눈꺼풀 위에 닿았다.

「오준영 씨와 해동탄광에서 같이 일했던 사람입니다.」

천득이 방 안을 기웃거리며 말했다.

「아, 그러니껴…… 진폐증이 도져서 장안병원에 입원한 지 여섯 달 되니더.」

여자가 말끝을 흐렸다.

일순, 천득은 헛걸음했구나, 하는 생각이 들었다.

오준영 처의 쏘는 듯한 눈빛을 뒤로하고 천득은 골목길을 빠져나왔다.

천득은 다리를 건너오자, 어디로 갈까 잠시 망설였다. 손목시계를 들여다보았다. 3시가 지나 있었다. 천득은 장안병원으로 준영을 찾아가 보기로 마음먹었다. 준영이 급수를 받아 병원에 입원했다는 사실은 뜻밖이었다. 지난겨울만 해도 천득과 같이 재가 진폐 환자(在家塵肺患者)로 판정받아 병원에서 던져 주는 약만 받아먹고 집에서 진폐를 치료하던 그였다.

정류장 안내 방송이 흘러나왔다. 천득은 장안병원 앞에서 내렸다. 흰 머리카락이 귀밑을 덮는 50대 초반의 사내가 휠체어에 앉아 움푹 팬 눈을 들어 황산천을 망연히 내려다보고 있었다. 환자복을 몸에 두른 그의 얼굴은 중국집에서 막 배달된 자장면 그릇 옆에 딸려 온 단무지처럼 노랬다.

30년생은 더 되어 보이는 미루나무 아래에 마른 수수깡 같은 사내들이 여럿 앉아 멍하니 응급실 쪽을 바라보고 있었다. 모두 진폐 환자들이었다.

진폐 병동으로 올라가는 언덕길 양옆의 화단에는 주목들이 뿌리를 내리고 있었다. 살아 천 년 죽어 천 년을 간다는 주목은 화연산 정상에 자생하고 있었다.

천득은 준영과 함께 화연산에 올라가 죽은 주목 뿌리를 캐러 다니던 일을 떠올렸다. 죽은 주목 뿌리는 공예품을 만드는 데 좋은 재료였다. 병방이 되는 날이면 천득과 준영은 죽은 주목 뿌리를 캐러 화연산으로 들어갔다. 그들은 주목 뿌리로 공예품을 만들어 화연산을 찾는 등산객들에게 팔았다. 재미가 쏠쏠했다. 하지만 그 재미도 오래가지 못했다. 주목이 회성시의 시목(市木)으로 지정되면서 시청에서 감시원을 배치하여 주목을 감시하는 바람에 죽은 주목 가지나 뿌리를 채취할 수 없게 되었다. 모든 주목에 일련번호가 붙은 패찰이 채워졌다.

검은 테 안경을 쓴 간호사가 일러 준 844호실은 좁은 회랑이 끝나는 곳에 자리 잡고 있었다. 천장에 매달려 있는 형광등에서 흘러내리는 불빛이 병실의 어둠을 걷어 내고 있었다. 가운데 통로를 중심으로 패찰 붙은 병상이 양쪽으로 죽 늘어서 있었다. 오른쪽 병상 위에는 코뚜레처럼 생긴 산소 튜브를 코에 낀 환자들이 누워 있었고, 왼쪽 병상에는 두 눈이 움푹 들어간 환자가 숨을 턱까지 몰아 쉬고 있었다.

진폐증 말기 증상을 보이고 있는 준영은 얼굴에 핏기가 없고 몸이 장티푸스를 앓고 난 사람처럼 바싹 말라 있었다. 진폐증은 광물성 분진이 폐에 쌓여 생기는 질병이었다. 준영은 산소 튜브를 이용하여 강제로 호흡을 해야 목숨을 부지할 수 있다고 했다.

「난, 이제 얼마 못 갈 거야. 며칠 전엔 폐에 물이 차서 구멍을 네 개나 뚫었어. 숨이 붙어 있으니까 살아 있다는 거지. 이게 어디 살아 있다고 할 수 있어.」

준영의 두터운 입술이 실룩거렸다.

「무슨 소릴 하는 거야. 빨리 나아서 화연산에도 올라가 봐야지.」

천득이 준영의 가녀린 팔을 잡았다.

「화연산에 올라가 주목나무 숲을 헤집고 다니면 마음이 편안하고 꼭 어머니의 품속에 안겨 있는 거 같은 느낌을 받곤 했었는디……」

「우리가 어릴 때만 해도 화연산에 나무가 얼마나 많았어. 그리고 구문소에 은어랑 꺽지랑 뱀장어랑 물고기가 얼마나 많앉어. 그땐 화연산과 구문소가 우리들의 안식처였지. 그곳에만 가면 고향 마을의 뒷동산에 올라간 것처럼 항상 포근했지.」
「탄광업자들이 마구잡이로 탄광 개발을 하는 바람에 회성 땅은 결딴나 뿌렸지.」
「땅만 결딴났나. 사람들도 결딴났지.」
「애옥살이하면서도 이 유형의 땅을 일찍 떠나지 못한 게 한이야.」
「그래. 여긴 유형의 땅이지. 석탄 산업 합리화인지 뭔지 때문에 더더구나 사람 못 살 땅으로 변해 가고 있지. 밥벌이 할 데가 있어야 입에 풀칠이라도 할 게 아녀…….」
「그려. 큰일이여. 진폐에 걸려 죽는 한이 있더라도 갱에 들어가 탄을 캐면 지집 새끼들은 굶기지 않았는디…….」
「어서 건강을 회복하여 흑염소도 다시 길러야지.」
천득이 준영의 손을 꼭 쥐었다.
「……난 이미 낙엽처럼 다 떨어져 가는 사람이야. ……빗자루로 쓸어다 땅속에다 묻어 버리면 끝이지…….」
준영의 늑막 아래쪽에서 담즙처럼 쓴 회한이 일렁였다.

2

이따금 산줄기를 흔들며 바람이 소 울음소리를 내고 지나갔다. 바람 소리는 산봉우리와 산봉우리 사이를 빠져나와 사택촌을 뒤흔들었다. 고양이 울음소리가 바람 소리에 섞여 방 안에 빼꼭히 들어차 있는 정적을 끊었다.

「엠병할 소가 와 저리 운다여.」

천득이 옥녀의 배 위로 뭉그적거리며 올라탔다.

천득이 혓바닥으로 귓불을 핥자, 옥녀의 입에서 가느다란 신음 소리가 흘러나왔다.

천득은 오른손으로 옥녀의 허벅지를 문대며, 입으로 까만 젖꼭지를 핥았다. 그녀가 몸을 비비 꼬며 고양이 울음소리를 냈다.

「뭐, 이런 기 다 있노. 수고양이가 소리 듣고 쫓아오겠다.」

천득이 옥녀의 배꼽을 핥고, 허벅지를 핥았다.

「구시렁거리지 말고 어서 하시소.」

옥녀가 천득의 입을 손으로 틀어막으며 몸을 뒤척였다. 그녀의 으슥한 곳은 수갱처럼 깊었다. 그는 혀끝을 세웠다. 혀끝이 수갱으로 천천히 미끄러져 내려갔다. 이윽고 깊숙한 곳에 닿았다. 그는 자신의 그것이 뱀 대가리처럼 빳빳하게 고개를 쳐드는 것을 느낄 수 있었다. 그녀가 손을 폈다 오므렸다 하면서 거칠게 숨을 토해 냈다. 그는 숨을 크게 들이쉬었다. 그녀가 그의 허리를 세차게 끌어안았다. 진흙 밟는 소리가 방 안에 가득차기 시작했다. 그녀가 거칠게 숨을 몰아 쉬었다. 진흙 밟는 소리가 멈췄다.

천득은 아직도 비 맞은 시래기처럼 후줄근한 자신의 그것을 손으로 죽 훑었다. 그것은 좀처럼 되살아날 것 같지 않았다.

「탄광 생활 오래 하면 쇠꼽도 못 견뎌 난다더니…… 우리 수철이 아버지가 그 꼴이네.」

옥녀는 길게 한숨을 쉬었다. 눈꼬리 가득 잔주름이 잡혔다.

바람에 나뭇가지 흔들리는 소리가 밤공기를 갈랐다. 어느새 천득은 입을 헤벌쭉 벌리고 잠이 들어 있었다. 옥녀는 물끄러미 그의 자는 모습을 바라보다가 허리를 꺾어 이불 사이로 비주룩이 빠져나온 그의 다리를 만져 보았다. 겨릅과 같이 메마른 다리가 윤기라곤 찾아볼 수 없었다. 옥녀의 아래턱이 쭉 빠진 얼굴은 안개가 낀 듯이 흐려졌다.

쿨룩, 쿨룩…… 천득이 밭은기침을 했다.

「우짤꼬. 우리 수철이 아버지가 일 나가야 하는디 바람이 저리 불어싸면 우짜제.」

옥녀가 이불 사이로 삐져나온 천득의 어깨를 이불 속으로 밀어 넣었다. 이전보다 그의 어깨는 조금 더 굽어 보였다.

천득은 한기에 잠이 깼다.

「7신디…… 얼릉 밥 한술 다고.」

천득이 일어나 앉으며 말했다.

옥녀가 소반에다 밥상을 차려 가지고 들어왔다. 물주전자 옆에 검은콩이 듬성듬성 섞인 밥그릇과 김치 쪼가리가 상 위에 덩그러니 놓여 있었다.

천득은 미간을 잔뜩 찌푸리다가 숟가락을 들었다. 물그릇에 밥을 말아 훌쩍거리며 입 안으로 밀어 넣었다. 밥그릇을 반쯤 비웠을 때, 쿵쿵거리는 발짝 소리가 들려왔다.

「천득이, 일 안 가?」

동삼의 굵직한 목소리가 댓돌 위로 뛰어올랐다.

「와 안 가. 쬐꼼 기다려.」

천득은 숟가락을 소반 위에 집어던지듯 내려놓고 일어섰다.

「여보, 또 다방에 들러 노닥거리다 오지 말고 일 끝내고 바로 오시소.」

「저런 입방정 놀리는 거 좀 보소. 내가 할 일이 없어 다방에 가는 줄 아능가 벼. 사업을 하자며는 다방 출입을 안 하곤 안 되는 뱁이여.」

「사업 좋아하니더. 탄 파묵고 내다 버린 버럭 더미를 흙으로 살짝살짝 덮는 게 무슨 놈의 사업이니껴?」

옥녀가 밥상을 치우며 말했다.

「뭐 하느라꼬 안 나와?」

동삼이 거무죽죽하고 우람진 얼굴을 쳐들고 삽짝 안으로 들어섰다.

「막 나갈라꼬 하던 챔이여.」

한일탄광 통근 버스가 검은 연기를 꽁무니에서 내뿜으며 지나갔다.

「우리도 한때는 통근 버스 타고 오고 갔는디.」

동삼이 혼잣소리처럼 중얼거렸다.

「그려 우리에게도 통근 버스 타고 출퇴근하던 시절이 있었 제…….」
천득은 눈을 지그시 감았다.

천득이 밖으로 나가자, 차가운 바람이 기다리고 있었다는 듯이 얼굴을 때렸다. 잠을 제대로 자지 못한 탓에 눈알이 자꾸만 씀벅거렸다.
「버스가 안 올라나.」
「버스가 안 오면 오늘은 공치는 거지 뭐.」
천득은 목을 길게 빼 세워 굴다리 쪽을 바라보았다.
「오늘 같은 날은 마누라 엉덩이를 주물러 대며 누워 있어야 하는디.」
동삼이 손으로 턱을 쓰다듬으며 말했다. 그의 체구는 왜소했으나 눈빛은 날카로웠다.
운탄 트럭들이 바퀴 밑에서 시커먼 먼지를 뿜어 올리며 지나갔다. 시커먼 탄 먼지가 천득의 얼굴을 휘감았다. 탄가루가 입 속에서 서걱거렸다.
통근 버스가 부르릉거리며 굴다리를 빠져나오고 있었다.
「버스가 오긴 오네.」
천득이 발뒤꿈치로 담뱃불을 비벼 껐다.
통근 버스가 거친 엔진 소리를 토해 내며, 바퀴를 멈췄다.
그들이 버스 안으로 들어가자, 뒷좌석에 앉아 낄낄거리고 있던 민보와 준영이 고개를 들었다.

「똥삼이 오늘은 우짜 늦지 않았노?」

민보가 동삼을 올려다보며 말했다.

「니 방금 뭐라꼬 했노? 똥삼이? 니는 형님도 읎나.」

동삼이 화난 음성으로 대꾸하자, 웃음소리가 낭자하게 버스 안에 흩어졌다.

통근 버스는 시커먼 연기를 연방 뒤꽁무니에서 뿜어 대며 산기슭을 안고 돌아가고 있었다. 산비탈에 불빛이 점점이 흩어져 있었다. 천득은 시선을 차창에 꽂은 채 미동도 하지 않았다. 수직 갱도처럼 직선으로 내리꽂힌 계곡 밑바닥에 회성 시가지가 짙은 어둠 속에 잠겨 있었다. 그곳은 깊은 바다 속 같았다. 시가지를 따라 남북으로 길게 늘어서 있는 가로등 불빛은 마치 바다 위에 둥둥 떠 있는 집어등 같기도 하고, 막장에서 죽어 간 광부들의 혼불이 떠다니고 있는 것 같기도 했다. 차창에 비스듬하게 따라오던 불빛이 사라지자, 시야는 캄캄한 어둠 속으로 침몰했다.

「천득이 뭐 하능겨. 그만 내려야제.」

동삼의 카랑진 목소리에 천득은 고개를 돌렸다.

골짜기와 골짜기를 가로질러 걸려 있는 삭도(索道)에는 광석 바구니가 두 개 매달려 있었다. 천득은 광석 바구니를 물끄러미 바라보다가 갱 사무소 안으로 들어갔다. 후끈한 열기가 그의 얼굴에 확 끼쳤다. 판자벽을 등지고 앉아 있던 준영이 고개를 들어 인사를 했다. 드럼통을 잘라 만든 난로에는 괴탄 덩어리가 탁, 탁, 소리를 내뱉으며 벌겋게 타고 있었다. 광부들이 움직일 때마다 탄 먼지가 풀석거렸다.

천득은 주머니에서 성냥을 꺼내 콧구멍을 후벼 팠다. 새카만 코가 끈적끈적하게 성냥에 달라붙었다. 석탄을 포장하지 않고 그대로 실은 스킵이 510갱에서 내려오는 소리가 간단없이 광부들의 말소리 사이로 끼어들었다.

「해동탄광은 이번에 합리화 신청을 한다면서요?」

준영이 괴탄을 집게로 집어 난로에 담았다.

「쫄딱구뎅이니께 합리환지 뭔지 신청하는 거겠지 뭐.」

동삼이 중얼거리듯 말했다.

「석탄 산업 합리화라는 거 참말 묘한 거더구만요…… 탄을 파먹을 대로 파먹어 더 이상 파먹을 수 없는 회사를 골라 철수비를 지급해 준다는 이야기가 있더구만요.」

준영의 목소리에 힘이 들어 있었다. 회성 일대 광산에서 일어나는 일들은 물론, 영월, 사북, 도계 일대 광산에서 일어나는 일을 그는 훤하게 알고 있었다.

「우리 성원탄광이야 합리화되는 일은 없겠지.」

동삼이 불안 섞인 목소리로 물었다.

「대단위 탄광 열 개 정도 남겨 놓고 나머지 탄광들은 전부 합리화시킨다는군요.」

준영의 말에 모두 일순 긴장했다

「준영이 말이 맞을지도 모른대이. 나도 다방에서 황산서 레지 하다 온 애한테 들은 이야긴디, 흑암 쪽도 술렁거리고 있다 카더라……. 성한광업소와 창유탄광이 합리화 신청을 했는데, 이어…… 어룡광업소도 합리화 신청을 한다는 소문이 떠돌고 있다 카더라.」

「자자, 합리환지 뭔지 하는 건 우리 광업소와는 상관없는 이야긴 기라. 어서들 입갱하시더.」

동삼이 궁둥이를 들며 말했다.

탈의실 안에는 먼저 들어온 광부들이 작업복으로 갈아입느라 법석이었다. 탈의실 안은 먼지로 자욱했다.

「옷 좀 조심해서 입을 수 없어? 먼지가 나지 않도록 해야 할 거 아녀.」

탄가루로 범벅이 된 작업복을 툭툭 털며 입고 있는 동삼을 향해 천득이 말했다.

「작업복은 입으면 먼지가 나는 게 정상 아녀?」

동삼이 작업복 바지를 마른 나무처럼 빼빼 마른 다리 사이로 들이밀며 이기죽거렸다.

「우리같이 탄을 오래 파서 탄가루가 폐에 쌓여 있는 사람들은 탄가루가 조금만 목구멍으로 넘어가도 숨이 콱콱 막혀 온다니까.」

천득이 거쿨진 큰 손으로 안전모를 고쳐 썼다.

「진균이가 급수를 받아 입원했다더군.」

준영이 떨리는 눈두덩을 오른쪽 손으로 지그시 눌렀다.
「진균이는 그나마 다행이군. 진폐법의 혜택을 볼 수 있게 돼서.」
천득이 파리하고 까칠한 얼굴을 들어 준영을 바라보았다.
「근데 그놈의 진폐법이 문제가 많아. 진폐에 걸린 우리 같은 광부들은 진폐법이 있는데도 불구하고 합병증이 없거나 법률이 정한 합병증이 아닌 경우에는 진폐증이 심해도 입원 요양을 받을 수 없어. 많은 진폐 광부들이 입원을 못하고 그 혜택을 못 입고 고통 속에서 지내는 경우가 허다하잖아. 다른 사람과 대화를 나누거나 스스로 옷을 입는 정도의 활동에도 호흡 곤란을 느낄 정도거나 활동성 폐결핵이나 폐암 같은 합병증이 발병하였을 때 한하여 입원 요양 치료를 할 수 있게 하고 있잖아.」
「정부에서 하는 일이 모두 그렇지 뭐. 합병증이 와서 다 죽게 되어야만 입원시켜 준다는 게 말이나 돼.」
「그려, 그 말이 맞어.」
나무 전신주에 매달려 있는 백열등에서 벌건 불빛이 흘러나왔다. 선로가 어지럽게 뻗어 나가고 있는 옆으로 판자로 지은 건물이 세 채 있었다. 한 채는 610갱 사무실이고, 한 채는 기계실이었다. 그리고 또 다른 한 채는 탈의실과 목욕탕이 들어 있는 건물이었다.

610갱이 산허리에 시커먼 아가리를 벌리고 있었다.

「자, 대기실로 모이더라고.」

윤 반장이 빠르게 말했다.

허리 보호대를 두르고 있던 민보가 느릿느릿 대기실로 들어왔다.

「오늘은…… 안전 교육을 생략하고 작업 지시만 하겠다.」

윤 반장이 주위를 둘러보며 말했다.

톱과 도끼 부딪치는 소리가 간간이 났다.

「……엄민보 씨는 보갱(保坑)하는 데 수고를 좀 해주어야겠어.」

윤 반장이 민보를 힐끗 바라보았다.

「네, 그렇게 하겠심더.」

천득의 옆구리를 찌르며 킥킥거리고 있던 민보가 고개를 바짝 들고 빠른 목소리로 대답했다.

「그리고 마천득 씨는…….」

윤 반장의 작업 지시가 끝나고 간단한 보안 교육이 있었다.

잔솔 밑에 시커먼 아가리를 벌리고 있는 갱 저편에서는 퇴갱(退坑)하는 광부들의 희미한 불빛이 어른거리고 있었다. 천득은 벨트를 추스른 다음 갱구 검신소로 걸음을 옮겼다.

동삼은 벌써 인차(人車)에 올라타 있었다. 인차를 탄 준영의 얼굴에 순간 긴장의 빛이 스치고 지나갔다. 진행 방향을 보고 두 명씩 앉게 되어 있는 인차에는 광부들이 줄지어 앉아 있었다. 인차는 시퍼런 불꽃을 끌면서 시커먼 아가리를 향해 출발했다. 꽈당, 꽈당 하는 소리를 연방 뱉어 내며 인차가 하나 둘씩 어둠 속으로 빨려 들어갔다. 군데군데 하중을 받아 브이 자 형태로 꺾인 갱목이 눈에 들어왔다.

「여기선 이게 목숨이나 마찬가지여.」

지주 사이에 삐죽삐죽 드러난 괴탄 덩어리를 바라보며 천득이 안전등을 만지작거렸다.

「그려…… 옛날에는 간드레를 가지고 굴속을 드나들었는데, 위험한 일이 한두 번이 아니었지.」

동삼이 눈을 지그시 감았다.

차가운 습기가 천득의 살갗 속으로 파고들었다. 열병식을 하듯 좌우로 늘어선 지주를 따라 요란한 소리를 끌면서 인차는 달렸다. 인차는 5백 미터, 1천 미터, 1천5백 미터씩 깊고 깊은 계곡으로 서서히 침전하여 가듯이 깊숙이 굴속으로 들어갔다. 인차가 멎자, 광부들이 내렸다. 그들은 수평 갱도(水平坑道)를 걸어갔다.

갱 입구는 엄지손가락만 하게 작아져 있었다. 갱내수가 발밑에서 질척거렸다. 불빛이 보였다. 사갱(斜坑)이 나타났다. 인차가 그들을 기다리고 있었다. 그들은 다시 인차를 타고 내려갔다. 꽈당, 꽈당 하는 소리가 바퀴 밑에서 끊임없이 뛰어 올라왔다. 꽈당, 꽈당 하는 소리가 멈췄다. 그들은 인차에서 내려 걷기 시작했다. 발밑에서는 계속 갱내수가 질척거렸다.

갱내 대기소의 불빛이 보였다. 광부들은 흩어져서 각자가 연장들을 찾아내어 도끼날을 갈고 톱날을 다듬었다. 이윽고 광부들은 하나 둘씩 화약 보따리를 등에 지고 막장으로 향했다. 민보는 보갱할 때 쓸 갱목을 기다리느라 남아 있었다. 그러나 다른 광부들은 굴진 막장으로 제가끔 바삐 걸어갔다. 갱 속의 대부분은 물이 고여 있어서 얼마쯤 걷다 보면 바짓가랑이가 젖기 일쑤였다. 막장으로 들어갈수록 공기는 더워졌다. 오래된 갱목에는 허연 곰팡이가 덩어리를 이룬 채 매달려 있었다. 곰팡이에서 퀴퀴한 냄새가 풍겨 나왔다. 상반이 단단해서 동발을 넣지 않고 굴진한 곳을 지나 그들은 지나갔다. 천장에 다닥다닥 매달려 있는 물방울이 안전등 불빛을 받아 보석처럼 빛났다. 천득이 처음 입갱하던 날, 그는 그것을 보석이라 여기고 손으로 만져 보기까지 했던 것이다.

광부들은 작업장을 한 번씩 둘러보고 나서 담배를 한 개비씩 태우며 공기가 들어오기를 기다리고 있었다.

「야, 어제 대밭촌 그 가스나 밑구녕 잘 빠졌드노?」

준영이 물었다. 대밭촌은 황산에 있는 집창촌이었다.

「그건 왜 물어?」

「아무래도 니 오늘 막장 일 제대로 해내겠노? 일도 못하고 불알에 똥칠만 하고 온 게 아니노?」

「이 샤꺄. 니, 내 정력도 모르노?」

천득이 시큰둥하게 대꾸했다. 안전등 불빛 아래 드러난 그의 얼굴은 피곤해 보였다.

「앉은뱅이 좆 자랑하듯 굴 한복판에서 지집 얘기는 왜 하는 거야. 재수 없게.」
윤 반장이 준영의 어깨를 툭 치며 말했다.
「야, 준영아, 고 기집애 혹시 얼굴이 까무잡잡한 김 양 아니니? 검은 고기 맛이 좋다 하던데…….」
천득이 낄낄거리며 말했다.
「예끼 이 사람들, 막장에서 그런 얘기 함부로 하는 게 아냐.」
윤 반장의 목소리가 커졌다.
그제야 그들은 머쓱한 표정이 되어 담배를 피워 물었다.
「가만히 앉아 있지들 말고 사정이 괜찮은 막장에서 작업을 시작하지.」
윤 반장이 안전모를 고쳐 쓰며 말했다. 그의 손가락이 가늘게 떨리고 있었다.

「무신 생각을 그렇게 하고 있능 거여…… 빨랑 뻐슬 타야제.」
동삼이 천득의 옆구리를 손가락으로 쿡 찔렀다.
버스가 벌써 천득의 옆구리에 다가와 있었다.
버스 안엔 승객들이 얼마 없었다. 버스는 햇빛 속을 덜커덩거리며 달렸다. 수갱탑이 햇빛 속에 웅장한 모습을 드러내고 있었다. 저 멀리 골짜기 밑바닥에 읍내는 코를 박고 있었다. 고래 배 속 같다고 천득은 생각했다.

검룡소에서 흘러내리는 물은 한강의 발원지가 된다. 그리고 황지는 낙동강의 발원지가 된다. 한강과 낙동강의 발원지를 품에 안고 있는 태백산 일대는 1926년 일본인 광산 기사 시라키 다쿠치에 의해 석탄 광맥이 발견되면서부터 광산 개발을 위한 석탄 탐사 작업이 시작되었다. 마침내 1933년 4월 1일 일본전력이 자본금 5백만 원으로 삼척개발주식회사를 설립하고 당시 조선총독부 보유 탄전의 광업권을 인수받아 태백산 지역의 석탄을 개발하여 일본으로 실어 나르기 시작하면서부터 마을이 형성되기 시작했다. 회성은 험준한 산줄기에 싸여 있어 본디 논이라고는 거의 없고 화전민들이 너와집을 지어, 비탈밭에다 감자, 옥수수, 기장 따위를 심어 먹고 살았다. 탄광 개발은 방방곡곡의 사람들을 회성으로 발걸음을 돌리게 했다. 천득의 아버지도 경상북도 청송에서 농사를 짓다가 가족들을 데리고 회성 탄광촌으로 왔다. 그때 천득의 나이는 다섯 살이었다.

슬레이트 지붕 숲 뒤로 붉은 벽돌로 지은 예배당과 광산 복지 회관 그리고 초등학교 건물이 보였다. 초등학교는 교실이 반 이상이나 텅 비어 있었다. 텅 비어 있는 건 교실뿐만 아니었다. 사택촌들도 반 이상이 비어 있었다. 광부들과 그 가족들이 들락거리던 사택 골목은 이제 고양이와 들개들만 뛰어다녔다. 석탄 산업 합리화로 탄광 회사들이 문을 닫은 탓이었다. 한고, 영월은 물론 회성, 계도를 통틀어 열 개도 안 남은 탄광들이 좋았던 시절을 반추하며 잔명을 이어 가고 있는 실정이었다.

「다 떠났어.」

차창에 스쳐 지나가는 텅 빈 사택촌을 바라보며 천득은 혼잣소리처럼 중얼거렸다.

월급날이 되면 개도 돈을 입에 물고 다닌다는 회성 땅이었다. 그러던 회성도 석탄 산업 합리화 바람이 불자 월급날이 돼도 개들이 돈을 입에 물고 다니는 광경을 볼 수 없게 되었다.

빗살처럼 뻗어 내린 계곡 위로 화연산 그림자가 길게 내려앉았다. 타다 만 연탄재처럼 마을 한쪽은 검고 한쪽은 희뿌연 빛을 띠고 있는 회성 시가지를 뒤로하고 버스는 덜커덩거리며 달렸다. 바람 소리가 차창을 흔들며 지나갔다.

흑암역두 저탄장의 거대한 구조물이 차창에 나타났다. 컨베이어 벨트가 끝나는 곳에선 석탄 가루가 폭포수처럼 쏟아지고 있었다. 저탄장 허리를 훑고 지나온 바람이 컨베이어 벨트를 휘감고 지나갔다. 탄가루가 하늘 위로 새까맣게 치솟았다. 흑암마을은 탄가루 회오리바람 속으로 빨려 들어가고 있었다. 탄가루가 버스 차창으로 몰려왔다. 승객들이 차창을 닫았다. 천득의 가슴이 답답해 왔다. 쿨룩, 쿨룩, 기침이 터져 나왔다. 여기저기서 기침 소리가 쏟아졌다. 저탄장 부근 하늘을 새카맣게 뒤덮은 탄가루는 화연산으로 몰려가고 있었다. 창문이 뜯겨 나간 사택 사이로 무너진 공동변소가 차창을 스쳐 지나갔다. 슬레이트 지붕을 인 마을 회관의 국기 게양대에서 태극기가 펄럭이고 있었다.

갑자기 사력 댐 같은 버력산이 버스 앞을 가로막았다. 합리화 신청을 하고 문을 닫은 해동탄광이 40년간 석탄을 캐고 내다 버린 버력이 거대한 산을 이루고 있었다.

「여 좀 세워 주이소.」

동삼이 빠른 목소리로 말했다.

버스가 엔진 소리를 거칠게 토해 내며 바퀴를 멈췄다. 버스는 천득과 동삼을 버력 더미 위에 내려놓자마자 내뺐다. 천득은 눈을 찡그리며 버력산을 올려다보았다. 곰바위 밑에서 연기가 솟아오르고 있었다. 일찍 온 사람들이 불을 피운 모양이었다. 산허리를 가로질러 먹선을 긋듯 도로가 나 있었다. 석탄 운반 도로였다. 합리화를 신청하기 전까지 그곳은 석탄을 역두 저탄장으로 실어 나르는 자동차 엔진 소리로 가득 찼었다. 바퀴가 빠져 버린 채 누렇게 녹이 슨 광차가 버력 더미 위에 나자빠져 있었고, 부러진 갱목과 파이프들이 여기저기 어지럽게 널려 있었다.

「빨랑빨랑 오라구.」

천득이 걸음을 멈추고 내려다보았다.

「숨이 차서 그래.」

동삼이 걸음을 멈추고 거칠게 숨을 토해 냈다.

「내 손 잡아.」

동삼의 얼굴은 핏기가 없어 보였다.

「병원에 가보지 그래.」

천득이 걱정스러운 목소리로 말했다.
「……폐에 탄가루가 쌓여 생긴…… 우리 병이 병원에……간다고 낫나…… 괜히 돈만 갖다 버리는…… 거지 뭐.」
동삼이 발걸음을 떼며 말했다. 그의 목소리는 가늘게 떨렸다.
「돈 아끼지 말고 잘 먹어야 된대이, 진폐엔 딴 약이 소용없고 그저 돼지고길 지글지글 볶아 잘 묵어야 병이 도지질 않는다 카더라.」
「누군 잘 묵고 싶지 않아서…… 잘 안 묵나. 일시불로 받은…… 장해 보상금은 애새끼들 학비에 다 써버리고…… 재해 위로금이나마 좀 받았더라면 괜찮았을 텐데…….」
동삼은 갱내 붕괴 사고 때 부상을 입어 해동광업소를 그만둔 뒤, 퇴직금과 보상금으로 푸줏간을 하다가 2년도 채 안 되어 돈만 날리고 하청업체인 경신광업소에 다시 선산부로 입갱을 했던 것이다.
「마 십장님, 뭘 하다가 인제 오능교. 고향다방 미스 홍과 아침부터 낮거리 뛰고 오는 건 아니겠제?」
여량집이 머릿수건으로 입가를 훔치며 말했다.
「마 십장, 버력산 정비 공사 맡아 하더니 다방 가시나들이 줄줄 따른다고 소문이 짜르르하더라니까…….」
윤 반장이 왼쪽 손을 얼굴에 가져가며 말했다. 갱내 화재 사고로 얼굴의 반쪽 선이 뭉개져 버리고 없는 그였다.
「윤 반장님, 가시나들은 무슨 가시나들이 줄줄 따른다고 이라능교. 황 사장이 석탄 캐묵고 내다 버린 버력 더미 뒤치다꺼리 공사 맡아 돈을 벌면 얼매나 번다고 그라능교.」

천득이 정색을 하고 말했다.

「이 사람 농담한 소리 가지고 정색하긴……. 아무튼 마천득 씨 덕에 우리 같은 버력 인생들이 입에 풀칠이나 하지 않겠어?」

윤 반장의 말에 사람들은 모두 대꾸를 하지 않고, 멍하니 산 아래를 내려다보았다.

「자, 자 일들 합시다.」

천득의 말에 그제야 사람들은 연장을 손에 잡았다.

화연산 자락에 자리 잡고 있는 소란 골짜기는 한때 회성에서 네 번째로 규모가 큰 해동광업소가 자리 잡고 있던 곳이었다. 해동광업소가 재작년에 합리화 신청을 하기 전까지 석탄을 캐면서 함께 땅속에서 캐내 버린 버력이 산을 이루고 있었다. 해동광업소 황 사장은 석탄을 황금으로 바꿔, 이제는 계열 회사만 다섯 개를 가진 기업인이 되었다. 그는 머리 회전이 빠른 사람이었다. 석탄 산업이 사양 산업이라는 것을 일찍 알아챈 그는 탄을 캐내 번 돈으로 부동산 임대와 호텔 사업에 투자했다. 황 사장은 석탄 값이 하루가 다르게 치솟을 때 버력 섞은 탄을 연탄 공장에 팔아 저질탄 시비를 불러일으키기도 했다. 나중에는 서울과 대구에 연탄 공장을 지어 직접 운영했다. 그리고 그는 3부제, 4부제 연탄을 만들어 팔아 주부들을 울리기도 했다.

「난 정부 정책이라는 걸 도무지 이해할 수 없어. 탄광에서 빼묵을 거 다 빼묵은 황 사장 같은 탄광업자들에게 정부에서 석탄 산업 합리화라는 명목으로 철수비까지 지급해 주고 이젠 그것도 모자라 탄광업자들이 버리고 간 버력까지 나랏돈을 들여 정비하고 있으니…….」
윤 반장이 곡괭이로 바위 덩어리를 파내며 말했다.
「어디 그뿐입니까? 수천억에 달하는 정부 보조금으로 탄 캐서 돈 벌어 기업을 그룹 규모로 키운 탄광업자가 어디 한두 사람입니까? 강원산업, 대성산업 같은 데는 50대 그룹으로 성장하지 않았습니까?」
준영이 삽질을 멈추고 말했다.
「자자, 우리가 빨리 성토 작업을 끝내야, 포클레인 기사가 와서 정지 작업을 해줄 게 아니니껴. 빨랑빨랑 작업들 하시소.」
천득이 삽날을 버력 더미로 깊숙이 꽂으며 말했다.

3

천득은 손목시계를 들여다보았다. 6시 30분을 가리키고 있었다. 교대하려면 한 시간가량 남아 있었다. 그는 담배를 한 개비 주머니에서 꺼내 피워 물었다. 성냥을 켰다. 불이 일었다가 이내 피시시 소리를 내며 꺼져 버렸다. 공기가 희박하기 때문이었다. 네댓 개의 성냥을 한꺼번에 그어 대자, 불이 붙었다.

「천득이 담배 한 대 도고.」

동삼이 천득을 향해 고개를 돌렸다. 그가 쓴 안전모에 달린 안전등에서 불빛이 흘러나왔다. 불빛에 석탄 가루들이 허공에 둥둥 떠다니는 게 보였다.

「동삼아, 담배 좀 작작 피워라. 좀 전에 한 대 피우고 또 피울라 카나.」

「그런 소리 하지 말거래이. 해동탄광에서 담밸 안 피우면 삼원탄광에서 담밸 피우나.」

동삼이 담배 한 개비를 건네받으며 버드러진 턱을 앞으로 내밀었다.

「그려…… 니 말도 맞제. 우리 광업소는 갑종 탄광이 아니니께…….」

가스 폭발 사고 위험이 항상 도사리고 있는 갑종 탄광에서는 담배를 피울 수 없다. 채탄 막장에서 땀에 흠뻑 젖은 채 작업을 하다가 허리를 펴고 빨아 대는 담배 한 모금의 맛은 기막히게 좋았다. 2년 전에 갱내 가스 폭발 사고로 광부 여섯 명이 죽은 삼원탄광 광부들은 그것만으로도 해동탄광 광부들을 무척 부러워했다.

「탄맥 사이에 돌이 농짝만 한 게 박혀 있니더. 그냥 발파하면 탄이 얼마 안 쏟아지겠어. 우선 이놈부터 치워야겠니더.」

준영이 뒤돌아보았다.

「그래, 돌부터 치워 뿌리고 탄맥을 발파하는 게 아무래도 순서지……」

동삼이 말끝을 흐렸다.

「가만히 들어 보시소. 무슨 소리가 나니더.」

천득이 귀를 칼날처럼 세워 말했다. 갱도에서 뿜어져 나오는 열기가 그의 신경을 더욱 날카롭게 하고 있었다.

「난 못 들었는데…….」

윤 반장이 천득을 바라보며 말했다.

「누군가가 나를 부르는 소리 같았니더.」

천득이 오른쪽 어깨를 들썩하며 말했다.

「혹시 막장이 우는 소리 아녀?」

준영이 말했다.

「무슨 소리가 난다고 그래……. 자, 이제 발파공(發破空)을 뚫어 보자고…….」

윤 반장이 허리를 세우며 말했다.

준영이 착암기로 암벽에 발파공을 뚫기 시작했다. 돌가루가 시야를 가렸다. 막장은 온통 돌가루로 뒤덮였다. 동삼이 쿨럭거리며 기침을 하기 시작했다.

「큼, 큼, 오늘따라 먼지가 더 많이 나는가 보대이. 큼, 큼.」

천득이 큼큼거리며 말했다.

「돌이 단단해 그러니더. 세 개만 더 뚫으면 되니더.」

준영이 씨익 웃으며 말했다.

그러고는 착암기 잡은 손에 더욱 힘을 주었다. 착암기의 꽝

음이 귀를 멍하게 했다. 고막이 터져 나갈 것만 같았다. 암석 부스러기들이 목덜미 사이로 스며들었다. 온몸이 꺼끄러웠다. 이윽고 22개의 발파공이 뚫렸다.

화약을 집어 드는 윤 반장의 뭉툭한 콧등에 땀방울이 흘러내렸다. 화약은 빙과류처럼 길쭉한 모양을 하고 있었다.

「자, 불을 붙일 테니까, 어서들 피하라구.」

윤 반장이 도화선을 만지며 말했다. 도화선의 길이는 2미터 63센티였다.

윤 반장이 도화선에 불을 댕겼다. 긴 불꽃과 함께 도화선이 타들어 가기 시작했다.

천득과 동삼은 저만치 대피 갱으로 뛰어갔다. 윤 반장도 그들을 따라 뛰었다. 발짝 소리가 어지럽게 갱도를 울렸다.

꾸우웅. 폭음이 갱도를 흔들었다. 탄가루 먼지와 연기가 갱도를 가득 채웠다.

「발파 소리가 큰 걸 보니 다음 교대조가 신 나게 실어 먹겠니더.」

동삼이 판자 조각 위에 엉덩이를 얹었다.

「발파 연기를 산소 공급 파이프로 뽑아내지 않고 작업하는 거만도 어디니껴…….」

준영이 뾰쪽한 턱끝을 쳐들었다.

갱 안에서 일하는 광부들은 도급제로 임금을 받기 때문에 발파를 하지 않고 다음 조와 교대를 하면 된다. 그러나 그들이 그냥 퇴갱하면 다음 교대조들은 발파공을 뚫고 화약을 장전하고 화약에 불을 붙이고 대피 갱도에 피해 있다가 발파 연기가 가라앉은 다음 작업을 시작해야 하기 때문에 그들은 항상 발파를 해놓고 퇴갱한다. 다음 교대조를 위한 배려인 것이다.

음습한 기운이 막장 쪽에서 밀려왔다.

'쏴아-' 하는 소리와 함께 차가운 기운이 밀려왔다.

「물통 터졌다!」

천득이 외마디 비명을 내질렀다.

차가운 바람이 얼굴을 사정없이 때렸다. 바위 구르는 소리와 갱목 부러지는 소리가 연이어 났다. 바위 덩어리가 무너지면서 지주(支柱)를 세차게 후려쳤다. 날카로운 신음을 뱉어 내며 지주가 부러졌다. 지주가 썩은 생선의 내장처럼 축 늘어졌다. 지주에 바위 덩어리가 부딪혔다가 갱도로 떨어졌다.

「자, 정신 가다듬고 어서 밖으로 나가자.」

윤 반장이 허둥대는 준영의 팔을 잡으며 말했다.

검은 물줄기가 윤 반장의 장화를 덮었다. 천장에서 석탄 부스러기가 물줄기 위로 떨어졌다.

「빨리, 빨리.」

천득이 겁에 질린 목소리로 말했다.

어느새 물은 무릎까지 찼다. 줄기차게 쏟아져 내리는 물줄기를 보자 천득은 가슴 밑이 서늘해졌다. 지주가 흔들렸다. 물줄기가 천득의 어깨를 후려쳤다.

「천득이 위험해!」

동삼이 소리치는 순간, 지주가 쓰러졌다. 시커먼 물줄기가 천장을 향해 솟구쳤다. 준영의 안전등에서 흘러나온 불빛에 탄가루가 어지럽게 흩어졌다. 지주 사이에서 검은 물줄기가 계속 쏟아져 나왔다. 물은 어느새 목덜미까지 차올랐다.

「굴이 무너진다, 어서 노버리로 피하자.」

윤 반장이 숨을 가쁘게 몰아 쉬었다.

그들은 앞으로 계속 나가는 것을 포기하고 노버리를 향해 올라갔다. 온몸이 흠뻑 젖어 앉을 수도 서 있을 수도 없어 엉거주춤하게 서 있었다. 그들은 비탈진 공간에 갇혀 버린 것이다.

「어디 깔고 앉아 있을 걸 찾아보자고.」

동삼이 부러진 지주를 일으켜 세웠다.

「동삼이 그럴 게 아니라, 우리 몸에 달라붙어 있는 죽탄이나 긁어내고 엉덩이를 올려놓을 걸 찾아보자구.」

윤 반장이 고개를 돌리며 말했다. 동삼의 얼굴이 안전등 불빛에 드러났다. 동삼의 얼굴은 죽탄으로 짓뭉개 놓은 것 같았다. 얼굴뿐만이 아니었다. 바짓가랑이에도 죽탄이 더덕더덕 붙어 있었다.

「우리 꼴이 말이 아니니더. 죽탄 속에서 목욕하고 나온 것만 같니더.」

준영이 가슴에 붙어 있는 죽탄을 떼어 내며 풀린 목소리로 말했다. 그는 소매로 얼굴의 땀을 닦고 심호흡을 했다.

천득이 동발을 일으켜 세우고 판자 조각을 찾았다. 판자 조각은 열 개쯤 되어 보였다.

「여길 막아야겠어. 찬 바람이 들어와.」

윤 반장이 동발과 판자 조각으로 입구를 막았다. 무너진 갱으로부터 찬 바람이 들어오지 않자, 아늑한 것 같았다.

「이대로 가만히 앉아 있을 게 앙이라, 서로 몸을 감싸 체온을 보전하세.」

윤 반장이 말했다.

그들은 서로 몸을 맞대고 감싸 안았다. 한결 추위가 달아나는 것만 같았다.

「안전등을 끄고 필요할 때만 쓰기로 하지요.」

준영이 낮은 목소리로 말했다.

「그래, 그렇게 하는 게 좋겠어. 우리 모두 여덟 시간씩 썼으니까, 앞으로 여덟 시간을 더 쓸 수 있을 거야. 네 사람이니 서른두 시간 동안은 불 걱정이 없을 거야.」

윤 반장이 고개를 돌리며 말했다. 그의 안전모에 달린 안전등에서 달려나온 불빛이 갱 쪽으로 흘러갔다. 그들은 모두 스위치를 비틀어 안전등을 껐다. 이내 어둠이 갱 속을 가득 채웠다.

「배가 고파 오는데…….」

천득이 눈을 비비며 말했다. 그는 어제 출근할 때 우유 한 병만 먹고 집을 나왔다. 병방 근무를 하는 일주일 동안은 대체로 잘 먹지를 못한다. 음식을 입 안에 떠 넣으면 입 안이 깔깔해

버력산 165

먹을 수 없다. 하루를 3등분하여 갑방, 을방, 병방으로 나누어 출퇴근하는 생활을 하다 보니, 늘 수면이 부족해 입맛마저 잃게 되는 것이었다. 시장기가 느껴졌다. 춥고 답답하다. 사방은 쥐 죽은 듯이 조용하다. 추워서 이빨 부딪치는 소리가 났다.

「……지금이 21일 낮 12시인데…… 한 3일 있으면 우리가 구조될 수 있을까?」

준영이 안전등을 밝히고 시계를 들여다보았다.

「……우린 꼭 구조될 거야.」

「그럼 구조되고말고. 지금쯤 구조대가 부지런히 양수기로 물을 퍼내고 있을 거야.」

「지금 몇 미터나 구조대가 들어왔겠니껴?」

동삼이 말을 끝내고는 기침을 했다.

「글쎄…….」

「이럴 게 앙이라, 동발에 물금을 그어 물이 얼마나 줄어드는지 확인하자고.」

천득이 일어서며 말했다. 그의 다리가 몹시 허청거렸다. 그는 도화선 끊는 칼을 들고 아래쪽으로 내려갔다. 지주가 반쯤 물에 잠겨 있는 것이 안전등 불빛에 드러났다. 그는 물이 차 있는 곳의 동발에 금을 그었다. 명치 부근이 딱딱해지면서 고통이 왔다.

「목이 마른데 어디 샘물 나오는 데가 없을까?」

준영이 혼잣소리로 중얼거리며 안전등을 켰다. 안전등 불빛이 반딧불처럼 아래로 흘러갔다.

이윽고 안전등 불빛이 떠다니기를 멈췄다.

「여기 샘물이 나오고 있어.」

준영이 소리쳤다.

「샘물이 흐른다고?」

동삼이 일어섰다. 안전등 불빛이 가늘게 떨렸다. 안전등 불빛에 샘물이 가느다랗게 솟아나고 있는 게 보였다. 동삼은 엎드려서 샘물을 마셨다.

「물맛이 꿀맛 같군.」

동삼이 몸을 일으켜 세우며 말했다.

「물을 많이 마시면 안 돼. 갱내수라 광물질이 섞여 있을 가능성이 높아.」

윤 반장이 낮은 목소리로 말했다.

그들은 다시 깊은 침묵 속으로 빠져 들었다. 천장에서 물방울 떨어지는 소리가 간헐적으로 들려왔다.

「가만히 있으니까 자꾸 잠이 오니더……. 서로 돌아가면서 이야길 하기로 하시더.」

동삼이 천천히 말했다.

「반장님은 알뜰살뜰 살고 있다는 소문이 자자한데 그 비결 좀 가르쳐 주시소. 우리 마누라가 걸핏하면 반장님 살아가는 거 보라면서 늘 바가지를 긁어 댑니더.」

「……비결은 무슨 비결이 따로 있나. 탄광쟁이 생활 오래 하면 뼛속 깊이까지 골병이 든다잖아……. 회사서 쫓겨나면 처자식들을 어떻게 먹여 살리겠나. 다리 고뱅이에 힘이 남았을 때 한 푼이라도 더 벌어 몇 푼이라도 저축해야제…….」
윤 반장이 잠시 말을 멈췄다.
「……고향에 땅 좀 사뒀다면서요?」
천득이 윤 반장의 말을 받았다.
「청계산 기슭인데…… 화전민들이 갈아먹던 밭이야. 한 천 평 거저 줍다시피 사 놓았지…….」
다시 윤 반장이 입을 열었다.
「청계산이면…… 계룡잠을 몰래 숨겨 놓은 곳이라는 이야기가 전해져 오는 데가 아니니껴?」
준영의 목소리가 낮아졌다.
「사실, 내가 청계산에다 땅뙈기를 사 놓은 게 다 계룡잠 이야기를 고참 광부들한테 듣고 난 후야……. 무릉도원이 딴 데가 아니고 바로 거기더군……. 애들 교육만 끝나면 광산쟁이 노릇 그만두고 영감, 할망이가 거기 가서 사슴도 키우고 소도 키우고 그럴려고 해. 천평고지라는 데를 올라가 보니 풀밭이 눈이 모자라…….」
「계룡잠은 뭐고, 무릉도원은 뭐니껴?」
동삼이 말끝을 높였다.
「……청계 땅에 옛날부터 전해 내려오는 이야기를 못 들었단 말이야?」

「청계의 옛 이름이 도원이라는 이야긴 들어 본 적이 있는 것도 같니더……」
「……도원이라는 이름과 다 관련 있는 이야기인데…… 청북면 청계산 골짜기에 계룡잠을 몰래 숨겨 놓은 곳이 있다는 전설이 전해져 오고 있어. 옛날에 아주 옛날에 포수 한 사람이 사슴을 쫓아가고 있었대. 한참 사슴을 쫓다 보니 사슴은 간 곳이 없고 암벽에 굴이 나 있는 걸 발견했대. 더 들어가니까 별천지가 있더래. 개울이 구불구불 흘러가고 있었는데, 글쎄 개울에는 온갖 물고기들이 우글우글하더래. 포수가 나무로 빽빽한 계곡을 따라 계속 걸어가니 또 다른 동굴이 나타났대. 동굴 속으로 한참 들어갔대. 사방에 바위가 높이 솟아 있고 전나무와 소나무가 빽빽하게 자라고 있더래. 포수가 계속 걸어가니 안개와 아지랑이로 휩싸여 있는 복숭아나무 숲에서 사슴 떼들이 나타났대. 포수의 피부에 닿는 숲의 감촉은 무척 좋았대. 모성적인 힘이 가까이 있다는 느낌을 강하게 받았대. 포수가 동굴 속을 빠져나와 가족을 데리고 들어가 살 생각으로 다시 찾아갔으나 도저히 찾을 수가 없더래. 그때부터 청계 사람들은 청계 어딘가에 이런 별천지가 있을 것이라고 믿기 시작했대.」
「……정말 그런 세상이 있을까……. 한 달 동안 막장에서 꼬박 탄을 캐어야만 겨우 입에 풀칠이나 하는데…… 그런 세상이 있다면 나도 그런 데 가서 사슴을 키우며 살고 싶니더…….」

천득이 흐느끼듯 말했다.

「천득이 힘을 내. 열심히 일을 해, 저축하면 땅을 사서 사슴을 키우며 살 수 있을 거여.」

「반장님, 도사 같은 소리 작작 좀 하소.」

「한 달에 죽어라 만근해 봤자, 쌀값 제하고, 연탄 값 제하고 약값 빼고 나면 남는 건 아무것도 없니더. 게다가 일한 만큼 주는 도급제인지 도둑제인지 뭔지 하는 임금제 때문에 하루라도 결근하면 일당이 홀딱 달아나니더. 만근제라는 것도 알고 보면 같은 광부들 등깝데기 벗겨 먹으려고 만든 도급제에서 나온 거니더. 도급제 가운데서도 우리 회사에서 시행하고 있는 막장 도급제가 제일 문제점이 많니더. 하나의 갱도는 여러 갈래의 크로스〔支線〕로 갈라지고 여러 곳에 막장이 흩어져 있니더. 각 막장마다 선산부와 후산부가 한 작업조를 이루어 배치되는데 막장의 작업 여건이나 상황은 각기 다르고 거기에 따른 작업의 강도에도 차이가 있니더. 어디 그뿐이니껴. 작업 성과도 일정치 않니더. 그런데 막장 도급제 아래에서는 작업 여건이나 작업 강도에 관계없이 작업 성과에 따라 임금이 계산되고 있니더. 이를테면 말이니더…… 나와 천득이가 각각 후산부 두 사람씩 데리고 작업에 들어갔을 때 내가 속한 작업조는 도급 책임량 이상으로 많은 탄을 캐내고도 작업 과정은 순조로워서 큰 어려움이 없었던 반면에 천득이 작업조는 작업 여건이 매우 좋지 않아서 생산량도 적고 많은 어려움을 겪었다고 할 때 갱도급제나 방도급제 아래에서는 일정한 임금 수준에 맞추어 임금이 보장될 수 있습니더. 하지만 막장 도급제 아래서는 완전 도급제여서 백 프로의 도급률이 적용되기 때문에 내가 속한 작업조와 천득이 작업조는 임금에 많은 차이가 나게 되니더……」

동삼이 잠시 말을 멈췄다.

「막장 도급제라는 게 사람 잡는 거지……. 우리 광부들도 관리직 사원들처럼 월급제로 임금을 계산해 준다면 이런 사고가 일어나진 않을 거야.」

윤 반장이 조금 날카롭게 말했다. 광업소의 임금 체계는 관리자는 월급제, 광부들은 도급제로 이원화되어 있었다.

갱 안은 다시 깊은 적요 속으로 빠져 들어갔다. 물방울 떨어지는 소리와 숨소리가 서로 뒤엉켰다. 천득은 몸이 노곤해지면서 졸음이 왔다. 그는 갱도 벽에 몸을 기댔다.

춥고 속이 빈 데다 찬물을 많이 마셔서 그런지 준영은 몹시 배가 아파 왔다. 온몸에 식은땀이 흘렀다. 이러다 죽는 게 아닐까. 준영은 의식이 가물가물해지는 것 같았다.

「준영이, 배가 많이 아프면, 안전등을 켜서 배에 대고 있어 봐.」

윤 반장이 준영의 어깨를 어루만지며 말했다.

준영은 손을 뻗쳐 안전등을 켰다. 안전등 불빛이 어둠을 밀어냈다. 불빛에 탄가루가 떠다니는 게 보였다.

윤 반장은 손목시계를 들여다보았다. 22일 오후 2시 15분이었다. 갱 속에 갇힌 지 3일이 지난 것이다.

「……반장님, 구조될 때 저도 꼭 데리고 가세요…….」

준영이 어깨를 들먹거리며 훌쩍거렸다.

준영은 자신이 죽음 곁에 앉아 있다는 것을 조금씩 느끼기 시작했다.

「이봐, 준영이, 살아 나가려면 마음을 단단히 먹어야 돼.」

천득이 단호한 음성으로 말했다.

「식구들 보고 싶고 살고 싶은 마음이 굴뚝같은 것은 우리 모두 마찬가지야. 이럴수록 용기를 가지고 견뎌야 해. 정신을 바짝 차려야 해, 이 사람아. 정신을 잃으면 영영 갱 속에서 죽어 버린다 이거야.」

윤 반장이 준영에게 삶의 의지를 불어넣어 주었다. 준영은 훌쩍거리며 갱도 바닥에 누웠다.

「아이들이 보고 싶어.」

준영이 엉엉 소리 내어 울었다. 원주에서 전문대학을 마치고 군대에 가 있는 맏아이와 고등학교에 다니는 둘째 아이, 그리고 초등학교에 다니는 아이가 있는 그는 고등공민학교를 겨우 마치고, 공사판을 떠돌다가 탄광에 들어온 지 8년이 채 안 되었다. 손재주가 좋아 나무 그릇을 잘 만드는 그였다.

엄니…… 엄니…….

동삼이 준영을 흔들었다. 허기와 추위가 준영의 의식을 빼앗아 가고 있었다.
「자, 천득이, 준영일 저기다 옮기자고.」
 윤 반장이 허리를 세우며 말했다.
 천득과 동삼은 준영을 갱도 위쪽에다 판자 조각을 깔고 뉘었다.
「……몸을 조금씩이라도 움직거려 보는 게 어떻겠니껴?」
 천득이 말끝을 높였다.
「그게 좋겠는걸. 가만히 앉아 있으니까, 잠만 자꾸 오고…….」
 동삼이 일어서며 대꾸했다.
 천득은 허리를 움직이며 무릎을 굽혔다 폈다 했다. 그러자 동삼과 윤 반장도 따라 했다.
「우린 구조될 때까지 참고 견뎌야 해. 구조대가 우릴 구조하려고 작업하고 있을 거야.」
 윤 반장이 허리를 움직이면서 말했다.
「……구조될…… 때…… 날…… 꼭…… 데려가요.」
 준영이 갈라진 목소리로 말했다.
「……그렇게 마음이 약해서 우찌 살아 나가겠노. 정신 차리래이.」
 동삼이 미간을 찌푸리며 말했다.
「물금 좀 보고 올게.」

천득은 내려가 물금을 보았다. 제일 처음 그었던 물금까지 물이 줄어 있었다. 그는 시계를 들여다보았다. 30일 오후 5시를 가리키고 있었다.

「준영이, 이런 일을 당하니 얼마나 겁이 나고 놀랐겠어. 그러나 우리는 네 명이야. 서로 의지하면 이 고난을 넘길 수 있을 거야. 물이 줄어드는 걸 보면 구조대가 지금 열심히 물을 퍼내고 있는 게 틀림없어. 우릴 구조하려고 작업을 하고 있는 게 틀림없다고. 그러니 힘을 내고 용기를 가져. 속담에 하늘이 무너져도 솟아날 구멍이 있다고 하잖나.」

윤 반장의 말이 끝나자, 준영이 몸을 일으켜 앉았다.

「반장님, 우린 꼭 구조되는 거죠?」

준영이 떨리는 목소리로 물었다.

「암, 꼭 구조될 거야.」

윤 반장이 확신에 찬 목소리로 말했다.

천득이 다리를 움직여 운동을 했다. 갱 천장이 1미터 50센티 밖에 안 되는 데다 춥고 허기가 져서 서로 몸을 대고 부둥켜안았다. 서로의 체온으로 추위를 이겨 내기 위해서였다.

「집안이 어려워서 우리 두 형제는 둘 다 광산밥을 먹고 있제. 동생은 황산 어평광업소에서 일하고 있는디…… 한 살이라도 더 젊었을 때 광산을 떠나야 하는디…….」

동삼이 갱도 바닥에 몸을 뉘며 말했다.

「가능하다면야 젊었을 때 광산을 떠나는 게 좋지. 우리야 어쩔 수 없이 광산 일을 하고 있지만 자식 새끼들은 이 짓을 안 하도록 해야지.」

천득이 갱도 바닥에 몸을 비스듬히 뉘었다.

모두들 살 수 있다는 확신을 갖고 있는 것이 아닐까 하는 생각을, 천득은 했다. 그동안 추위와 굶주림과 공포심으로 정신이 오락가락하던 준영이 정신을 생생하게 되찾아 마음이 좀 놓였다.

벌써 9월 1일, 갱 속에 갇힌 지 12일째였다. 눈에 띄게 물이 줄어 있었다.

「물이 줄어들었니더. 이제 우리는 살았니더.」

천득이 소리를 지르며 발딱 몸을 일으켰다. 그의 목소리는 몹시 흔들렸고, 다리에는 힘이 없었다.

「물이 좀 줄었다고…….」

윤 반장이 말끝을 흐렸다.

「무슨 소리가 안 들려?」

동삼이 희미하게 말했다.

「아까부터 무슨 소리가 들린다고 그래. 아무 소리도 안 들려.」

준영의 옷은 습기로 젖어 있었다. 습기의 차가움이 살갗 속으로 끊임없이 파고들었다. 그는 온몸에 순간순간 오한이 왔다가 사라지는 것을 느꼈다.

「우리 이렇게 오들오들 떨고만 있을 게 앙이라 서로 꼭 껴안고 체온을 유지하도록 하지.」

천득이 준영을 껴안았다. 준영의 몸이 싸늘했다. 준영의 뺨을 천득이 갈퀴 같은 앙상한 손으로 쓸었다. 천득은 오른쪽 장딴지에 동삼의 다리가 닿아 있는 것을 느꼈다. 그들은 서로 몸을 비볐다. 준영의 몸에서 온기가 조금씩 돌아왔다. 그들은 체온을 유지하기 위해 안간힘을 기울였다.

「내가 물금 좀 보고 올게.」

천득의 안전등에서 벌건 불빛이 가늘게 새어 나왔다.

물은 조금 늘어나 있었다. 물은 조금씩 주는 듯하다가 다시 늘어나고, 줄어들었다가는 다시 늘어나곤 했다. 도무지 종잡을 수 없었다. 갑자기 천득의 안전등에서 불줄기가 사라졌다.

「이젠 불도 다 되었구나······.」

천득이 갱도 바닥에 털썩 주저앉았다.

천득이 일어섰다. 두 다리가 휘청거렸다. 이러다가 죽고 마는 게 아닐까. 창자가 뒤틀리는 것 같은 통증이 아랫배에서 일어났다. 천득은 배를 움켜쥐고 갱도 바닥에 쓰러지듯 누웠다.

으으으…… 으으으……. 천득이 신음을 발했다. 의식이 가물가물해지고 있었다. 처언드윽아…… 처언드윽아……. 아버지의 목소리가 점점 가까워졌다. 천득의 눈앞에 아버지의 모습이 선명하게 솟아올랐다. 아버지가 손을 앞으로 내저으며 걸어왔다. 가까이 다가온 아버지의 모습은 낯설었다. 천득은 아버지의 손목을 꽉 움켜쥐었다. 아버지의 손목이 그의 손샅에서 스르르 빠져나갔다. 어둠 속에서 아버지의 광대뼈가 파랗게 빛을 발했다. 천득은 손을 앞으로 내리뻗어 아버지의 손목을 잡으려 했다. 아버지는 재빨리 어둠 속으로 달아났다. 이윽고 아버지가 허공에 하얀빛을 발하며 둥둥 떠다니기 시작했다. 그는 아버지를 향해 세차게 손을 내리뻗었다. 순식간에 아버지는 막장을 향해 재빨리 달아났다. 천득은 안간힘을 다해 막장을 향해 기어갔다. 아버지가 막장의 벽에 화석처럼 붙어 있었다. 앙상한 뼈만 남은 아버지의 모습은 살점이 모두 뜯겨 나간 폐어의 모습과 흡사했다……. 처언득아……… 처언드윽아……. 아버지의 목소리가 점점 멀어졌다. 아버지가 어둠 저쪽으로 사라졌다. 아버지이…… 아버지이……. 천득은 손을 앞으로 내저으며 울부짖었다.

「여보, 왜 이러니껴. 어디 아프니껴?」
천득의 미간에 미미한 동요가 보였다. 이윽고 그가 눈을 떴다. 하얀 불빛이 달려들었다.
「어휴, 이 땀 좀 보이소.」
옥녀가 손바닥으로 천득의 이마에 밴 땀을 훔쳤다.
「지금 몇 시야?」
천득은 몸을 일으켜 세우며 물었다.
「6시니더.」
옥녀가 손바닥에 묻은 땀을 치마에 쓱쓱 문대며 대꾸했다.

「6시라고? 양말 좀 빨아 놓은 거 읎나.」
「어딜 갈라꼬예?」
「남정네가 하는 일에 지집이 꼬치꼬치 묻기는.」
천득이 말허리를 자르듯 말했다.

천득은 넥타이까지 걸쳐 매고 집을 나섰다. 약속 시간까지는 두 시간가량 남아 있었으나 그동안 사우나에 가서 몸을 푹 담갔다가 갈 생각이었다. 천득은 동구 앞길에서 택시를 집어탔다.
「오늘 아침 숲실마을에서 승객이 한 사람 탔는데 장안병원 앞에서 내리자마자 피를 토하더니 쓰러지는 게 아닙니까.」
이마가 반쯤 벗겨진 택시 기사가 핸들을 천천히 돌렸다.
「피를 토하며 쓰러져요?」
「진폐 환자였다는데, 응급실로 실려가자마자 그만 죽었어요.」
「저런.」
천득이 짧게 신음을 발했다.
「벌써 이달 들어 두 번째입니다. 진폐 환자들이 마구 죽어 가고 있는데 정부에선 뭘 하는지 몰라요. 우리 둘째 형님도 한일탄광에서 15년 탄 캐다 그놈의 탄가루를 너무 마셔 진폐증에 걸려 지금 집에 있는데 합병증이 없다는 이유로 입원 치료도 안 되고 있어요.」
「그런 사람이 어디 한둘이니껴. ……진폐증을 앓고 있는 사람이 전국적으로 2만 명이 넘는다 하지 않니껴. ……나도 진폐가 있는데 합병증이 없다는 이유로 입원 치료도 안 해주고, 보상도 안 해줘서…… 살아가기가 무척 힘드니더.」

택시가 황산시장 입구에서 바퀴를 멈췄다. '우리는 산업 전사 보람에 산다'라는 내용이 쓰인 아치 뒤로 서울사우나 간판이 보였다.

탕 안에는 손님이 별로 없었다. 석탄 경기가 좋을 때는 전국 각지에서 온 연탄 공장 사장들과 탄광업자들로 붐비던 사우나였다. 천득은 사우나에 몸을 푹 담그고, 눈을 지그시 감았다. 수증기 속에 서울다방 미스 홍의 뽀얀 얼굴이 아른거렸다.

천득은 물기를 닦는 둥 마는 둥 하고 사우나를 빠져나왔다. 아직 약속 시간까지는 30분이나 남아 있었다. 다방 문을 밀고 안으로 들어가자, 눅눅한 기운이 얼굴에 확 끼쳤다. 금붕어가 지느러미를 느릿느릿 흔들고 있는 수조 옆에서 늙수그레한 사내와 마주하고 앉아 있던 미스 홍이 얼굴에 환한 웃음을 띠며 일어섰다.

「어머, 마 사장니임…….」

미스 홍이 천득을 향해 말을 던졌다.

「아니 미스 홍, 요 며칠 안 봤다고 그새 딴 사내와 배가 맞은 건 아니지?」

천득이 웃으며 녹색의 인조 가죽으로 씌워진 의자에 앉았다.

「요즘 많이 바쁘신가 봐.」

어깨와 목 부분이 깊이 파인 민소매 옷을 걸친 미스 홍이 천득의 옆에 바짝 다가앉았다. 그녀는 갸름하면서도 이목구비가 뚜렷했다.

천득이 손가락 끝으로 슬쩍 미스 홍의 앞가슴을 찔렀다.

「만나자마자 왜 이러실까.」

여전히 화장기 없는 얼굴의 미스 홍이 눈을 흘겼다.

마흔도 채 안 되어 보이는 박 과장이 가방을 들고 다방 안으로 들어섰다.

「좀 늦었습니다.」

박 과장이 자리에 앉으며 말했다.

「차 좀 더 가져와.」

천득이 미스 홍을 향해 말했다.

「그래, 현장은 잘되어 가고 있지요?」

박 과장이 물었다.

「걱정 말라니깐……. 워낙 경사가 급해서 자동차나 포클레인이 올라갈라치믄 다시 질을 닦아야 할 거 같아…….」

천득은 박 과장에게 현장 사정을 설명했다.

「……흠, 등짐을 지거나 머리에 이고 돌을 나르면 된다…….」

박 과장이 말끝을 흐렸다.

「글쎄 그렇다니까……. 광산 문 닫고 나서 일거리가 없어 야단들인데…… 일할 사람은 회성 바닥에 천지니더.」

천득이 커피 잔을 앞으로 당겼다.

「오늘은 바쁜 일이 있어서 먼저 가보겠습니다. 자, 이건 저희 회사 사장님이 교통비에 보태 쓰시라고…….」
박 과장이 가방에서 봉투를 꺼내 천득에게 건네주었다.
「장 사장님께 고맙다는 말씀 전해 주시소.」
박 과장의 등 뒤로 천득이 말을 던졌다.
「미스 홍, 오늘 나하고 밖에 나갈까?」
천득이 미스 홍을 향해 눈을 찡긋했다.
「갑자기 밖엔 왜?」
미스 홍이 천득의 무릎에 앉았다.
「쫄깃쫄깃한 미스 홍의 고것 좀 맛보려고.」
천득이 뜨거운 입김을 미스 홍의 목덜미에 부었다.
그들은 택시를 집어타고 문수갱 사무소로 향했다.
문수갱 사무소의 슬레이트 지붕 위로 보름달이 떠올랐다. 슬레이트 지붕 위로 미끄러져 내린 달빛은 자작나무 가지 위로 부서져 내렸다. 자작나무 껍질을 휘감고 내려온 달빛은 미스 홍의 가녀린 어깨 위로 흘러내렸다.
「연못이 이런 산꼭대기에 있다고요?」
미스 홍이 모롱이를 돌아가는 택시 꽁무니에서 눈길을 떼며 물었다.
「그렇다니까.」
「하긴 히말라야 산맥이라든가 안데스 산맥이라든가, 어딘가에 하늘 호수가 있다 하더군요.」

달빛이 줄기차게 미스 홍의 목덜미에 달라붙었다. 천득은 그녀의 목덜미를 어루만지며 천천히 걸음을 옮겼다.

한 폭의 파란 천처럼 잔잔하게 펼쳐진 연못 위로 달빛이 흘러내렸다. 산 안개가 달빛을 타고 수면 위로 줄기차게 내려앉고 있었다. 연못은 그 깊이를 알 수 없었다. 쌔근거리는 미스 홍의 숨소리만 들려올 뿐, 호수 주위는 적요로 가득 차 있었다. 문득 두려움이 엄습해 왔다.

「산꼭대기에 웬 연못이죠?」

적요를 밀어내며 미스 홍이 물었다.

「지하 폐갱도가 붕괴되어 지반이 침하되면서, 연못이 생긴 거야.」

천득이 콧김을 내뿜으며 말했다.

「한라산 백록담 같네.」

「백록담은 무슨…….」

천득이 새끼손가락 끝으로 콧구멍을 후벼 파며 음울한 음성으로 말했다.

「마 사장님, 콧구멍 그만 파고 내려가요.」

미스 홍이 말했다.

달안개가 잔잔한 연못 위로 쏟아져 내리기 시작했다. 천득은 깊은 생각에 잠긴 채 시선을 연못으로 옮겼다. 달 그림자가 연못 위에 어른거렸다. 천득은 탈진한 사람처럼 어깨를 늘어뜨린 채 시선을 연못 위에 내리꽂았다. 심한 어지럼증이 일었다. 연못은 달빛을 받아 수만 개의 은빛 비늘을 뒤척이며 번쩍이고 있었다. 그때였다. 물살을 가르는 소리가 달빛을 타고 들려왔다. 한 떼의 폐어들이 연못을 가로질러 가고 있었다. 폐어들은 움푹 들어간 두 눈과 찢긴 가슴지느러미를 달고 있었다. 폐어들이 몸을 뒤척일 때마다 앙상한 등뼈가 하얗게 달빛에 드러났다. 이윽고 물결이 잔잔해졌다. 달안개가 연못 위로 마구 쏟아져 내렸다.

폐어들이 연못 속으로 모습을 감췄다. 천득은 손등으로 두 눈을 비볐다. 다리가 허청거렸다.

「마 사장님, 괜찮아요?」

미스 홍이 재빨리 천득의 팔을 잡아당겼다.

「으응, 응. 괜찮아.」

천득은 움찔 놀랐다.

「꼭 무엇에 홀린 것 같아.」

미스 홍이 오른팔을 뻗어 천득의 허리를 껴안았다.

천득이 미스 홍의 브래지어 속으로 살며시 손을 들이밀어 그녀의 오른쪽 젖무덤을 어루만졌다. 그녀가 천천히 걸음을 옮기며 콧김을 거칠게 내쉬었다.

참나무 숲을 좌우에 거느리고 있는 골짜기의 맨 아래에 개천이 달빛 속에 누워 있었다. 천득은 미스 홍을 번쩍 들고 개천으로 내려갔다. 산꼭대기에서 미끄러져 내린 달안개가 냇가에까지 밀려오기 시작했다. 가까이서 물소리가 들렸다.

천득은 미스 홍을 바위 위에 내려놓고 옷을 벗어 잔디 위에 깔았다. 그러고는 그녀를 그 위에 눕혔다. 달은 참나무 숲을 벗어나 휘영청 부서져 내렸다. 단추를 풀자, 하얀 젖무덤이 달빛에 드러났다. 그는 그곳에 얼굴을 묻었다. 이윽고 그녀의 손이 그의 목으로 뻗어 올라왔다. 달안개가 그녀의 허리를 친친 휘감았다.

「아니, 이건 아직도 이렇게 시들시들해.」

미스 홍이 천득의 허벅지 사이로 손을 집어넣었다.

「아직 고놈이 발동이 안 걸렸나 봐.」

천득이 힘 없는 목소리로 말했다.

겨우 미스 홍의 몸속으로 비집고 들어간 천득의 그것은 이내 삶은 시래기처럼 시들해졌다. 그가 땀을 뻘뻘 흘리며 가쁜 숨을 토해 냈다.

「그만 내려오이소. 마 사장님도 막장 생활 20년에 곯아 버릴 대로 곯아 뿌렸니더. 나 같은 포동포동한 년을 껴안고도 화끈하게 남자 흉내를 못 내다니…….」

미스 홍의 허리를 친친 감고 있던 달안개가 저만치 달아났다.

4

돌을 머리에 인 아낙네들이 비탈을 오르고 있었다. 나무 그늘이라고는 한 점도 없었다. 속눈썹 밑으로 잔주름이 여러 겹

지나가고 있는 여량집은 끙 하고 다리에 힘을 주며 넓적한 바위 위에 발을 올려놓았다. 바위가 미끄러지면서 여량집은 버력더미 위에 나동그라졌다. 버력들이 여치 울음을 토해 내며 흘러내렸다. 여량집은 손으로 바위를 잡으며 미끄러지지 않으려고 안간힘을 썼으나, 버력은 계속 흘러내렸다. 여량집은 버력에 실려 계속 아래로 미끄러져 갔다.

「아이고, 저걸 우짜제.」

「여량집이 다쳤다아!」

소나무 아래에서 나른하게 오수에 취해 있던 남정네들이 벌떡 일어나 뛰어왔다.

「여량집, 어디 많이 다치지 않았능교?」

윤 반장이 가쁜 숨을 몰아 쉬며 여량집을 일으켜 세웠다.

여량집의 얼굴은 땀과 버력 가루로 뒤범벅이 되어 있었다.

「이 땀 좀 닦으이소.」

미순이 엄마가 머릿수건을 벗어 여량집에게 건네주었다.

「다행히 다친 데는 없는 거 같니더.」

천득이 여량집의 등에 묻은 버력 가루를 손으로 털며 말했다.

「머리가 좀 아프니더.」

여량집이 이마를 짚으며 얼굴을 찡그렸다.

「더운 데서 일을 해서 그러니더.」

미순이 엄마가 눈을 내리깔았다.

「자, 너무 더우니까, 좀 쉬었다 합시더.」

천득이 인부들을 향해 소리쳤다.

인부들이 폐갱도로 몰려들었다. 소나무 아래에 그늘이 있긴 하였으나 20여 명이 넘는 인부들이 더위를 피하기는 어림도 없었다.

폐갱도 안으로 들어서자 찬 바람이 불어왔다.

「어, 시원하대이.」

동삼이 웃옷을 벗으며 말했다.

「미순이 엄마, 요즘 혈색이 더 좋아지고 있어. 서방님이 밤에 잘해 주는가 봐.」

윤 반장이 미순이 엄마 얼굴을 깊이 건너다보면서 말했다.

「허이그 윤 반장님도, 미순이 아빠가 진폐로 병원에 입원해 있는 기 언제 쩍 이야긴데 그런 소릴 하능교.」

미순이 엄마가 얼굴을 붉혔다.

「여량집, 우짜 얼굴에 색기가 자르르 흐를까, 젊은 서방이라도 얻었나.」

천득이 여량집을 향해 말을 던졌다.

「……양기가 입에만 올라 가지고……. 마 십장님 요즘도 예쁜 여자만 보면 그게 ㄲ떡ㄲ떡 서니껴?」

여량집이 판자 위에 엉덩이를 올려놓으며 눈웃음을 쳤다.

「사람을 뭘로 보고 그런 소리 하능교……. 하마 안 서면 인생 조진 거게……. 대밭촌 옆만 지나가도 그게 독사 대가리처럼 서서 걷기도 힘드니더.」

입을 막듯, 천득이 얼른 말했다.
「……사람 흰소린, 어디 꼬딱꼬딱 서 있는지 만져 봄세.」
윤 반장이 천득의 가랑이 사이로 손을 넣었다.
「아이고 불알 떨어지니더.」
천득의 얼굴이 일그러졌다.
「뭐 독사 대가리처럼 선다고? 지렁이 대가리처럼도 안 섰네.」
짙은 눈썹 아래 툭 튀어나온 두 눈을 반짝이며 윤 반장이 소리쳤다.
웃음소리가 요란하게 쏟아졌다. 여량집의 두 뺨에 보조개가 파였다.
「여량집, 아라리 한 곡조 불러 보지.」
동삼이 부드러운 시선으로 여량집을 바라보았다.
「또 날 시켜유?」
「……아라리를 여량집이 안 부르면 누가 불러.」
그러자 여량집이 헛기침을 두 번 하고 입술을 열어 정선 아라리를 부르기 시작했다. 그녀의 입술은 조그마한 체구에 어울리지 않게 육감적이었다.

눈이 올라나 비가 올라라
억수장마 질라나
만수산 검은 구름이

막 모여든다
아우라지 뱃사공아
배 좀 건너 주게
싸리골 올동박이
막 떨어진다

떨어진 동박은
낙엽에나 쌓이지
사시장철 임 그리워서
나는 못 살겠네

아리랑 아리랑 아라리요
아리랑 고개로
나를 넘겨 주게.

「허이구 봉철이도 안됐지. 저렇게 노래 잘하는 마누라를 놔두고 어찌 눈을 감았을꼬.」
준영이 낮게 중얼거렸다.
「그놈의 진폐증이 무섭긴 무서운가 벼. 그 황소 같은 종현이 아빠도 쓰러뜨린 걸 보면.」
미순이 엄마가 눈가에 맺힌 눈물을 손등으로 훔쳤다.
「진폐증에 걸렸어도 급수나 받아 입원이나 해보았더라면 이렇게 한이 되지 않을 텐데…….」
여량집이 길게 한숨을 토해 냈다.
「그놈의 진폐법인지 뭔지는 왜 그리 까다롭게 해놓았는지……. 현재의 체계로는 진폐증으로 요양 인정을 못 받은 진폐의증자(塵肺擬症者)의 경우 사실상 방치돼 증상이 악화되기만을 기다리고 있는 실정이지. 진폐 진단 기준과 방식이 달라져야 해.」
윤 반장이 말했다.
「진폐 관리 구분 판정 통지서에 이의 있으면 제기하라는 등 똑같은 말만 해마다 되풀이하니더. 이젠 통지서만 봐도 넌덜머리가 나니더. 11급, 6급, 9급 이외의 등급은 곧 숨넘어가는 사람들이 받는 급수라니더. 참, 어이가 없는 말에 할 말을 잃었니더. 없는 돈 있는 돈 탈탈 털어 브로커 껴서 급수 딴 사람은 멀쩡한 사람이 병상에 누워 있고. 진정 아픈 사람은 병상에 한번 누워 보지도 못하는 현실이 안타까울 뿐이니더.」
동삼이 길게 한숨을 토해 냈다.
「진폐증 걸린 광부들과 그 가족들을 이렇게 탄 캐낼 때 갖다 버린 버럭 더미처럼 버려 두어도 되는 거니껴.」
준영의 음성은 떨리고 물기에 젖어 있었다.
「폐광촌 사람들 살린다고 만든 정선의 카지노에서 나오는 그 많은 돈은 다 어디로 가는 건지…….」
윤 반장이 혼잣소리처럼 말했다.

「애당초부터 카지노 돈이 우리 같은 사람들한테까지 차례가 올 거라고 생각한 우리들이 바보 천치였니더.」
여량집은 텅 빈 듯한 눈빛을 하고 있었다.
「그 말이 맞니더……..」
표정 없는 미순이 엄마가 시선을 내리깔았다.
「자, 아라리도 한 곡조 듣고 했으니께 이제 슬슬 일을 시작해 볼까. 일을 많이 해야 돈을 많이 준다.」
콧구멍을 후벼 파던 성냥개비를 획 집어던지며 천득이 말머리를 돌렸다.

인부들은 느릿느릿 버력 더미로 걸음을 옮겼다. 햇빛을 받아 달아오른 버력 더미에선 열기가 확확 풍겨 나왔다. 화연산 위에 걸린 태양은 뜨거운 열기를 줄기차게 버력 더미 위로 쏟아 붓고 있었다.

「자자, 어서들 축대나 쌓자고…….」
윤 반장이 엉덩이를 툭툭 털었다.
동삼이 곡괭이로 버력 더미를 내리찍었다. 곡괭이 끝에서 불꽃이 튀었다.
「조심해, 다친다니까.」
윤 반장이 바위 끝을 해머로 툭툭 치며 말했다.
천득은 윤 반장이 건네준 돌로 버력이 흘러내리지 않도록 축대를 쌓아 갔다.
「축대 높이가 너무 낮지 않나?」

윤 반장이 물었다.

「다 형식적이니더. 아, 버럭 더미를 그냥 놔두고 흙을 한 자 정도 덮는다는데, 거기다 나무를 심어 살겠니껴? 다 눈 가리고 아웅 하는 거니더.」

동삼이 이기죽거렸다.

「우리야 돈 벌어 먹어 좋긴 하지만, 이렇게 해서야 장마 한번 쓸고 지나가면 다 망가질 텐디.」

윤 반장이 해머를 힘껏 내리치며 거칠게 숨을 몰아 쉬었다.

「이거 좀 봐. 안전모가 있어.」

동삼이 곡괭이질을 하다 말고 안전모를 쳐들며 소리쳤다.

천득은 안전모를 건네받아 들여다보았다. 안이 그을려 있었다.

「이쪽에 타다 만 갱목과 판자 조각이 많이 묻혀 있어.」

윤 반장의 말에 일순 천득의 얼굴이 일그러졌다.

불에 타다 만 판자 조각들과 갱목 동강이들이 준영이 곡괭이를 내리찍을 때마다 튀어나왔다. 그뿐만이 아니었다. 바위들도 시커멓게 그을려 있었다.

「……음, 이 갱목과 쿨룩…… 판자 조각들은…… 쿨룩…… 갱내 화재 사고…… 쿨룩…… 때…… 실어 내온…… 쿨룩…… 것들이…… 쿨룩…… 틀림없어. 쿨룩, 쿨룩, 쿨룩.」

천득이 가슴을 부여안으며 연방 기침을 토해 냈다.

문이 열리면서 식당 주인이 내실로 들어왔다.
「죄송합니다. 아무래도 방송 내용이 이상해서…….」
식당 주인이 무거운 목소리로 말했다.
「무슨 내용인데요?」
천득이 고개를 들고 물었다.
「'종업원께 알려 드립니다. 오늘은 작업을 하지 않습니다. 특별 지시가 있을 때까지 댁에 계십시오'라는 내용을 여자가 반복해서 방송하고 있어요.」
「오늘이 16일, 수요일인데 공휴일도 아니고……. 만일 공휴를 할라고 했으면 어제 퇴근할 때 무슨 이야기가 있었을 텐데…….」
「갑자기 쉰다는 게 이상한데…….」
천득이 말끝을 흐렸다.
「아무래도 큰일이 벌어지고 있는 게 틀림없어. 그만 나가 보세.」
윤 반장이 자리에서 일어섰다. 천득도 잔을 식탁에 내려놓고 일어섰다.

광업소 정문 앞으로 들어서자 사무실 앞에는 이미 방송을 듣고 모여든 광부들과 그 가족들이 웅성거리고 있었다.

을방 작업이 막바지로 치닫고 있을 때 중앙 수갱 5크로스에서 갱내 화재 사고가 발생했다는 것이다.

굳은 얼굴의 기획과장이 상황실에서 나왔다.

「어떻게 된 겁니까?」

윤 반장이 굳은 얼굴로 물었다.

「수갱 225미터 레벨 동력실에서 심각한 화재 사고가 발생했습니다. 225미터 레벨 운반 갱도 입구가 불길과 연기로 차단되어 있어, 구조 작업이 어렵답니다.」

기획과장이 빠른 목소리로 대답했다. 그는 낭패한 기색이었다. 수갱 225미터 레벨 동력실은 해발 225미터의 운반 갱 입구에 자리 잡고 있었다. 수갱에서 불과 46미터 지점밖에 안 되는 곳이었다.

「큰일이군……. 양동삼…… 박만규……. 갇혀 있는 사람이 모두 서른 명이 넘는다구…….」

윤 반장이 신음하듯 말했다.

윤 반장과 천득이 구조대로 차출된 것은 이틀 뒤였다. 갇힌 광부들을 구출하러 들어갔던 구조대가 가스에 질식되어 세 명이 목숨을 잃고, 일곱 명이 가스에 중독되자, 광업소는 부랴부랴 광업진흥공사에 연락해 산소마스크와 자기 구명기(自己救命機) 지원을 요청했다. 회사가 보유하고 있는 미국제 산소호흡기는 1회 사용 시간이 두 시간으로 비교적 오래 사용할 수 있는 것이었으나 중량이 18킬로그램이나 되어 한국인들의 체격에 맞지 않았다.

정 갱장이 구조대장이 되어 조난자들이 있는 곳까지 구조대원들을 인솔해 들어가기로 했다.

「첫째, 구조대의 임무는 조난자들을 확인하면 안심시켜 주고 즉시 돌아와야 한다. 둘째, 조난자들이 있는 곳까지 가는 코스는 정성수 갱장의 의견을 따른다. 그 코스가 최단 거리임은 물론 갱도 중 일부가 붕락이라든가 기타 장애 지점이 없을 것으로 생각되기 때문이다. 셋째, 거리상으로는 2킬로미터 정도이기 때문에 평상시 갱도 보행 속도를 분당 50미터로 보면 40분 정도의 시간이 소요되지만 연기로 인해 가시거리가 여의치 않을 것으로 보고, 보행 속도는 평상시의 반으로 하여 80분으로 목적 지점까지 도달하는 데 걸리는 시간으로 한다.」

광업소장의 말이 끝나자, 구조대원들은 서둘러 산소호흡기를 착용했다.

「케이지에 올라타는 순간부터 절대 무리한 행동을 해서는 안 됩니다.」

살이 많이 붙은 얼굴의 정 갱장이 재차 당부했다. 케이지는 사람이나 자재를 실어 나르는 기구였다. 수갱 6백 미터 구간에는 깊은 곳으로 내려가면서 375미터 레벨, 300미터 레벨, 225미터 레벨, 150미터 레벨 등 4개소의 정류장이 있으며, 정류장에는 철망으로 조립한 문인 게이트와 케이지에서 갱도로 내릴 수 있는 발판인 틸팅 플랫폼을 작동하는 운전실이 있었다. 그러나 밀려드는 연기로 인해 운전공이 운전을 할 수 없기 때문에 게이트와 틸팅 플랫폼이 작동되지 않을 것이었다. 문을 손으로 열고 뛰어

넘어 가야만 하는 상황이기 때문에 정 갱장은 재차 주의 사항을 말하는 것이었다.

케이지가 6백 미터 레벨에서 출발하여 1초당 7미터의 속도로 내려가기 시작했다. 구조대원들은 입갱할 때마다 타던 케이지였지만 모두들 바짝 긴장한 표정이었다. 케이지가 35초 만에 375미터 레벨 틸팅 플랫폼을 스치고 내려갔다. 갑자기 연기가 밀어닥쳤다. 50미터 앞을 내다볼 수 없는 연기였다. 그뿐만 아니었다. 열기가 밀려왔다. 순식간에 윤 반장의 기다란 얼굴선을 훑은 열기가 온몸으로 흘러내렸다. 귀에서 웽 하는 소리가 났다. 머리끝이 삐쭉했다. 다리가 후들후들 떨렸다. 얼굴이 화끈거렸다. 케이지의 속도가 줄어들었다. 300미터 레벨 틸팅 플랫폼에 케이지가 멈췄다.

「틸팅 플랫폼이 제대로 작동되지 않고 있어. 할 수 없어. 버튼을 밟고 내리는 수밖에 없어. 자, 내 손을 붙잡고 내가 밟는 곳만 밟고 따라와.」

윤 반장이 나직한 목소리로 말했다.

천득은 바짝 긴장한 채로 케이지에서 내리지 않을 수 없었다. 만일 버튼을 잘못 밟으면 3백 미터 아래로 추락하는 것이었다.

케이지를 내려 갱도로 전진하려고 했으나 50센티미터 앞도 보이지 않았다. 지척을 가늠할 수 없을 만큼 방향 감각을 잃어버렸다. 더듬더듬 갱도 측벽을 찾아 손으로 지주를 확인하며 한 발 한 발 걸음을 옮겼다.

「안전등을 손에 쥐고 허리를 앞으로 굽혀 레일에 빛을 비추면서 전진해 보자고. 1미터 이상은 서로 떨어지지 않도록 주의해.」

윤 반장의 목소리가 스피커에서 울려나왔다. 가와사키 산소호흡기에는 스피커가 부착되어 있어 마스크를 얼굴에 착용하고 말하면 스피커를 통해 상대방에게 의사를 전달할 수 있도록 되어 있었다.

구조대는 갱도 안을 복잡한 크로스까지 빼놓지 않고 이 잡듯이 뒤져 나갔다. 빠른 걸음으로 갱도를 살펴 나갔다. 그러나 광부들의 모습은 좀처럼 찾을 수 없었다. 연기가 갱도 속에 가득 차 시계가 50센티미터밖에 되지 않아, 구조대가 통과하는 옆에 쓰러져 있다 해도 발견하지 못할 수도 있었다. 일순 구조대는 헛수고를 하는 게 아닌가 하는 생각이 들었다. 구조대는 메인 크로스를 따라 걸어갔다. 사암갱과 문수갱으로 갈라지는 분기점이 나타났다. 그 지점은 틸팅 플랫폼에서 4백 미터 정도 되는 곳이었다.

「……20분이 경과했군……. 호흡에 이상 없어?」

윤 반장이 물었다.

「이상 없습니다.」

천득이 짧게 대꾸했다.

「그럼 지금부터 문수갱 쪽인 우측으로 방향을 바꾼다.」

윤 반장이 한 발 내딛는 순간이었다.

「갑자기 호흡이 곤란해지니더. 후퇴해야겠니더.」

천득이 당황한 목소리로 말했다.

「그럼 당황하지 말고 호흡 조절을 다시 하면서 압력 시계를 봐. 지금 몇 기압이지?」

「제곱센티미터당 70킬로그램입니더.」

「산소 밸브를 재조정한 후 계기를 봐.」

「제곱센티미터당 70킬로미터입니더.」

윤 반장은 자신이 착용하고 있는 산소호흡기의 계기판을 들여다보았다. 70킬로그램 제곱센티미터의 압력을 나타내고 있었다. 처음에 이 호흡기를 착용할 당시는 105킬로그램이었는데, 불과 20분 만에 70킬로그램으로 압력이 떨어진 것이었다. 그만큼 신체적으로 무리하여 산소를 많이 허비한 것이겠지만, 제작 회사의 보증 시간이 한 시간 30분용인 것을 감안하면 기계에 이상이 있는 게 아닌가 하는 생각이 들었다.

「안 되겠어. 빨리 후퇴하는 것이 좋겠어. 여기서 우물쭈물하다가는 우리도 조난을 당하겠어.」

「그렇게 하는 것이 좋겠니더.」

「산소가 얼마 남지 않았으니 마음을 가라앉히면서 호흡을 조절하도록 해.」

윤 반장이 말을 끝내고 뒤돌아보았다.

「반장님, 정신 차리시소.」

천득이 버럭 고함을 질렀다.

「왜 날 보고 정신 차리라는 거지?」

윤 반장이 되물었다.

「반장님 걸음걸이가 지금 술 취한 사람 같니더. 자, 제 손 잡으시소.」

천득이 손을 내밀었다.

천득은 윤 반장의 손을 마주 잡고 더듬거리며 틸팅 플랫폼 쪽으로 향했다.

윤 반장은 심호흡을 했다. 머리가 지분거리며 아파 왔다. 시간이 흐를수록 호흡 곤란이 왔다. 그러나 온 길을 되돌아가는 것이어서 거리와 소요 시간을 알고 있기 때문에 어느 정도 안심이 되었다.

틸팅 플랫폼 주변은 225미터 레벨 화재 지점에서 올라오는 열기와 연기로 마치 사우나탕의 한증막에 들어간 것 같았다. 땀이 비 오듯 쏟아졌다. 숨이 컥컥 막혀 왔다.

「케이지가 내려오려면 얼마를 더 기다려야 하니꺼?」

「우리가 입갱한 지 한 시간 후에 케이지를 내려보내라 했으니까, 한 20분 있으면 내려올 거야.」

「20분씩이나…….」

천득은 한숨을 깊이 내쉬며 손목시계를 들여다보았다. 호흡이 더욱 힘들어졌다.

윤 반장은 틸팅 플랫폼 운전실로 갔다. 송수화기를 들고 신호를 보냈다. 말소리가 잡음에 섞여 들려왔다. 그러나 이쪽 말이 전달되지 않아 의사소통을 할 수 없었다. 윤 반장은 배에 힘을 주어 큰 소리로 말했다. 계속 잡음만 들려왔다. 그의 몸은 땀으로 범벅이 되었다. 삼복더위에 지쳐 혓바닥을 빼물고 헐떡거리는 개처럼 가쁘게 숨을 몰아 쉬었다. 손목시계를 들여다보았다. 겨우 2분밖에 지나지 않았다. 1분이 이처럼 긴 것인가. 그는 소리를 질렀다. 절망감이 엄습해 왔다. 억센 손아귀가 계속 목을 조여 오는 것 같았다. 목 부분의 단추를 풀었다. 그래도 계속 질식할 것만 같은 상태가 이어졌다. 자신이 배출한 탄산가스에 질식하기보다는 차라리 산소호흡기를 벗어 버리는 것이 낫겠다는 생각이 들었다. 마스크를 벗었다. 고무 타는 냄새 같은 가스가 코를 찔러 왔다. 연거푸 재채기가 났다. 도저히 견딜 수 없었다. 마스크를 다시 썼다. 앞으로 18분간을 이 같은 상태에서 견디기는 어려울 것 같았다. 그러나 다른 방법이 없었다. 제아무리 구조해 달라고 소리를 질러도 3백 미터 상부에 있는 사람들에게 전달될 리 없었다. 온몸이 뒤틀리는 듯한 고통이 왔다. 그는 몸을 돌려 천득을 바라보았다. 천득은 양 손가락을 깍지 낀 채 움켜잡고 쪼그리고 앉아 있었다. 너무나 평온한 자세였다. 일순 불길한 생각이 그의 머리를 스쳤다.

「천득이.」

윤 반장이 천득의 어깨를 만졌다.

「반장님…… 17분만 기다리면 되겠니껴.」

천득이 힘없는 목소리로 말했다.

바로 그 순간이었다. 수갱에서 여러 개의 안전등 불빛이 휙 아래로 내려가는 것이 보였다.

「반장님, 케이지가 내려갔니더.」

천득이 갑자기 소리쳤다.

윤 반장은 벌떡 일어나 게이트 쪽으로 다가갔다. 윤 반장과 천득은 이 기회를 놓칠세라 게이트에 바짝 붙어 서서 케이지가 올라오기를 기다렸다. 만일 사람이 타고 있지 않으면 헛일이었다. 그러나 사람이 타고 있다면 안전등을 흔들어 대며 살려 달라고 소리친다면 구조될 수 있을 것이었다.

윤 반장은 허리를 세워 일어섰다. 다리가 몹시 휘청거렸다. 불빛 두 개가 수갱 위쪽으로 흘러갔다.

「야! 서라.」

「사람 좀 살리소.」

그들은 안전등을 세차게 흔들며 소리쳤다. 그들의 목소리는 절규와 같았다. 케이지에 타고 있던 두 사람이 외치는 소리를 들은 것은 바로 그때였다.

「3백 미터 레벨 틸팅에서 사람 소리가 들린다. 케이지를 정지시켜라.」

그들은 주권양기실(主捲楊器室)에 케이지를 세우라고 인터폰으로 말했다. 케이지에는 유사시에 주권양기실과 통화할 수 있도록 인터폰이 설치되어 있었다.

케이지가 3백 미터 레벨 틸팅에 와 닿았다.

「이제 우린 살았다.」

윤 반장이 천득을 끌어안았다.

6백 미터 레벨 틸팅에 올라서자, 윤 반장은 거칠게 숨을 몰아쉬며, 바닥에 널브러졌다.

「3백 미터 레벨 상황이 어떠했어?」

광업소장이 윤 반장에게 긴장된 목소리로 물었다.

「연기와 유독 가스로 가득 차서 한 치 앞을 내다볼 수 없었습니다.」

「음…….」

콧날이 유난히 도드라진 광업소장이 낮게 신음을 발했다.

「선발 구조대를 찾을 수 없었습니다.」

윤 반장이 머리를 짚으며 일어나 앉았다.

「자, 여기서 이럴 게 아니라, 상황실에 가서 향후 대책을 강구해 보도록 하지.」

광업소장이 말을 끝내고 걸음을 옮겼다. 그가 쓴 흰색 안전모 위로 햇빛이 하얗게 미끄러져 내렸다. 그때였다. 땅딸막한 사내가 빠른 걸음으로 광업소장을 향해 다가왔다.

「야, 빽바가지 새끼야! 니도 사람이냐?」

땅딸막한 사내가 광업소장의 멱살을 거머쥐었다. 빽바가지란 흰색 안전모를 착용하는 광업소 관리자들을 가리키는 말이었다. 광업소 안에서 관리자들은 흰색 안전모를 착용했고, 노

무자들은 노란 안전모를 착용했다.

 광대뼈가 불거진 광업소장의 얼굴이 흙빛이 되었다. 트롤리에서 뛰어내린 기자들이 잽싸게 달려와 카메라를 들이댔다. 카메라의 플래시가 연방 터졌다. 청원 경찰들이 달려들어 땅딸막한 사내를 끌어당겼다.

 상황실에 보고된 오후 3시 현재 상황은 중앙 갱 조난자 열한 명의 생사가 아직 확인되지 않은 상태였다. 문수갱 조난자 열 명 중 일곱은 구조되고 세 명은 사망한 상태로 발견되었다. 그리고 사하갱으로 들어간 선발 구조대 열 명은 연락이 두절되어 실종 상태였다. 갱의 안과 바깥 사이의 모든 통신 시설이 마비되어 갱내에서 일어나고 있는 상황을 알 방법이 없었다.

「문수갱장이 여섯 명의 구조대를 인솔하고 흑암갱으로 내려가다가 연기가 많아 내려가지 못하고 검천갱으로 내려간 지 세 시간이 지났는데 아무런 연락이 없어.」

 광업소장의 얼굴은 새파랗다 못해 새까맣게 죽어 있었다.

「우리가 이렇게 한숨만 쉬고 기다리고만 있을 게 아니라 입갱해서 조난자들을 찾아보아야 하겠습니다.」

 윤 반장이 목소리를 높였다.

「윤 반장은 입갱했다 나왔으니까, 바깥에서 쉬어.」

 광업소장이 윤 반장을 향해 말했다.

「아닙니다. 운천갱엔 갱장님을 비롯해 많은 사람들이 갇혀 있어요. 그들을 꼭 구출해야 합니다.」

윤 반장이 소리지르듯 말했다.

「소장 입장에 한번 입갱해서 사경을 헤매다 돌아온 사람에게 다시 입갱하라는 건 도리가 아닌데…….」

광업소장이 입술을 굳게 다물었다.

윤 반장과 천득이 운천갱구 부근에 도착했을 때 민보가 축 늘어진 광부를 부축하며 갱에서 나왔다.

「운천갱장님이 죽었다!」

민보가 울음을 터뜨렸다.

그 말을 듣는 순간 윤 반장은 눈앞이 캄캄해지면서 귀에서 윙 하는 소리가 들렸다. 눈을 감고 허공을 쳐다보았다. 운천갱장의 둥그스름한 얼굴이 허공에 떠 있었다. 가장 존경하던 선배 중 한 사람이었는데…… 그가 죽다니……. 허망하기가 이를 데 없었다.

이윽고 윤 반장이 고개를 돌려 호리호리한 광부를 바라보았다.

「……운천갱장님이 죽은 게 정말 확실해?」

「제 눈으로 직접 운천갱장님이 죽은 걸 확인한 건 아니지만…… 갱도에 가득 차 있는 가스 때문에…… 살아 있다면…… 기, 기적이지요…….」

민보가 떠듬떠듬 말을 늘어놓았다. 그들은 운천사갱 3백 미터 레벨 권립에 내려갔다. 권립은 사갱을 오가는 운반함을 탈 수 있도록 만들어진 정거장 같은 장소였다. 그리고 권립에는 권양실로부터 이어진 철제 로프에 운반함이 매달려 있었다.

민보를 향해 비틀거리며 다가오는 사람이 있었다. 거의 실신 상태에 있던 호리호리한 광부는 민보 앞에 나뭇등걸처럼 쓰러졌다. 민보가 그를 들쳐 업었다. 그가 간신히 밀어내는 말을 통해 민보는 운천 제2사갱에서 운천갱장뿐만 아니라, 많은 광부들이 연기와 유독 가스로 죽어 가고 있다는 사실을 알 수 있었다.

윤 반장은 민보와 호리호리한 광부를 광차에 실어 보냈다. 그는 구조반을 이끌고 운천 제2사갱으로 향했다. 사갱은 지하로 경사지게 뚫려 있는 갱도였다.

운천갱은 문수갱과 사암갱 중간 지점에 위치해 있으며, 해발 6백 미터 레벨을 기준으로 설계되어 있었다. 운천 제1사갱은 운천갱 입구에서 약 1킬로미터 정도 수평으로 들어간 곳에 18도 경사로 미끄러지듯 누워 있었다. 심부 채탄(深部採炭)을 위해 만든 사갱이었다. 사거리(斜距離)는 1천 미터에 달했다.

사거리 1천 미터를 내려가면 해발 3백 미터 레벨의 권립이 있었다. 6백 미터 레벨에서 3백 미터 레벨까지 운반은 3백 마력 권양기를 이용하고 있었다. 윤 반장과 천득이 6백 미터 레벨 권양기에 도착하였을 때는 마침 운반함이 있었다. 그들이 운반함을 타고 3백 미터 레벨에 내려왔을 때 시계는 30미터 정도였고, 공기는 비교적 맑은 상태였다.

윤 반장이 운반함에서 내려 조심스럽게 운천사갱 상부 권립

(上部捲立) 쪽으로 걸어갔다. 약 백 미터쯤 걸어갔을 때였다. 다섯 개의 안전등 불빛이 느릿느릿 다가오고 있었다. 안전등 불빛이 하나 피식 쓰러졌다.

「빨리 가보자고……」

윤 반장이 천득을 향해 다급하게 소리쳤다.

그들이 가까워졌다. 네 명이 들것을 들고 한 명이 그 뒤를 따라오고 있었다.

윤 반장이 그들 가까이 다가갔다. 뒤에 따라오는 사람은 운천갱장이었고, 나머지 사람들은 죽은 광부를 들것에 싣고 오는 중이었다.

「갱장님.」

윤 반장이 짧게 소리쳤다. 운천갱장의 얼굴은 땀과 탄가루로 범벅이 되어, 몹시 초췌했다. 운천갱장은 침통한 표정으로 몇 마디 대꾸하고는 고개를 떨구었다.

윤 반장은 들것을 들고 서 있는 광부들을 바라보았다. 모두 기진맥진한 표정이었다.

「어떻게 된 겁니까? 사갱엔 아직 사람들이 많이 있습니까?」

윤 반장이 천천히 물었다.

「……운천 1사갱으로 내려온 후 3백 미터 레벨의 공기가 이상이 없어 운천 제2사갱으로 권양기를 운전하도록 지시하고 225미터 레벨로 구조대원 다섯 명을 인솔하고 운천 225미터 레벨 1크로스에 도착했을 때 구조대원 한 사람이 호흡이 곤란하다고 하여 퇴갱을 시키고 나머지 네 사람과 같이 메인 크로스까지 갔지. 갱내 공기는 산소가 약간 적을 뿐 호흡에는 지장을 줄 정도는 아니었어. 시계는 30미터 정도로 큰 불편이 없었지. 다만 메인 크로스로부터 사암갱 쪽으로 시계가 약 2미터 정도로 연기가 차 있어서 운천갱 1크로스로 들어가면 조금 더 나을 것 같아, 약 150미터 정도 되는 거리를 급히 가서 1크로스를 들어서니 역시 시계가 10미터 정도로 연기가 차 있었어. 목적 지점이 문수갱 3크로스였기 때문에 하반갱에는 연기가 있고, 1크로스에는 시계가 10미터 정도로 연기가 차 있어 중반갱으로 가기로 했어.」

그들이 1크로스를 지나 중반 갱으로 들어서려고 했을 때, 갱도 바닥에 광부들이 엎드려 있었다. 운천갱장이 허리를 꺾어 쓰러져 있는 광부의 가슴에 귀를 대보았다. 맥박이 멎어 있었다. 손과 얼굴이 차가웠다. 이미 죽어 있었던 것이다.

그들은 다시 2크로스 쪽으로 걸음을 옮겼다. 2크로스에 다가갈수록 연기가 갱도에 가득 차 있어 한 발짝도 걸음을 옮길 수 없었다.

「……되돌아올 수밖에 없었어.」

운천갱장이 침통한 목소리로 말했다.

「갱장님, 조심해서 나가십시오, 저희들이 들어가 보겠습니다.」

윤 반장이 안전모를 고쳐 쓰며 말했다.

「위험할 텐데…….」

운천갱장이 말끝을 흐렸다.

운천갱장 일행이 떠나자, 구조대는 2크로스를 향해 걸어갔다. 매캐하고 코를 약간 쏘는 듯한 타다 남은 고무 냄새 같은 것이 콧속으로 밀려왔다. 그들은 갱도를 더듬으며 조심스럽게 앞으로 나아갔다. 얼마를 걸었을까, 연기와 가스가 갱도 안을 가득 메우기 시작했다. 불이 갱도 어디에선가 계속 타고 있는 게 틀림없었다. 연기와 가스가 구조대원들의 숨통을 조여 왔다. 안전등에서 흘러나온 불빛을 연기가 삼켜 버렸다. 지척을 분간할 수 없었다.

「연기와 가스가 이렇게 심한 걸 보니 천 마력 선풍기가 가동을 멈춘 게 틀림없어.」

천득이 말했다.

갱도 안의 기류를 돌리기 위하여 모든 갱의 배기 선풍기를 끄고 사암 배기갱(排氣坑)에서만 1천 마력짜리 대형 선풍기를 돌리고 있었다.

윤 반장은 위험이 한 걸음 한 걸음 다가오는 것을 느낄 수 있었다. 바로 앞에 걸어가고 있는 사람조차 알아볼 수 없을 만큼 시계는 어두웠고, 착용하고 있는 산소호흡기도 그 용량이 다해 가고 있었다.

「자, 빨리 이곳을 벗어나자고.」

윤 반장이 소리쳤다. 그의 다리가 몹시 허청거렸다.

그들은 안간힘을 다해 막장으로 향했다. 마침내 그들은 2크로스 굴진 막장에 도착했다. 더 이상 통하지 않는 막장은 산소가 갱 속의 다른 곳보다 많이 떠돌고 있는 곳이었다. 뿐만 아니라 파이프라인으로 들어오는 바람을 최대한 틀어 놓으면 공기가 바깥쪽으로 밀려 나가기 때문에 막장에서 어느 정도 거리까지는 가스나 연기가 밀려들지 않았다. 잠시 동안의 대피처로 삼을 수 있는 곳이었다.

「여기 사람들이 있어.」

천득이 안전등 불빛을 돌리며 말했다.

꾸부정한 광부들의 모습이 안전등 불빛에 드러났다. 만규와 동삼이었다.

「괜찮아?」

윤 반장이 동삼의 어깨를 흔들었다.

동삼이 입가에 희미한 미소를 지었다.

「만규, 견딜 만혀?」

천득이 물었다. 목소리에 힘이 없었다.

만규가 커다란 눈을 끔벅거렸다. 당장의 생명에는 지장이 없어 보였으나 안전등 불빛에 드러난 그들은 거의 탈진 상태였다.

「당신들 말고 다른 사람들은 다 어디 갔어?」

윤 반장이 덧붙여 물었다.

「헤매다가…… 낙오됐니더…….」

만규가 낮은 목소리로 말했다.

동삼은 파이프 끝의 공기가 흘러나오는 곳에 바짝 다가앉아 있었고, 만규는 벽에 기대어 앉아 있었다. 천득과 동삼이 거칠게 몰아 쉬는 숨소리가 정적을 깨뜨리곤 했다.

 갱 천장에서 물 떨어지는 소리가 간헐적으로 들렸다. 말소리가 사라졌다.

 천득은 한기가 온몸을 덮쳐 오는 것을 느꼈다. 그의 입술이 파리해지고 얼굴 근육이 뻣뻣해졌다. 귀가 멍멍해졌다. 가슴이 터질 것처럼 갑갑해 왔다. 가슴을 부여잡고 피를 토하던 승길이 모습이 눈앞에 어른거렸다. 선산부였던 그는 진폐를 심하게 앓고 있었다.

「승길이 죽었을 때 진단서상의 사망 원인은 무엇이라고 나왔니껴?」

 천득이 더듬거리며 물었다.

「중앙병원에서는 진폐 및 결핵으로 인한 저산소증으로 사망했다고 진단했고, 근로복지공사 장안 규폐 센터에서는 진폐로 인한 출혈의 흔적은 있었으나 사인과의 직접적인 관계는 없는 것으로 사료된다고 진단했지.」

「갱 속에서 죽어도 대학 다닌 친척이 한 사람이라도 있으면 보상금 제대로 찾아 먹는 거고, 그렇지 못하면 광업소 농간에 놀아나, 개값 하는 거지 뭐.」

 천득이 안전등 스위치를 켰다.

「승길이 어머니는 지팡이로 두들기면 그 소릴 듣고 승길이가 수갱에서 나온다며 요즘도 동구 앞에서 길바닥을 지팡이로 두들기고 있다제.」

동삼의 하얀 이가 안전등 불빛에 드러났다.

「언제까지 이렇게 죽치고 앉아 있어야 할까?」

윤 반장이 혼잣소리로 말했다.

「연기 때문에 어쩔 수가 없잖니껴.」

동삼이 어깨를 움츠리며 중얼거리듯 말했다.

검은 연기가 저편에서 계속 떠돌고 있었다. 그들이 막장을 벗어 나오기만 하면 기다렸다는 듯 달려들어 삼켜 버리고 말겠다는 기세였다.

파이프에서 흘러나오는 찬 바람에 만규가 어깨를 떨었다. 그는 갱도 쪽으로 시선을 던지며 아득한 심정이 되어 버렸다.

「여기서 이렇게 끝나야 하는가…….」

만규가 입술을 깨물었다.

「그럴 순 없지……. 천득이 힘을 내. 돈 모아 염소를 기르러 고향에 간다고 했잖아.」

동삼이 참았던 숨을 토해 냈다.

「염소만 길러? 사슴도 길러야제…….」

만규가 말끝을 흐렸다.

윤 반장이 자리에서 일어나 어둠 속을 느릿느릿 걸었다. 마치 검은 유령이 움직이는 것만 같았다.

「안 되겠어. 구조대가 올 때까지 한도 없이 기다리고 있을 게 아니라, 어떻게 하든 이곳을 빠져나가도록 해봅시다. 시간이 흐를수록 갱 속에는 가스로 채워지고 있어. 이대로 있다가는 가스에 질식되어 우린 모두 죽을 거야.」
잠시 말을 멈추었다가 윤 반장이 말했다.
「다행히 메탄가스와 일산화탄소는 가벼워서 우리가 고개를 숙이고 엎드려 갱도를 빠져나가면 탈출이 가능할 것도 같아. 특히 갱내수가 흐르는 습기 찬 곳을 찾아서 나가면 산소 공급도 웬만큼은 될 거라고 생각해. 그냥 여기서 구조대가 오기만 기다릴 것인가, 아니면 죽을 땐 죽을지라도 탈출을 시도해 볼 것인가…… 각자의 의견을 말해 봐.」
윤 반장이 말을 끝내고 주위를 둘러보았다.
「탈출을 시도해 보는 게 좋을 거 같니더. 여기서 이대로 앉아 있다가는 가스 폭발 때문에 우리 모두 죽을 거니더. 난, 난, 갱 속에서 가스 폭발 사고로 죽을 순 없니더…… 아버지처럼 갱 속에서 가스 폭발 사고로 죽을 순 없니더. 몸이 갈기갈기 찢어져 죽을 순 없니더. 몸을 온전히 하고 죽어야 지집, 새끼들이 진폐 보상금이라도 받을 수 있지 않겠니껴……. 쿨룩, 쿨룩.」
천득이 기침을 터뜨렸다.
「근디 너무 지쳐서 움직이기만 하면 금방 탈진할 것만 같은디…… 무리가 아니껴.」
동삼이 대뜸 말했다.

「천득인 우리가 부축해 나가면 돼.」

윤 반장이 느릿느릿 말했다.

탈출을 시도해 보는 쪽으로 의견이 모였다.

눅진눅진한 습기가 계속 천득의 몸을 축축하게 했다. 한기가 들어 몸이 몹시 떨렸다. 그가 주머니에서 수첩을 꺼냈다. 볼펜으로 꾹꾹 눌러 썼다. 여보, 아이들을 부탁하오. 보상금은 수철이 삼촌에게 의논하여 타도록 하오. 미안하오. 수철이 아빠가.

동삼이 일어나 안전모를 고쳐 썼다. 천득은 벗어 놓았던 장화를 더듬거려 찾아 신었다. 안전등 불빛에 탄가루 먼지가 반짝거리며 떠도는 게 드러났다.

「자, 내가 앞장설 테니까, 서두르지 말고 따라와.」

윤 반장이 앞장섰다.

갱도는 논바닥처럼 질척거렸다. 화재 사고로 갱내수를 발동기로 퍼 올리지 못하고 있기 때문이었다. 공중에 떠 있는 가스가 줄기차게 입과 코 속으로 스며들었다. 그들은 수건으로 입과 코를 막고, 엎드려 포복하는 자세를 한 채 한 걸음 한 걸음 옮겼다. 무너져 내린 돌 더미들이 갱도를 가로막고 있었다.

「이런…….」

윤 반장이 낮게 신음을 발하며 갱도 바닥에 털썩 주저앉았다.

「이젠 우린 다 죽었니더.」

동삼이 울음을 터뜨리며 돌 더미 위에 쓰러졌다.

천득은 의식이 점점 가물가물해지는 것을 느꼈다. 쿨룩……

쿨룩……. 천득이 가슴을 부여잡고 갱도 바닥에 뒹굴었다. 갱도를 가득 메우고 있는 어둠이 점점 하얗게 변해 갔다. 천득의 이마에 굵은 땀방울이 맺혔다. 저기…… 쿨룩…… 쿨룩…… 아버지…… 쿨룩…… 쿨룩……. 아버지…… 쿨룩…… 쿨룩…… 아버지…… 쿨룩…… 쿨룩…… 저기……. 천득이 숨을 가쁘게 몰아 쉬었다. 천득의 숨소리가 희미해졌다. 간간이 천장에서 떨어지는 물소리가 천득의 희미한 숨소리를 휘감았다.

쿵!

쿵!

곡괭이 소리가 가까이서 들렸다. 분명 환청이 아니었다. 구조반이었다. 우리는 살았다. 우리는 살았구나. 말소리가 입 안에서 맴돌았다. 한 시간이 흘렀다. 드디어 돌 더미를 파내는 소리와 함께 두런거리는 소리가 났다.

「어이.」

천득이 안간힘을 다해 소리치며 몸을 일으켰다. 갱도의 천장과 벽이 빙글빙글 돌아갔다.

「어이.」

밖에서 대답했다.

갱도를 가로막고 있던 돌 더미가 서서히 무너져 내렸다. 덜컹, 덜컹 하는 소리가 들렸다. 바위 더미를 비집고 들어온 안전등 불빛이 갱도를 가득 메우고 있는 어둠을 한쪽으로 밀어냈다. 얼마 만에 보는 바깥의 불빛인가. 갱도 한가운데를 가로막고 있던 커다란 바위 덩어리가 무너져 내렸다. 커다란 구멍이 뚫렸다. 덜커덩, 덜커덩 하는 소리가 연이어 들려왔다. 여러 갈래의 안전등 불빛이 세차게 뻗쳐 왔다. 발짝 소리가 급해졌다. 안전등 불빛이 마구 쏟아져 들어왔다.

 천득은 가쁜 숨을 몰아 쉬었다. 울컥하고 핏덩이가 입에서 쏟아져 내렸다. 옷깃 스치는 소리가 연이어 들려왔다. 아이고 이걸 우짜제. 여량집의 울음 섞인 목소리가 들렸다. 천득의 목에서 가래가 끓었다. 오한이 왔다. 어금니가 딱딱거리고 온몸이 굳어졌다. 눈앞이 검은 망사를 드리운 것처럼 깜깜해졌다. 어둠이 물밀어 왔다. 그 두께를 알 수 없는 어둠이 천득의 눈앞을 가득 메웠다.
 앰뷸런스 소리가 점점 가까이서 들려왔다.

용 울음소리

 유리창을 내리긋는 빗소리에 나는 눈을 떴다. 빗줄기 소리가 짐승의 울음소리 같았다. 빗줄기가 가늘어지자, 창문이 휘부윰하게 밝아 오기 시작했다. 머리가 지끈거리며 아파 왔다. 온몸에 식은땀이 달라붙어 으스스한 느낌을 주었다. 나는 이불을 밀쳐 내고 일어났다. 수도꼭지에서 물방울 떨어지는 소리가 들려왔다.

 어젯밤 늦게까지 석유공사 홍보실장과 3차까지 갔던 기억이 선연하게 떠올랐다. 저녁 식사만 하고 가려는 그를, 나는 반강제로 2차, 3차 집까지 끌고 갔다. 그러나 그는 끝내 나에게 구진효 의원에 관한 이야기를 말해 주지 않았다. 석유 사업 기금을 운영하면서 정치 자금을 조성했다는 의혹을 받고 있는 구 의원에 대해 취재를 해오라는 강 부장의 엄명을 받은 나는 그를 설득했었다. 석유공사 사장을 지냈거나 사장을 추천한 인물들이 한결같이 노태우 전 대통령 비자금 사건에 깊숙이 관련된 것으로 밝혀지고 있어, 강 부장은 석유공사를 취재해 보라는 것이었다. 그도 그럴 것이, 검찰 수사 결과 노태우 전 대통령의 인척인 구진효 의원이 석유 비축 기지 건설 업체 선정 과정에서 뇌물을 받은 것으로 드러났기 때문이었다.

「여보, 어서 씻고 식사하세요.」

아내의 목소리가 안방으로 날아왔다.

나는 부스스한 머리를 한 손으로 쓸어 올리며 욕실로 갔다.

나는 수도꼭지를 틀었다. 물에서 역한 냄새가 났다. 나는 손가락으로 셰이빙 크림을 문지르며, 며칠 전 자료실에서 읽은 잡지 기사를 떠올렸다. '우리나라 수돗물은 안심하고 마실 수 있는가?'라는 제목의 기사는 정부나 지방 자치 단체가 자신들의 검사 결과만 믿고 수돗물이 안전하다는 말만 되풀이하지만 국민은 이 말을 믿지 못하고 수돗물 대신 먹는 샘물을 사 마시고 정수기를 달고 지하수를 개발하고 약수를 떠다 먹는 악순환이 되풀이되고 있다고 말하고 있었다.

「당신이 부탁한 거 제가 비디오로 녹화해 놨어요.」

아내가 식탁에 반찬을 내려놓았다

「고마워, 당신 아니면 내가 소설 한 줄 제대로 쓸 수 없을 거야……. 그런데 주로 어떤 내용이야?」

내가 젓가락을 집어 들며 아내를 올려다보았다.

「……용신 신앙에 관한 이야기인데요, 중국의 문헌인 《광아

(廣雅)》'익조(翼鳥)'에 나타나 있는 용의 모습을 설명하는 것으로 이야기를 시작하더라고요, 용은 인충 중의 우두머리로서 그 모양은 다른 짐승들과 아홉 가지 비슷한 모양을 하고 있다더군요…… 특히 용이 물과 관계 깊은 물의 신으로 신앙되어 왔다더군요.」

내가 수저질하는 것을 바라보며 아내가 말했다.

신문사에 도착했을 때는 10시가 다 되어 가고 있었다. 숨을 가쁘게 몰아 쉬며 현관으로 들어서는 나를 향해 수위 양 씨가 오른손을 들어 보였다.

편집국 안은 스팀이 들어오고 있는데도 냉기가 감돌았다. 김 기자가 취재 노트를 덮으며 강 부장이 나를 찾는다고 낮은 목소리로 말했다.

「우 기자, 당신은 구진효 의원을 취재해 오라니까, 왜 취재해 오지 못하는 거야. 대동일보는 벌써 석유 비축 기지 관련 기사를 막 긁어 대고 있잖아.」

내가 강 부장 앞으로 다가가자, 그가 콧대에 바늘을 세울 만큼 골이 진 채 말했다.

「구진효 의원이 계속 은신 중이라 도무지 취재를 할 수 없습니다.」

「듣기 싫소, 구 의원 취재가 안 되면 노태우 정권 때 석유공사 사장이었던 윤각중 뒤를 캐보면 될 거 아냐?」

강 부장이 갈라진 목소리로 말했다.

나는 움칠하고 목을 움츠리며 그의 말을 한마디도 놓치지 않으려고 양미간을 좁히고 귀를 기울였다.

나는 강 부장 앞을 물러 나와, 창가로 다가갔다. 대동일보 사옥 옥상에 비둘기가 세 마리 내려앉고 있었다.

동력자원부 차관 출신인 윤각중은 구 의원의 천거로 석유공사 사장이 되었다. 구 의원은 윤각중이 상공부 차관보로 있을 때 국장으로 같이 일했으며, 동력자원부가 상공부에서 분리된 뒤에도 윤각중은 차관으로, 구 의원은 광무국장으로 재직했다.

윤각중은 재직 기간 중에 석유 비축 기지 추가 건설을 본격 추진했다. 애초 석유 비축 기지 건설 사업은 1989년에 끝났다. 그러나 80년대 후반 들어 석유 소비가 급증하면서 추가 비축 필요성이 제기되자 정부는 60일분 비축 물량을 90일분으로 확대하기로 결정하고 1991년 6월, 사업에 착수했다.

문제가 된 것은 건설업자 선정 과정이었다. 석유공사는 비축 기지 건설을 발주하면서 입찰 업체를 노태우 전 대통령 사돈 기업인 삼경건설 등 6개사로 제한했다. 나머지 업체는 이들 6개사와 제휴해 참여하도록 했다. 사실상 6개 업체가 하나씩 공사를 맡도록 한 것이다. 이 과정에서 뇌물이 오갔다는 것이다.

나는 어떤 생각이 영감처럼 떠올랐다. 석유공사 제5사업소 소장으로 있는 정인태라면 구 의원에 관해 알고 있으리라는 생각이 얼핏 들었다.

나는 석유공사 제5사업소에 전화를 넣었다. 억양이 고른 목소리의 여자가 전화를 받았다. 정 소장은 손님이 와서 용성 시내에 나갔다고 했다. 그리고 덧붙여 말하기를 4시까지는 사무실로 돌아올 것이라고 말했다.

나는 송수화기를 내려놓고 잠시 생각에 잠겼다. 4시까지 돌아온다면 일단 용성으로 내려가 보는 게 좋을 것 같았다.

나는 취재 가방을 챙겨 들고 신문사를 빠져나왔다.

전동차 안은 한가했다. 나는 출입구에서 가까운 곳에 자리를 잡고 앉았다. 전동차 벽에 붙어 있는 광고가 눈길을 끌었다. '나이 사십, 잔치는 아직 끝나지 않았다. 아직 나는 뛰고 싶다.' 나도 어제 읽은 기사였다. 정년퇴직을 하지 않더라도 명예퇴직, 조기 퇴직 등으로 40줄에 '강제 은퇴'를 당하는 경우가 늘고 있다고 했다. 마흔셋의 나. 결혼을 늦게 하여 아이가 이제 여섯 살이었다. 나이 마흔셋에 퇴직하게 되면 아이 공부는 어떻게 시키고……. 생각만 해도 등줄기에 땀이 줄줄 흐르는 일이었다. 나는 언젠가는 전업 작가가 되리라는 꿈을 가슴 한구석에 안고 직장 생활을 해왔으나, 늘 일에 쫓기다 보니 이렇다 할 작품을 생산해 내지 못하고 있었다. 문단 데뷔 10년 만에 겨우 창작집 한 권을 상자했을 뿐이었다. 《열린문학》에서 주간으로 일하고 있는 선배가 단편을 한 편 써 오라는 바람에 작품을 쓰려고 끙끙대고 있었으나, 무엇을 써야 할지조차 결정하지 못하고 있었다. 그러던 어느 날, 텔레비전에서 흘러나오는 '민속 기행' 예고 광고를 보고 바로 저것이라는 생각이 들었다. 용왕굿,

그것은 나의 외가가 있는 용혈마을에서 해마다 봄이면 벌어지곤 하는 용신제와 같은 성격의 민속제였다. 그것은 나를 용소의 그 깊이를 알 수 없는 물속으로 끌고 들어갔다. 나는 끝없이 가라앉고 있었다.

전동차가 남부터미널역에 도착했다. 나는 뛰듯이 출구를 빠져나와 남부터미널로 갔다. 차창으로 비닐하우스가 끊임없이 펼쳐졌다. 차창에 스쳐 가는 비닐하우스 사이로 녹색의 관상수들이 언뜻언뜻 지나갔다. 미지라는 이정표가 보였다. 아름다운 소녀 이름과 같은 미지도 지금 남서울 석유 비축 기지 건설 때문에 심하게 앓고 있었다. 용성군 미지면 공지리 지역에 건설 중인 남서울 석유 비축 기지는 197만 배럴 규모라고 했다. 산림이 대부분인 그 지역은 이른 봄에는 미지저수지에서 빙어들이 산란을 하기 위해 개울로 올라오는, 수도권 지역에 있으면서도 아직까지 오염되지 않은 지역의 하나였다. 보존 녹지 지역으로 각종 개발의 제한을 받던 곳에 어느 날 갑자기 보존 녹지 지역을 해제하고 석유 비축 기지를 짓는다고 하니까, 마을 사람들이 거세게 반발을 하는 것이었다. 때마침 입주하기 시작한 미지 신도시 아파트 주민들까지 가세해 미지는 석유 비축 기지 건설 반대 운동의 격랑에 휩싸여 있었다.

버스가 용성 터미널에 도착했다. 하늘은 맑고 공기는 차가웠다.

'당신이 마구 버린 쓰레기가 용혈천을 오염시킨다'는 내용의 현수막이 수막다리 옆에서 펄럭이고 있었다. 나는 공중전화 부스로 가서 제5사업소로 전화를 넣었다. 부드러운 신호음이 한참이나 울린 뒤에 조금 전의 그 여자가 받았다. 그 목소리는 흘러가는 강물처럼 저 멀리서 들려오는 것 같았다. 정 소장이 들어오지 않았고, 오늘은 그냥 바깥에서 퇴근한다는 말에 온몸의 기운이 한꺼번에 빠져나가는 것 같은 느낌을 받았다. 잠시 어디로 갈까 망설이다가 용성신문사로 가보기로 했다. 나는 택시를 집어타고 용성신문사로 갔다. 홍 부장을 만나러 왔다고 하자, 40대 중반의 키 큰 사내가 안으로 들어가 보라고 했다. 어디론가 전화를 걸고 있던 홍 부장이 나를 향해 소파를 가리키며 앉으라고 했다. 그는 막 용혈마을에 가서 취재를 하고 돌아왔다며 어쩐 일이냐고 물었다.

「석유 비축 기지 취재 때문에 내려왔는데 정 소장이 자리에 없다는군…….」

「그 양반 만나기가 대통령 만나기보다 더 어려운 거 몰라?」

「참 용혈마을엔 무슨 취재를 하러 갔댔어?」

「용혈마을이 용신제로 널리 알려져 있잖아. 그 용혈마을의 민속 현장이 석유 비축 기지 건설로 파괴되어 가고 있어……. 용신제도 올여름이 마지막이라 하더군…….」

홍 부장이 말끝을 흐렸다.

나는 무엇인가가 작품이 될 거 같았다. 물의 신인 용신…… 수도권 1천8백만 주민의 상수원인 팔당호 상류에 건설 중인,

상상을 초월하는 크기의 석유 비축 기지, ……어머니의 죽음……. 나는 신문사를 빠져나오면서 아버지를 떠올렸다. 시계를 보았다. 5시를 가리키고 있었다. 7시까지 신문사로 들어가려면 용두에 가는 것은 어려운 일이었다. 나는 공중전화 부스로 천천히 걸음을 옮겼다. 저녁노을이 점점 더 붉게 구룡산 너머 저편에서부터 퍼져 왔다.

 가뭄 탓인지 이렇다 할 추위도 없이 겨울이 빠른 걸음으로 지나가고 있었다. 춥지 않은 날씨 덕분에 터널 공사는 겨울 한철에도 쉬지 않고 이어졌다. 구룡산 너머 용혈리에 건설 중인 석유 비축 기지로 송유관로를 연결하기 위해 뚫는 터널이라고 했다.
「흐흠, 산허리를 파헤치고 터널을 뚫고 있으니 우리 마을 정기는 이제 다 사라져 버리겠어……. 앞으로 동네 꼬락서니가 어떻게 되어 갈 것인지…….」
허성이 짐짓 진저리치는 시늉을 해보였다.
「……박 이장이 그러는디 우리 마을 주택가 한복판으로 송유관로가 지나가게 되었다는구먼……. 동네가 망하게 되었어……. 정말 큰일이여…….」
영기가 큼큼거리며 말했다.
「……이제 용혈루도 남아나지 않게 되었으니…….」
내가 쓸쓸한 목소리로 말했다.

「작년 봄에 용소에서 용신제를 지낸 게 마지막이 될 거구먼…….」

윤 주사가 몸을 움츠렸다.

「이젠 두 번 다시 용신제를 지낼 수 없을 거야.」

내가 엉덩이를 쳐들며 허리를 세웠다.

「……쿨룩……쿨룩…… 벌써 가는 거야. 하여간 궁둥이는 가벼워 가지고 어디 한자리에 오래 앉아 있질 못한다니까.」

영기가 한바탕 기침을 했다. 기침 소리가 가라앉자 나지막한 소리로 말했다.

「저 버드나무 좀 봐. 벌써 파란 잎이 돋고 있잖아. 경로당에 죽치고 앉아 있으면 누가 밥 먹여 주나, 쇠죽 줄 때도 되었고…….」

내가 방문을 어깨로 밀었다.

「응 어서 가봐, 소 안 굶길라면 가봐야지.」

윤 주사가 선하품을 했다.

용두저수지 가의 미루나무 숲이 햇빛을 받아 은빛을 뿌리며 눈부시게 빛났다. 미루나무 가지 너머로 산 그림자가 담긴 푸른 물이 잔물결을 일렁였다.

슈퍼마켓 앞을 지나가는데, 박 이장이 꾸벅 인사를 하면서 나에게 유인물을 건네주었다.

「이게 뭔가?」

내가 그를 빤히 쳐다보았다.

「물줄기 변경 터널 굴착 공사 중단 및 송유관로 주택가 통과 반대 호소문입니다. 저희 마을과 용혈마을 경계선에 석유 비축 기지를 건설 중인데, 팔당 상수원 보호를 명목으로 우리 마을 쪽으로 터널을 두 개 뚫어 석유 비축 기지에 비상사태가 발생할 경우를 대비해 용혈천에서 용두천으로 물줄기를 변경하는 공사를 하고 있다는 사실을 입증하는 석유공사 내부 문건을 저희들이 수소문 끝에 입수했습니다……」
박 이장이 안경을 밀어 올리며 말했다.
「터널을 뚫어 인공적으로 물줄기를 변경한다는 게 사실이라면, 서울 사람 살리려고 우리 같은 시골 사람들을 죽인다는 이야기인데…… 안 될 말이지……. 게다가 주위 농경지와 야산을 놔두고 주택가 한복판으로 송유관을 묻겠다는 건 말도 안 되는 일이지.」
「그렇습니다. 송유관을 주택가 한복판에다 묻을 계획을 하고, 그것도 모자라 물줄기를 인위적으로 바꾸기 위해 터널 공사를 하고 있는 사람들이니 무슨 짓인들 못하겠습니까? 우리가 강력히 반대하지 않으면 안 됩니다.」
「……하여간 수고가 많네.」
나는 그가 건네준 유인물을 들고 집을 향해 걸었다.

사립문으로 들어서자, 엘란트라 승용차가 눈에 띄었다. 서울에서 아들 내외가 온 것이리라. 자동차 문이 열리며 운전석에서 며느리가 내렸다. 아들이 손자를 안고 뒤따라 내렸다. 월차

휴가를 받아 내려왔다는 것이다.

「집들이 늘어나 동네가 사람 사는 동네 같아졌어요.」

며느리가 절을 끝내고 말했다.

「언제는 사람 사는 동네가 아니었느냐?」

「……」

「쇠죽 주고 오마.」

나는 몸을 일으켜 외양간으로 갔다. 가마솥에서 여물을 바가지로 퍼내 구유에 쏟아 부었다. 황소가 커다란 눈을 뒤룩거리며 기다란 혓바닥으로 여물을 감았다.

「그려그려, 어여 많이 먹어.」

나는 소의 등을 한번 손으로 긁어 주고는 방으로 들어갔다.

「아버님, 아까 오다가 보니까, 마을 입구에 '물줄기 변경 위한 터널 굴착 공사 중단하라'라고 쓰인 현수막이 걸려 있어 이상하다 생각했는데…… 여기 이 유인물을 보니까, 송유관로가 마을 한가운데로 지나가게 되었고, 물줄기 변경을 위해 터널 굴착 공사를 하고 있다고 쓰여 있군요. 어떻게 된 겁니까?」

박 이장이 준 유인물을 들여다보던 아들이 고개를 들며 궁금하다는 듯 물었다.

「……용혈리에 건설 중인 석유 비축 기지로 연결되는 송유관 매설 계획이 우리 마을 주택가 한복판으로 지나가도록 변경되었다는 게 올해 초 밝혀졌어. 게다가 팔당 상수원지 보호 대책으로 한강 물줄기인 용혈천의 물줄기를 인위적으로 용두천으로 바꾸기 위해 터널 굴착 공사를 하고 있다는 사실이 새롭게 드러났어.」

나는 말을 끝내고 창밖으로 눈길을 던졌다.

택시가 모퉁이를 돌자, 속도를 내기 시작했다. 차창으로 드문드문 짚 더미가 세워져 있는 논이 끝없이 펼쳐졌다. 그해 여름을 뜨겁게 달구었던 석유 비축 기지 건설 반대 운동 취재 때문에 구두 뒤축이 닳도록 드나들던 골짜기였다. 자연 보존 권역이며 산림 보존 지역으로 숲의 모습이 수려했다. 뿐만 아니라 팔당 상수원 최상류 지역인 용혈리는 주민들이 축사 한 칸 마음대로 지을 수 없던 지역이었다. 그런데 환경청으로부터 석유 비축 기지 건설 입지 허가가 극비리에 승인되어 수도권 남부 석유 비축 기지가 들어서게 된 것이었다. 부지깽이도 들일에 따라나선다는 농번기이지만 용혈마을 주민들은 논과 밭을 버리고 마을 회관에 모여 대책을 협의했다.

차창에 용혈초등학교 강당이 나타났다. 그해 여름 용혈초등학교 강당에서는 석유 비축 기지 건설 반대 대책 위원회 대표와 석유공사 관계자들 간에 공개 토론회가 있었다. 나는 그때 취재차 그 토론회에 참석했다.

「이곳은 예전까지 상수원 보호 지역으로 지정되어 있었으며, 지금은 팔당 상수원 특별 대책 지역으로 지정되어 있는 곳입니다. 그로 인한 불편함과 피해가 한두 가지가 아니었지만 우리 마을에서 흘러가는 물을 1천8백만 수도권 주민들이 식수로 사용하고 있구나 하는 마음에 항상 깨끗하게 보존해야겠다는 생각밖에 없었습니다. 이런 우리 마을에 석유 창고를 짓는다는 건 우물에 기름을 들이붓는 격입니다. 석유 비축기지가 들어서는 건 결사 반대합니다.」

인규석 노인의 말이 귓가에서 맴돌았다.

트럭들이 적재함에 흙을 가득 싣고 지나갔다. 붉은 흙더미와 바위 더미들이 골짜기를 가득 메우고 있었다. 골짜기에 빽빽하게 들어차 있던 나무들을 베어 내고 포클레인들이 흙을 파내고 있는 게 보였다. 대형 트럭들이 쉴 새 없이 흙을 실어 날랐다. 용혈루 아래의 용혈벽은 반쯤 잘려 나간 채 돌 더미 속에 을씨년스럽게 서 있었다. 어른 키보다 깊던 용소는 상류에서 흘러내려오는 물줄기가 끊겨 거의 바닥을 드러낸 채 흙먼지 속에 몸을 맡기고 있었다. 물이 맑고 수량이 풍부한 곳이었다. 마을 사람들은 해마다 봄이 오면 용소 한가운데로 조각배를 띄우고 용소에 살고 있다는 용왕님께 두 손 모아 그해의 풍년을 기원하곤 했다. 나도 중학교에 다닐 무렵, 아버지를 따라 용신제에 두어 번 따라온 적이 있었다.

저만치 현장 사무소가 보였다. 마치 바라크 건물처럼 잇대어 지어져 있는 현장 사무소는 여러 채였다. 택시가 뒷걸음쳐 흙먼지를 일으키며 되돌아갔다.

나는 잠시 호흡을 가다듬고 사무실로 올라갔다.

「우 기자님, 오래간만입니다.」

정 소장이 몸을 일으켜 환한 웃음을 지으며 손을 내밀었다. 얼굴이 길쭉한 그는 몸피가 더 커져 있었다.

「하하, 정 소장님은 여기 생활이 즐거우신가 봅니다.」

내가 소파에 앉으며 말했다.

「즐거운 게 다 뭐요? 영 죽을 맛입니다. 집단 민원이 또 들어와 고전하고 있어요.」

정 소장이 말을 끝내고 인터폰으로 차를 두 잔 시켰다.

「용두마을에 갔더니 현수막이 붙어 있더군요.」

「용혈리 주민들 때문에 한 2년 고생했는데, 이젠 산 너머 용두리 주민들 때문에 고생하고 있어요. 지방 자치제가 실시되어 좋은 점도 있지만, 지역이기주의가 대두되어 문제가 큽니다. 석유 한 방울 나지 않는 우리나라에서 석유 비축 기지 건설은 아주 중요한 사업입니다.」

정 소장이 말을 멈추고 어깨를 추슬렀다.

「……」

「몇 해 전 용혈리 주민들의 반대 운동은 쇠파이프로 우리를 후려치는 방법이어서, 처음 맞을 때는 아팠는데, 좀 지나면 언제 그랬느냐는 듯 안 아팠거든요. 그런데 이번 용두마을 주민들의 반대 운동은 그 방법과 양상이 달라요. 솜방망이로 후려치는 방법인데, 처음엔 안 아프다가 좀 지나면 아파 오거든요. 석유 비축 기지 건설 반대 서명 운동을 벌여 책자를 만들었지 뭡니까?」

정 소장이 푸른 표지의 책자를 들어 보였다.

「……」

「이 호소문과 서명부를 청와대 민원실, 국민고충처리위원회, 환경부 등과 같은 관계 기관과 언론 기관에 보내는 바람에 우리가 고전하고 있어요.」

정 소장이 잠시 말을 끊었다가 심각한 어조로 말을 이었다.

「저도 아버님으로부터 대충 이야기를 들었는데 석유공사 측이 잘못을 하고 있더군요. 용혈벽과 용소를 파괴하는 것도 모자라 터널을 뚫고 물줄기를 변경시켜 유사시 기름과 물을 용두천으로 빼내려 하는 공사를 하면서 한술 더 떠 용두마을 주택가 한복판에다 송유관을 묻으려 하는 건 문제가 있지 않을까요?」

「아이고, 우 기자님께서 왜 이러십니까? 다 아시면서, 우리는 위에서 죽으라면 죽는 시늉을 해야 합니다.」

「……」

「모처럼 오셨는데 현장 구경이나 하고 가지요.」

정 소장이 인터폰으로 기사를 불렀다.

「자, 차를 대기시켜 놨으니까, 현장을 둘러봅시다.」

나는 정 소장과 함께 지프를 탔다. 조그마한 언덕을 오르자, 거대한 철골 구조물이 나타났다. 산허리를 깎아 운동장처럼 고른 곳이 나타났다. 흙더미와 돌 더미가 곳곳에 산처럼 쌓여 있었다. 거대한 채석장에 와 있는 것 같은 착각이 들었다. 교목들이 빽빽이 땅으로 뿌리를 내리고 있는 산 정상 가까이까지 까뒤집혀 누런 내장을 드러내고 있었다. 가지가 찢겨 나간 메마른 나무가 바람에 흔들렸다. 뿌연 흙먼지가 일었다. 나는 아랫입술을 혀끝으로 핥았다. 철판에다 용접을 하고 있는 인부의 모습이 뿌연 먼지 속에 흔들렸다.

「저곳이 기름 탱크가 들어설 곳이지요. 최 기사, 차를 저쪽에다 바짝 갖다 대.」

정 소장이 손가락으로 가리켰다.

그곳에는 원통형의 철 구조물이 하늘을 향해 우뚝 서 있었다.

「자, 저 안으로 들어가 보십시다.」

정 소장이 원통형 구조물을 가리켰다.

원통형 철 구조물 안은 운동장처럼 넓었다. 용접공들이 잠시 작업을 멈추고 공놀이를 하고 있었다.

「이 철판 두께 좀 보세요. 철판 두께가 30센티미터나 되지요……. 대포로 갈겨도 안 뚫어질 겁니다.」

정 소장이 철판을 손가락으로 가리켰다.

「걱정할 거 하나도 없습니다. 제1저유지와 제2저유지를 만들어 기름을 가두고 또 송유관을 통해 천안 저유소로 기름을 급히 이송하도록 되어 있기 때문에 한강으로는 한 방울도 흘러가지 않을 겁니다.」

「……가령 전쟁 같은 게 발발해 석유 저장 탱크나 저유소가 한꺼번에 터져 한강으로 기름이 흘러들어 서울 잠실까지 기름으로 뒤덮이는 사태가 발생할 수도 있잖습니까?」
「물론 전쟁이 나면 어디 석유 비축 기지만 피해가 오겠습니까? 그때는 적들이 이 기름을 사용하지 못하도록 기름을 한강으로 흘려보내거나 불을 질러 태우도록 계획이 되어 있습니다……. 자꾸 기자들이 환경오염 문제를 들먹거리는데 우리나라 국민 소득이 얼만지 우 기자님은 알고 계십니까? 이제 겨우 1만 불입니다. 저는 국민 소득이 2만 5천 불이 될 때까지는 환경 문제는 유보해야 한다고 봅니다.」
「정 소장님 이야기를 듣고 있으면 꼭 박정희 대통령의 개발 독재 시대 때 논리를 듣고 있는 것만 같습니다.」
「우 기자님은 박정희 대통령을 어떻게 평가하고 있는지 모르지만 저는 박 대통령을 존경합니다. 우리나라 사람들이 보릿고개를 잊어버리게 된 것도 다 박 대통령 덕분 아닙니까. 그분이 처음에 경부고속도로를 만들자고 했을 때 많은 사람들이 반대했지요. 그러나 지금은 어떻습니까. 그때 그분이 고속도로 건설을 강행하지 않았다면 지금 우리나라는 어떻게 되었겠습니까……. 난 지금 일부 용성 군민들이 나서서 석유 비축 기지 건설을 반대하고 있는 데 대해 반대를 위한 반대라고밖에 생각되지 않습니다. 안전시설을 2중 3중으로 하고 건설하겠다는데 한강 오염이 우려된다고요? 유사시엔 서울 잠실까지 기름에 잠긴다고요? 무슨 말을 하고 있는지 모르겠습니다. 우리나라는 석유 한 방울 나지 않는 나라입니다. 평상시에 석유를 비축해 두지 않으면 비상시에 어떻게 하겠다는 말입니까.」

「……정 소장님 이야기를 듣고 있으면 새마을 운동 강연을 듣고 있는 것 같군요…….」

나는 쓴웃음을 지으면서 한마디 했다.

「하하하…… 내가 너무 흥분했군요.」

「그런데 저 터널은 뭡니까?」

내가 산 정상부에 가까운 곳에 뚫고 있는 터널을 가리켰다.

「아, 저거 송유관로가 지나갈 터널입니다.」

「용두마을로 넘어가는 문제의 그 송유관이군요……. 송유관이 지나갈 터널이라면 너무 넓지 않습니까? 폭과 높이가 얼마쯤 되는 겁니까?」

「……높이 4.5미터, 폭 4.5미터 크기의 터널을 파다 보면 돌이 많이 나오잖습니까. 그 돌을 트럭으로 실어 내기 위해 터널을 파는 겁니다.」

둘 사이에 잠시 침묵이 흘렀다. 우리 사이에는 기름 탱크의 철판 두께만큼이나 두꺼운 것이 가로막혀 있다는 사실을 나는 깨닫고 있었다.

「우 기자님, 오늘 여기 오신 목적은 딴 데 있지요?」

정 소장이 침묵을 깨며 물었다.

「…….」

「말 안 해도 알고 있어요. 저한테 그 문젤 알아내려고 애쓸 필요 없어요. 그 점에 대해선 모르고 있으니까……. 제가 한 마디만 할게요. 요즘 젊은 기자들 막 갈겨쓰는데…… 세상이 그렇게 쉽게 바뀝니까……. 세상은 쉽게 바뀔 수 없어요. ……지금 정부가 어떤 정붑니까. 세 정당이 합당해서 탄생한 정부 아닙니까……. 아직 수구 세력이 건재하고 있다는 거 우 기자님도 인정하시죠. 이 석유 비축 기지 건설 사업만 해도 언론에서 그렇게 많이 두들겨 팼어도 까딱하지 않고 공사를 계속하고 있지 않습니까? ……우 기자님이 캐고자 하시는 거…… 이쯤에서 그만두세요. 그러시는 게 우 기자님 신상에도 좋을 겁니다…….」

용혈루로 뿌연 먼지가 몰려가고 있었다.

용혈천은 소리 내어 흘렀다. 깎아지른 듯 높이 솟은 용혈벽은 달빛 속에 우뚝 서 있었다. 달은 용혈루 위에 조그맣게 걸려 있었다. 용소 위쪽의 냇물은 줄어서 바닥의 돌들이 하얗게 드러났다. 나는 바지를 걷어 올리고 물속으로 걸어가, 마침 뿌옇게 깔리기 시작한 밤안개 속으로 모습을 감추고 있는 용혈벽을 바라보았다. 바위틈으로 무성하게 자란 풀숲 위로 은어 비늘 같은 달빛이 뚝뚝 떨어졌다.

문득 징 소리가 나더니 풀숲이 가늘게 흔들렸다. 바람이 용소를 훑고 지나가자, 물결이 부드럽게 일어섰다. 나는 징 소리를 들으며 쓸쓸해했다. 몸이 오싹해지고 숙연해져서 더 이상 물속에 서 있을 수가 없었다. 용혈벽을 가파르게 타고 올라가는 길을 따라 용혈루로 올라갔다. 걸음을 멈추고 용혈벽 아래에 고여 있는 용소를 바라보았다. 징 소리는 적막을 뚫고 용소 위로 흘러내렸다. 마침 새 한 마리가 푸드득거리며 용소를 가로질러 밤하늘로 날아올랐다. 용혈루 위를 끼룩끼룩 길게 소리를 내며 날아가는 새의 날개는 부채처럼 컸다.

용혈루 난간 위에 걸터앉아 징을 두들기고 있는 인규석의 모습이 보였다. 인기척에 그가 징 치던 손을 멈추고 나를 돌아다보았다.

용왕님이 오실 거 같애?

나는 그의 물음에 고개를 숙인 채 대답하지 않았다.

자네도 알다시피 《관자(管子)》 '수지편(水地篇)'에 보면, '용은 물에서 낳으며, 다섯 가지 색깔을 마음대로 변화시키는 조화 능력이 있는 신이고, 작아지고자 하면 번데기처럼 작아질 수도 있고, 커지고자 하면 천하를 덮을 만큼 커질 수도 있으며, 높이 오르고자 하면 구름 위로 치솟을 수 있고, 아래로 들어가고자 하면 깊은 샘 속으로 잠길 수도 있는 신이다'라는 이야기가 나오지. 이런 용왕님이 사시는 곳을 저 지경으로 만들어 놨으니 우리에게 큰 재앙이 닥칠 걸세.

인규석이 소리가 나도록 흐느꼈다.

나는 울음소리에 놀라 잠에서 깨어나 벌떡 일어났다. 문을 열고 밖을 내다보았지만 인규석이 있는 곳을 찾을 수 없었다.

 나는 다시 잠자리에 누웠으나 좀처럼 잠이 오지 않았다. 불도저 소리가 줄기차게 들려왔다. 나는 이불을 걷어 내고 담배를 피워 물었다. 달빛이 문틈으로 흘러들었다. 소의 울음소리가 들려왔다. 나는 벌떡 일어나 외양간으로 갔다. 전등 스위치를 비틀자, 소의 커다란 눈망울이 불빛에 드러났다. 나는 황소의 머리를 손바닥으로 쓰다듬었다. 황소가 머리를 치켜올렸다.

「어디가 아픈겨?」

나는 황소의 배를 쓰다듬었다.

다시 황소가 음매 하고 울음을 울었다.

「네놈도 저 터널 공사장 소리 때문에 잠이 안 오는가 보구나.」

나는 황소의 등을 손바닥으로 가볍게 한 번 치고는 방으로 돌아왔다.

창살엔 어둠의 끈이 느슨하게 매달려 있었다.

나는 담배를 피워 물었다. 석유 비축 기지 건설 반대 대책 위원회 일을 하다가 병을 얻어 먼저 저 세상으로 간 인규석의 검버섯 핀 얼굴을 떠올렸다.

「허 참, 규석이 새벽녘에 왔었는디…… 그 친구 징 하나는 잘 쳤는디…….」

나는 담배 연기를 허공으로 날려 보냈다.

배가 출출해지기 시작했다.

나는 전기밥솥 뚜껑을 열었다. 김이 모락모락 났다. 밥주걱으로 밥을 퍼서 그릇에 담았다. 냉장고에서 반찬을 꺼냈다.

밥을 입 안으로 떠 넣으며 먼저 간 아내를 떠올렸다. 아내는 친정 동네가 석유 비축 기지 건설로 위기에 처하자, 대책 모임에 합류하러 그해 여름 내내 용혈리를 들락거리다가 고혈압이 도져 시름시름 앓았었다.

마침내 친정집이 불도저의 쇠삽에 무너지고, 석유 비축 기지 건설 반대 운동을 하던 처남이 감옥에 갇히자, 아내는 심장병까지 얻었다. 용혈마을 주민들의 석유 비축 기지 반대 운동은 '남북이 대치한 우리나라에서 석유 비축 기지는 군사상으로도 꼭 필요하다'면서 안보 논리를 앞세운 경찰과 정보기관의 개입으로 대책 위원회가 와해되면서, 흐지부지되어 버렸다. 아내의 심장병과 고혈압은 좀처럼 나을 기미를 보이지 않았다. 나는 그 무렵부터 말을 잘 하지 않는 버릇이 생겼고, 그 버릇은 아주 굳어 버렸다. 아내는 단오를 하루 앞두고 저세상으로 떠나갔다. 아내를 마을 뒤 구룡산 선산에다 묻었다. 그곳에는 조선 시대 판서 벼슬을 지낸 12대조 할아버지를 비롯한 조상들의 묘가 있었다.

댓돌로 내려서자, 상쾌한 공기가 콧속으로 밀려왔다.

나는 문득 아내의 묘에 가보고 싶었다. 주섬주섬 밥그릇을 치우고 집 밖으로 나왔다. 나는 산길을 걸어가기 시작했다. 발바닥 밑에서 낙엽 미끄러지는 소리가 줄기차게 올라왔다. 흙냄새가 콧속으로 밀려들었다. 발목에 스치는 풀잎의 느낌이 서늘했다. 붉은 바위 벽들이 시작되었다. 붉은 바위 벽에는 풀잎들이 새파랗게 돋아났다.

무덤 주위에는 할미꽃이 여기저기 피어 있었다. 나는 무덤에 앉아 물끄러미 용두저수지를 바라보았다. 물결이 은사시나무의 작은 잎처럼 흔들렸다. 저수지에서 새 떼들이 날아올랐다. 새 떼들은 용혈루 쪽으로 날아갔다. 터널을 뚫는 착암기 소리가 계속 들려왔다. 나는 몸을 일으켜 산꼭대기로 올라갔다. 용혈루가 뿌연 먼지 속에 휩싸인 채 비 맞은 장닭 같은 모습으로 다가섰다. 반쯤 벌겋게 내장을 드러낸 용혈벽이 눈앞에 있었다. 거울처럼 맑던 시냇물은 어디로 가고 붉은 흙탕물과 바위 더미만 골짜기를 가득 채우고 있었다. 나는 용혈루 난간에 힘없이 걸터앉았다. 구룡산에서 흘러오는 물이 용혈벽에 부딪혀 깊은 용소를 만들었다. 용소에 접한 언덕 바위 벽에는 이끼 같은 것이 있으나, 그 가운데는 이끼가 나지 않고 마치 무엇이 기어간 자취 같은 것이 보이는 것이었다. 옛날 용소에 용이 살았는데, 어느 해 몹시 가물어 용소에 물이 마르자 용은 용소에 있을 수가 없어 떠났다. 그때 용이 기어간, 붉은 바위 벼랑을 따라 용혈마을에 이르는 골짜기를 용이 피눈물을 흘리며 떠난 곳이라 해서 용혈벽이라고 불렀다. 그 뒤 마을 사람들이 용혈루를 지어 용신을 기리고, 해마다 용신제를 지내고부터 용소에 물이 다시 차고 마르지 않았다. 그러던 어느 날 천둥과 벼락이 치며 용이 용소에 다시 내려왔다는 이야기를 할아버지에게 들었다.

불도저의 굉음이 들려왔다. 나는 굉음이 들려오는 쪽으로 고개를 들어 시선을 옮겼다. 어마어마하게 큰 원통 모양의 철 구조물이 산허리를 깎아 평평하게 닦아 놓은 곳에 우뚝 서 있었다. 도대체 기름 창고를 얼마나 크게 짓기에 강철 창고를 하나도 아니고 저렇게나 많이 만들고 있단 말인가. 나의 입에서 저절로 탄식 소리가 흘러나왔다.

나는 용혈루 아래로 내려갔다. 벌건 내장을 드러낸 용혈벽은 본래의 모습을 거의 찾아볼 수 없었다. 내가 용혈벽을 반쯤 내려갔을 때였다. 안전모를 쓴 사내 둘이 호루라기를 불며 쫓아왔다. 그제야 나는 여기가 접근 금지 구역이라는 것을 알아채고 도로 용혈루로 올라갔다. 나는 가쁜 숨을 어깨로 몰아 쉬었다.

「야, 이 미친놈의 영감쟁이야, 죽으려고 환장을 했냐? 거긴 왜 기어 올라갔냐?」

사내들이 나를 향해 소리쳤다.

「고얀 놈들 같으니라구…….」

몸이 떨려 왔다.

나는 허청허청 용혈루를 내려왔다.

나는 숨이 넘어가는 듯한 아버지의 전화를 받고 처음에는 귀를 의심했다. 아버지가 '결사 반대'라는 말까지 꺼내며 마을을 지켜야겠다는 말을 했기 때문이다. 지난번에 찾아갔을 때 별다른 말은 하지 않던 아버지였다. 아버지가 꼭 한 번 다녀가라는 말을 했다. 내가 강 부장에게 용성 석유 비축 기지 건설 현장에 다녀오겠다고 말하자, 그가 그러라고 했다. 나는 강 부장이 너무나 선선히 가보라는 데 의아스러웠다.

「이번엔 특종 한번 터뜨려 봐, 우 기자.」

강 부장이 나의 어깨를 가볍게 치고 밖으로 나갔다.

「용성의 석유 비축 기지 대책 위원회에서 신문사로 호소문을 보내왔어요.」

김 기자가 겉장이 파란 책자를 나에게 건네주었다.

석유 비축 기지 건설 현장 뒤편 구룡산 너머의 용두마을에 매설하게 된 송유관로 문제가 수도권 남부 석유 비축 기지 건설에 따른 팔당 상수원지 오염 대책으로 물줄기 변경을 하기 위해 굴착 공사를 하고 있는 터널 공사 문제로 비화되고 있었다.

「우 기자님, 제 생각엔 용성 유류 비축 기지 문제는 노태우 정부와 현 정부의 커넥션을 얼마만큼 캐느냐 하는 데 그 해결의 실마리가 풀릴 거 같습니다.」

「김 기자도 그렇게 생각해?」

「……팔당호 상류 상수원 보호 구역에 250만 배럴이나 되는 유류 창고를 짓는다는 게 말이 됩니까? 이건 상식적으로 풀 수 없는 문제지요. 수질 보존 권역에다가 80프로의 임상을 갖추고 있는 곳에다가…… 더구나 환경청, 산림청조차 불가

판정을 내렸었고…… 그리고 여길 보세요. 게다가 주민들이 거세게 반대하니까…… 석유 비축 기지 건설 계획을 백지화한다고 정부가 발표했었잖아요……. 그 문건을 보세요.」
「'……한국석유공사가 팔당 상수원 특별 대책 지역 안인 경기도 용성군 용성읍 용혈리 일대에 건설하기로 했던 석유 비축 기지 건설 계획이 환경청의 반대로 사실상 백지화되었다. 환경청은 석유 비축 기지에 관한 환경성 검토를 실시한 결과, 석유 저장 탱크가 파손되거나 송유관에서 석유가 유출될 경우 비축 석유 가운데 상당량이 팔당호에 흘러들어 식수원 오염 위험이 있으며, 예정지의 84퍼센트가 산림 보존 지역으로 대규모 산림 훼손의 우려가 높아 건설 불가 의견을 통보했다고 밝혔다……' 흠 뭐가 있군…… 석유 비축 기지 건설을 백지화한다고 발표해 놓고 이면으로는 한강 물줄기를 서해안 물줄기로 설계를 변경하는 조건으로 승인하고는 그 사실을 주민들과 환경 단체의 반발이 두려워 2년 동안이나 숨겨 왔다……? 수질 오염을 방지하기 위해 국민들에겐 쓰레기 분리수거를 하면서…… 정부가 앞장서서 상수원 보호 구역에다 기름 창고를 짓고 있으니…….」
나는 말끝을 흐리며 취재 가방을 집어 들었다.

택시가 용성 톨게이트를 막 빠져나왔다. '용성의 젖줄 용혈천을 보호합시다'라는 내용의 플래카드가 먼지를 뒤집어쓴 채 우

두커니 서 있다가 뒤로 물러섰다. 멀리 구룡산 위에 어두운 커튼이 쳐진 것처럼 구름이 드리워져 있었다.

대형 컨테이너를 급조해 만든 현장 사무소가 두 동 보였다. 도로 옆에는 포클레인과 덤프트럭이 잇대어 서 있었고, 석유공사 사람들이 노란 헬멧을 쓰고 현장 사무소 앞에 서서 눈에 칼을 세우고 서 있었다. '석유 비축 기지 건설 결사 반대'라고 쓰인 플래카드가 담장에서 펄럭이고 있었다. 주민들이 쳐놓은 텐트도 여러 개 보였다.

주민들은 농사일을 제쳐 놓고 아스팔트 길 한복판에 폐타이어를 쌓아 놓고 공사장 차량이 드나드는 것을 막으려고 애를 썼다. 마을 입구에는 아예 큼직한 천막을 쳐놓고 가마솥까지 내걸었다. 주민들은 낮에는 물론 밤에도 돌아가며 현장에 나와 공사장에 출입하는 차량을 막았다. '상황'이 벌어지면 다른 주민에게 급히 알리기 위해 나무에 종도 매달았다. 주민의 반대 속에서도 송유관로 매설 공사는 하나하나 추진되었다. 그동안 주민들과 다섯 번 정도의 충돌이 있었다. 욕설이 오가고 몸싸움도 벌였다.

경찰은 마을 입구에서 전경 버스를 세워 놓고 마을 사람들이 국도로 뛰쳐나오는 것을 감시하고 있었다.

「머리엔 석유 탱크 옆구리엔 송유관, 불안해서 못 살겠다.」
「팔당 상수원지에 기름 창고가 웬말이냐?」
핸드 마이크를 든 사내가 소리쳤다.

「석유공사 각성하라.」

텐트 앞에 앉아 있던 주민들이 일제히 소리쳤다.

마을 아낙네들이 유인물을 돌렸다. 나는 유인물을 한 장 건네받았다.

……우리들은 드럼통 250만 배럴의 석유 저장 탱크를 머리에 이고, 직경이 40센티미터나 되는 송유관을 옆구리에 끼고 언제 기름불에 타 죽을지 모를 위험 속에 살아가게 되었다. 지금 우리는 언제 정든 사람, 정든 땅, 정든 집을 기름불 속에 잃어버릴지 모를 위기에 처해 있다…….

나는 함성에 고개를 들었다.

핸드 마이크를 든 사내가 계속 쇳소리를 토해 냈다.

「정부 투자 기관인 석유공사가 회사 이익을 위해 주민들을 속여 가면서까지 힘 있는 서울 사람들 살리려고 힘없는 농촌 사람들이 사는 용두천 쪽으로 물줄기를 변경하여 석유 비축기지를 건설하고 주택가 한복판에다 송유관을 묻으려고 하는 데 대해 저는 분노보다 오히려 깊은 슬픔을 느낍니다. 이 땅에 정말 정의가 있는 걸까요? 석유공사는 우리나라에서 송유관로 파열 사고가 전무한 상태라고 주장하고 있습니다. 정말 그럴까요? 1990년 충남 천안시 원상동에서 송유관로가 터져 휘발유가 유출되어 인명과 재산 피해가 나는 등 송탄,

포항 등지에서 크고 작은 송유관 파열 사고가 일어났습니다. 그럼에도 불구하고 송유관로 파열 사고가 전혀 없었다고 말하는 석유공사는 도대체 어느 나라 회사입니까……?」
핸드 마이크를 든 사내의 목소리가 계속 크게 울려 퍼졌다.
전경들이 방패를 앞세우고 마을 쪽으로 밀려왔다.
「우리 마을 쪽으로 터널을 뚫고 있는 건, 우리가 살고 있는 용두천 쪽으로 기름을 빼내려고 계획하고 있는 게 틀림없습니다……. 주민 여러분, 우리가 살고 있는 이 땅은 우리가 깨끗이 보존했다가 후손들에게 물려주어야 합니다. 우리가 살고 있는 이 땅에 위험하기 짝이 없는 기름 창고와 송유관을 그냥 놔둔 채 후손에게 물려준다면 조상 앞에는 불효자식들이요, 후손들에게는 못난 조상이 되는 겁니다.」
마이크에서 흘러나오는 사내의 목소리가 빨라졌다.
마을 사람들은 모두 신경을 곤두세우고 눈에 핏발을 세우고 있었다.
갑자기 하늘이 어두워지면서 구름이 온 마을에 뒤덮을 듯이 몰려들었다.

용혈리 농악대가 용소 주위를 빙빙 돌며 징을 빠르게 울렸어. 징과 꽹과리를 치면서 용소를 빙빙 도는 것은 가는 곳마다 나쁜 짓을 하므로 하늘이 미워하여 비를 내려 주지 않는 강철이라는 괴물을 쫓기 위함이야. 불량한 행실 때문에 용이 되지 못한, 바다의 갈치 모양으로 생긴 강철이가 제일 싫어하는 것은 바로 징과 꽹과리 소리야. 낮에는 가만히 숨어 있다가 밤에만 푸른 불덩이로 날아다니는 강철이를 퇴치하기 위하여 용소 주위를 빙빙 도는 것이었어. 갑자기 농악을 뚝 그치고 상쇠재비가 뿌연 안개 속으로 자꾸만 가라앉고 있는 용소를 향해 기원하기 시작했어.

　물 주소, 물 주소
　용왕님네 물 주소,
　뚫어라, 뚫어라,
　물구멍만 펑펑.

바람이 용소 위를 잉잉대며 불기 시작했어. 물거품이 일었어.

다시 빠른 가락의 농악이 한바탕 울려 퍼졌어. 경찰 지프가 경광등을 번쩍거리며 가까이 다가왔어.

1974년 일본에선 미쓰비시석유회사의 석유 저장 탱크가 터져 엄청난 양의 중유가 유출되어 바다로 흘러들어 일본 최대의 연안 어장을 오염시켜, 어업 보상액만도 135억 엔에 이르는 심각한 기름 유출 사고였다는 말에 이어, 1994년 이집트에서 원유 저장고가 낙뢰로 폭발하여 하류 쪽의 여러 촌락이 불타고 주민 1천 명 이상이 기름불에 타 죽는 대형 참사가 있었다는 이야기를 박 이장이 막 끝냈어.

　내가 박수를 치고 고개를 돌리는 순간이었지.

　포클레인이 쇠삽을 번득이며 용혈암을 파 내려가기 시작했어. 농악대가 꽹과리와 징을 치며 포클레인으로 달려들었지. 전경들이 쇠파이프를 휘두르며 농악대를 에워쌌어. 용혈리 부녀회장이 웃통을 벗어젖히자, 잇따라 아낙네들이 웃통을 벗어 젖혔어. 이놈들아, 우리를 죽이고 용소를 묻어라. 아낙네들이 석유공사 직원들과 경찰에게 대들었어. 전경들이 쇠파이프를 휘둘렀어. 그때 하늘에서 소나기가 쏟아지기 시작했어. 부녀회장이 전경들이 휘두른 쇠파이프에 머리를 맞아 비명을 지르며 고꾸라졌어. 검붉은 피가 그녀의 어깨 위로 흘러내렸어.

　아니, 저런 짐승보다 못한 놈들이 있나.

　내가 전경들에게 달려들어 쇠파이프 끝을 잡았지.

　이 영감탱이가 미쳤나.

　전경이 들고 있는 방패를 휘둘렀어. 둔탁한 소리가 어깨에서 났다고 느끼는 순간, 나는 쓰러졌어. 갑자기 천둥이 치고 번개가 용소를 내리쳤어, 용소가 부글부글 끓어오르기 시작했어. 물줄기가 갈라지며 용 한 마리가 하늘로 오르는 게 보였어. 누군가가 저것 봐라, 용이 하늘로 올라간다고 소리쳤어. 그 순간 용이 울음을 터뜨리며 용소로 떨어졌어.

　나는 기억을 지워 버리기라도 할 듯 또 한 번 말을 멈췄다.

　「많이 편찮으신가요.」

며느리가 눈길을 내려뜨려 나의 얼굴을 훑어보았다.
「아버님, 이제 여기 집을 정리하고 저희들과 서울에서 함께 사시죠.」
걱정스런 눈길로 바라보던 아들이 나의 손을 잡았다. 손이 따뜻했다.
「그래요 아버님, 이제 이 동넬 떠나실 때가 되셨어요……. 이제 저희들이 모실게요.」
며느리가 낮은 목소리로 말했다.
「너는 저 소리가 들리지 않니?」
나는 아들을 빤히 올려다보았다.
「무슨 소리가 들려요?」
아들이 되물었다.
「터널 공사하는 소리 말예요?」
며느리가 말끝을 높였다.
「……용 울음소리가 들려오고 있어. 아주 가까이서…….」
나는 고개를 들어 창밖으로 시선을 천천히 옮겼다.
공룡의 머리 같은 포클레인의 삽날이 햇빛을 받아 번쩍 빛났다.

나비를 찾아서

1

 전철역 대합실을 빠져나온 순식은 계단에 잠시 멈춰 섰다. 하늘은 무겁게 내려앉아 있었다. 토요일 오후였다. 함께 당구를 치러 가자는 영업부 정 부장의 팔을 뿌리치고 허겁지겁 택시 승강장으로 달려 나와 택시를 집어탄 게 잘못이었다. 손목시계를 들여다보았다. 3시 40분을 가리키고 있었다. 순식은 집까지 천천히 걸어가기로 마음먹었다. 동서부동산, 석사부동산, 엘지슈퍼마켓, 수인보습학원, 중앙컴퓨터학원, 서울다방, 종로피아노학원, 황토커피숍, 홍익와우미술학원, 그린식당, 경남사우나, 독일빵집…… 평소에는 택시를 타고 그냥 지나쳤던 간판들이었다. 이젠 수인(水仁)도 농촌 마을 모습은 깡그리 없어져 가는구나. 처음 이사 올 때만 해도 야트막한 산줄기와 논밭으로 둘러싸여 있던 마을이었는데……. 순식은 낮게 뇌까리며 걸음을 옮겼다. 그의 온몸이 쑤셔 왔다.

그 사건이 일어난 것은 난지도 쓰레기 처리장을 흙으로 덮고 나무를 심어 하늘공원을 조성한 지 1년이 채 안 되는 그해 봄의 일이었다. 난지도 옆에 자리 잡고 있는 상암동의 한영인쇄소에 표지 필름을 맡기고 막 4차선 도로로 진입하는 순간이었다. 쓰레기를 실은 트럭이 지나갔다. 트럭의 적재함을 덮은 포장이 펄럭였다. 검은 비닐 조각들이 허공으로 쏟아져 내렸다. 검은 비닐 조각들이 시야를 덮었다. 순식은 브레이크를 급히 밟으며 핸들을 휙 돌렸다. 자동차가 굉음을 내지르며 가드레일을 들이받고 언덕으로 굴러 떨어졌다. 검은 비닐 조각들이 하늘로 어지럽게 날아올랐다. 차는 크게 부서졌고, 순식은 여섯 달 동안 병원 신세를 져야만 했다. 그때 사고로 뼈마디에 금이 가, 날이 흐리기만 해도 온몸이 쑤셔 왔다. 그 뒤로 순식은 자가용 대신 고속버스와 전동차를 이용해 출퇴근을 하기 시작했다. 집으로 돌아오면 몸은 초주검이 되어 아무것도 할 수 없었다. 화실을 가는 것은 엄두도 내지 못하고, 일요일에만 겨우 화실에 갈 수 있었다. 스스로 일요 화가라고 자조했다.

 클랙슨 소리에 순식은 고개를 뒤로 돌렸다. 에쿠스 승용차 안에서 턱 아래가 조금 불쑥하게 군턱이 져 보이는 영규가 웃고 있었다.

「황 화백, 어서 타.」

 영규가 차문을 열어 주며 말했다.

 순식은 잠시 머뭇거리다가 차 안으로 몸을 들이밀었다.

「오늘 일찍 퇴근하네.」
영규가 클러치에 발을 올려놓았다.
「정 부장이 술 내기 하러 가자고 잡는 걸 뿌리치고 일찍 나오는 길이야.」
순식이 낮게 웃었다.
「나도 김 의원이 같이 한잔하러 가자는 걸 약속이 있어서 먼저 간다고 도망쳐 나왔지.」
머리가 벗겨지고 몸이 붇기 시작한 영규는 수인의 유지들 이름을 자주 들먹이는 버릇이 있었다.
「하하, 그래.」
「특별한 일 없으면, 도망쳐 나온 사람끼리 우리 집에 가서 한잔하지 뭐.」
영규가 살고 있는 아파트 단지는 수인 시청을 비롯한 행정 기관들이 몰려 있는 행정 타운에서 멀지 않은 곳에 자리 잡고 있었다. 에쿠스 승용차가 잘 가꾸어진 소나무 숲으로 둘러싸인 아파트 단지 안으로 들어가자, 경비원이 달려 나와 거수경례를 붙였다. 하늘로 승천하는 용의 입에서 물줄기가 뿜어져 나오는 분수대 주위에는 기암괴석이 늘어서 있었.
순식이 영규를 뒤따라 거실로 들어갔다. 그들은 술상을 가운데 놓고 마주 보고 앉았다.
「참, 황 화백은 주로 나비 그림을 그린다고 했지? 지난번 인사동의 가람화랑에 들렀다가 좋은 작품 하나 구해 왔지.」

영규가 빠른 음성으로 말했다.

「좋은 작품이라니?」

순식이 영규의 길쭉한 얼굴을 깊이 건너다보며 물었다.

「남계우의 호접도(蝴蝶圖)를 한 점 사 왔지.」

영규가 웃으며 그림을 들고 나왔다.

「남계우의 호접도를?」

순식이 말끝을 높였다.

나비들은 살아 움직이는 것 같았다. 날개 윗면의 검은색이 큰 나비도 있었고, 앞날개 끝에 삼각형의 흰색 점이 있는 나비도 있었다. 그리고 날개 외연이 둥근 모양이고, 날개의 폭이 넓으며, 색상이 약간 어두워 보이는 나비도 있었다. 화폭에선 나비들이 날갯짓을 거칠게 해대며 금세라도 날아오를 것만 같았다.

「돈 좀 썼지.」

영규가 말했다.

「이거 모사화 아냐?」

「순진하긴……. 진품이 어디 있어. ……당연히 모사화지.」

영규가 얼굴빛을 고치며 말했다.

「……」

「남계우는 서울의 중구 회현동에 살고 있었는데, 나비를 보면 동저고리 차림으로도 왕십리까지 맨발로 쫓아갔다는 일화가 전해져 와. 남계우는 나비의 형태를 연구하기 위해 그것을 유리그릇에 잡아 가두어 관찰하기도 하고, 야외에서 날아다니는 나비를 따라다니며 그 형태의 변화와 움직임과 색깔을 주시했다는 이야기가 전해져 와. 호접도는 그 사실을 실증하고 있는 것이지. 남계우가 그토록 왜 하고많은 곤충 가운데 나비에 집착했는지, 정확한 이유는 알려져 있지 않아.」
「일생을 나비만 생각하고 그렸다?」
순식이 고개를 갸웃거렸다.
「나비만 생각하고 나비를 그린 것은 아마 어지러운 세파를 잊어보려는 몸부림이었는지도 몰라.」
영규가 대꾸했다.
「이걸 어디에 걸어 두면 좋을까?」
「수조 위쪽이 좋겠군.」
「역시 화가 선생은 안목이 달라.」
 순식이 영규의 아파트를 나와 택시를 집어탔을 때 밤은 이슥해져 있었다. 택시가 모퉁이를 돌자, 개나리아파트 101동이 가로등 불빛에 드러났다. 아파트 단지는 깊은 어둠 속으로 가라앉아 있었다. 경비실에서 새어 나온 불빛이 순식의 발등으로 기어올랐다. 순식이 아파트 문을 열고 안으로 들어서자, 거실을 빼꼭히 채우고 있던 어둠이 그를 덮쳤다. 싫었다. 전등 스위치를 켰다. 아침에 벗어서 던져 놓은 속옷과 양말들이 세탁기 밑에 짐승의 내장처럼 뒤엉켜 있었다.
 순식이 웃옷을 벗어 옷걸이에 걸고 돌아서는 순간이었다. 전화벨이 울렸다. 그는 송수화기를 재빨리 집어 들었다. 여기 뉴욕인데요……. 전화 속의 목소리는 느린 속도로 재생된 녹음기에서 흘러나오는 것처럼 느렸다.

「언젠가는 유경이가 나에게 연락을 해올 줄 굳게 믿고 있었어.」

순식은 근육이 흥분으로 푸들푸들 떨리는 것을 느꼈다.

「형이 아직도 나를 잊지 않고 있었다니 고마워.」

유경이 속삭이듯 말했다.

「고맙긴…….」

「그런데 형, 요즘도 나비 채집 하러 다니고 있어?」

유경이 물었다.

「나비 그림 그리려면 채집도 물론 해야지.」

순식이 짧게 대답했다.

「여전한가 봐.」

「그런데 갑자기 서울에는 어떻게?」

「생태신학 국제 학술 대회가 이번에 서울에서 있는데 발표를 하게 되었거든.」

학부에서 생물학을 전공한 유경은 대학원에서 전공을 바꿔 생태신학을 전공하게 되었다는 것이다.

2

커다란 황금 나비가 태평양을 건너가고 있었다. 파도 부서지는 소리가 들려왔다. 황금 나비는 줄기차게 현란한 날갯짓을 해댔다. 황금 나비는 한쪽 날개를 바닷물에 담갔다가 다시 떨치고 일어나 바다 위를 날았다. 날치들이 투명한 물빛을 가르며 황금 나비를 향해 치솟았다. 황금 나비는 빗살처럼 퍼져 오는 햇살을 받으며 앞으로 앞으로 나아갔다. 어느새 순식은 황금 나비가 되어 있었다. 바다 위를 훨훨 날아가는 것은 분명 순식이었다. 황금 나비였다.

휴대전화의 벨 소리에 순식은 잠에서 깨어났다. 순식은 자신이 꿈에 황금 나비가 된 것인지, 황금 나비가 꿈에 자신이 된 것인지 알 수 없었다.

순식이 고속버스 터미널에 도착했을 때 시계는 10시 반을 가리키고 있었다. 「좀 일찍 나올 걸 그랬나?」 순식은 혼잣말로 중얼거려 보았으나 소용없는 일이었다. 전동차가 플랫폼으로 미끄러져 왔다. 안전선 뒤에 서 있던 사람들이 전동차 안으로 몸을 들이밀었다. 전동차 안에는 승객들이 드문드문 서 있거나, 자리에 앉아 신문에다 얼굴을 묻고 있었다.

순식은 허리를 일으켜 세워 선반 위의 신문을 집었다. '모기야 제발 살려 다오'란 제목이 눈에 들어왔다. 모기야 제발 살려 다오라니? 순식은 신문을 바짝 눈에 갖다 댔다.

'한반도 동남쪽 울산 오대·오천 마을은 기이한 곳이다'로 시작되는 기사는 오대·오천 마을 사람들은 해만 떨어지면 문밖 출입을 하지 않고, 삼복더위로 푹푹 찌는 한낮에도 창문과 방

문을 걸어 잠근 채 지낸다는 이야기를 전해 주고 있다. 떼를 지어 날아드는 모기들의 공격을 피하기 위해서라는 것이다. 뿐만 아니라 오대·오천 마을에는 아예 가축이 한 마리도 없다. 소나 돼지를 키워 봤자 피를 빨아 먹는 모기 극성에 살이 찌지 않아 주민들이 가축 사육을 포기했다는 것이다. 전에는 모기가 많지 않았는데 마을 북쪽에 울산 석유 화학 공단이 들어서고, 남쪽에 온산 공단, 동쪽에 용연 공단과 울산시 일반 쓰레기 매립장 및 폐기물 소각장이 들어서면서 환경 생태계가 급격한 변화를 일으키기 시작했다는 것이다.

「음…… 마을이 공단과 쓰레기 처리 시설에 포위된 꼴이라…….」

순식은 양미간을 잔뜩 찌푸린 채 신문에 머리를 더 깊숙이 박았다. 갑자기 경상도 억양의 사내 목소리가 전동차 안을 가득 채웠다.

「주 예수를 믿으라. 그리하면 너와 네 집이 구원을 얻으리라.」

붉은 성경책을 치켜든 사내의 목구멍에서 겻불내가 확확 타올랐다. 사람들은 아무도 그의 말에 귀를 기울이려 하지 않았다.

순식은 신문을 시렁 위에 던져 놓고, 차창에다 눈길을 꽂았다. 거기에 유경의 까만 눈동자가 어른거리고 있었다. 그녀의 선이 뚜렷한 얼굴은 똑똑히 생각해 내려고 애쓰면 애쓸수록 잡히지 않고 차창 뒤로 자꾸만 내뺐다.

 순식이 금접사(金蝶寺)에서 유경이를 마지막으로 만난 것은 그해 가을의 일이었다.

「1859년 재차 타히티로 떠나면서 고갱이 스트린드베리에게 보낸 편지에 이런 구절이 있어. 내가 그린 하와는 그녀만이 논리적으로 우리 앞에 나체의 모습으로 서 있을 수 없습니다. 당신의 하와는 이런 단순한 모습으로 부끄러움 없이 걸어 다닐 수는 없을 것이며, 아마 너무 아름다워 죄악과 고뇌를 불러일으키지 않고 못 배길 것입니다. 얼마나 멋진 말이야.」

 순식이 고개를 들어 석성저수지 위로 시선을 던졌다. 저수지의 수면 위로 나비 한 마리가 까뭇하게 날아갔다.

 디트리히 본회퍼의 《중심이신 그리스도》 위에 두 손을 얹고 순식의 이야기를 잠자코 듣고 있던 유경이 갑자기 윗몸을 그 앞으로 내밀었다.

「형, 이게 뭐야?」

 권태로운 표정을 하고 있던 유경이 팔을 들어 순식의 약간 도도록한 이마 위로 흘러내린 흰 머리카락을 한 올 나꿔챘다.

「이리 내.」

 유경이의 손에서 흰 머리카락을 빼앗은 순식의 얼굴빛이 일순, 흐려졌다.

「나비를 뒤쫓아 다니며 꿈속에서 살아가는 노총각을 구원해 줄 천사가 어디에 있을까?」

「어디 있긴? 유경이가 나를 구원해 줄 천사가 되면 되잖아.」
「꿈 깨세요.」

유경의 목소리가 갑자기 굳어졌다.

직원이 열 명도 채 안 되는 회사에서 단행본 표지화를 그리며 나비만 그리고 있는 순식을 내팽개쳐 버리고 유경은 태평양을 건너간 것이다.

전동차는 어둠 속을 뚫고 빠른 속도로 달리고 있었다. 차창 뒤로 미끄러져 가는 어둠을 응시하며 순식은 조금 전 사내가 쏟아 놓았던 말 가운데 '구원'이라는 말을 떠올리며 고개를 돌렸다. 충무로역 플랫폼이 천천히 미끄러져 왔다.

순식이 전동차에 내려 집표구를 빠져나오자, 눅눅한 공기가 그의 얼굴을 휩쌌다. 순식은 택시 안으로 몸을 들이밀었다.

생태신학 국제 학술 대회는 기독신학대학원대학교에서 열리고 있었다. 5층짜리 건물 두 동과 조그마한 예배당으로 이루어진 캠퍼스였다. 논문 발표 장소인 대강당은 드문드문 빈자리가 보였다.

몸가짐이 여간 드레져 보이지 않는 사회자의 개회사에 이어, 대학원대학교 총장의 환영사가 있었다. 사회자가 검은 테 안경을 굵은 손가락으로 밀어 올리며 발표할 사람들을 소개했다. 몇 사람의 발표가 끝난 후 사회자가 오유경 박사를 소개했다. 유경이 천천히 연단으로 걸어 나왔다. 간단한 인사말에 이어 유경은 발표를 시작했다. 제목은 '생태신학의 자연과학적 접근-나비를 중심으로'였다.

　나비는 완전 변태를 하며 알, 애벌레, 번데기, 엄지벌레의 시기를 거치며 알에서 엄지벌레까지를 1세대라고 말한 유경은 나비의 한 세대는 알에서 시작하여 엄지벌레인 나비에서 끝나므로 1년에 1세대 또는 2세대 또는 그 이상의 세대를 되풀이하는 것이라고 지적했다.

　유경은 컵을 앞으로 당겨 물을 한 모금 마시고는 발표를 계속했다.

「이러한 생태적 특징을 바탕으로 나비의 상징성이 나타나게 됩니다. 나비는 지상에 사는 애벌레에서 융화 단계를 거쳐서 하늘을 나는 나비로 변신하므로 '재생, 부활'을 의미하게 됩니다. 이러한 부활의 상징성은 기독교 전통에서 가장 잘 나타나 있습니다. 나비는 몇 가지 다양한 이유들로 인하여 오랫동안 부활의 상징이 되어 왔습니다. 애벌레가 표면상으로 죽었을 뿐 나비로 나타나는 고치로 가기 때문에, 이 곤충은 그리스도 부활과 모든 인간의 부활을 상징하는 것이 되었습니다. 그리고 나비의 날개는 그리스도를 다시 살아나게 한 하나님의 능력뿐만 아니라 하나님의 사랑 아래 날아오르는 자유와 기쁨과 환희에 대한 인간의 가장 높은 희망들을 나타내는 것입니다. 나비와 부활한 그리스도는 사람들을 신앙, 그들 자신의 생명, 죽음 그리고 부활로 초대한다고 믿습니다. 이러한 나비의 상징성은 꼭 기독교에서뿐만 아니라 역사적으로 지역을 불문하고 나타나는 보편적인 것입니다.」

유경이 발표를 끝내자, 종합 토론이 시작되었다. 종합 토론에 이어 질의 응답 시간이 되었다.

「질문은 짧게 해주시기 바랍니다.」

사회자가 결곡한 목소리로 말했다.

「발표자께서는 나비를 재생과 부활을 의미한다면서 생명으로 초대한다고 했는데, 반생태적인 기독교가 어떻게 생명을 이야기할 수 있겠습니까?」

박사 과정에서 환경윤리학을 공부하고 있다고 자신을 소개한 대학원생이 거적눈을 씀벅였다.

「기독교가 반생태적이라뇨?」

유경이 되물었다.

「다 성경에 나오는 말입니다. 생육하고 번성하여 땅에 충만하라. 땅을 정복하라. 바다의 고기와 새와 땅에 움직이는 모든 생물을 다스려라. 내가 온 지면의 씨 맺는 모든 채소와 씨 가진 열매 맺는 모든 나무를 너희에게 주노니 너희 식물이 되라. 창세기 1장 28절에서 30절까지 나오는 말씀입니다.」

대학원생의 울대뼈가 불끈 두드러졌다.

「성경을 특정한 구절에 얽혀 해석하게 되면, 위험한 결론을 도출할 수도 있습니다. 린 화이트 2세가 이방 종교와의 싸움에서 기독교가 승리함에 따라 역사적으로 기독교가 자연을 지배하는 경향을 지니게 되었다고 지적하면서 기독교 사상이 환경 문제의 역사적 뿌리임을 주장하는 것은 상식적인 이야기가 되었지요. 한편 머레이 북친에 의하면 성경이 유럽의 반자연주의를 만든 것이 아니라, 기독교 이전에 나타난 여러 종교의 애니미즘적 경향에도 불구하고 이교도 시대부터 이미 유럽 대륙에 존재한 반자연주의적 정당화에 성경이 봉사했을 뿐이라고 했습니다.」

유경의 대응도 만만치 않았다. 그녀는 오늘날의 기독교는 그리스도를 통한 하나님의 구원의 대상이 우리 인간 개인뿐만 아니라, 온 세계와 하나님이 지은 온 우주까지 포함한다는 깨달음을 갖게 되었다고 주장했다. 성경의 새로운 해석을 통해 모든 피조물이 하나님의 영광을 위해 창조되었으며, 인간이 개인의 힘이나 집단의 힘으로 자기 목적을 위해 제멋대로 자연을 악용할 권리가 없음을 깨닫게 되었다는 것이다.

3

「폐수 방류, 폐기물 불법 매립을 일삼은 환경오염 사범 153명이 무더기로 적발됐습니다. 수원지검 형사 2부는 30일 건설 폐기물을 무단 매립한 폐기물 중간 처리 업체 부사장 하 모 씨 등 다섯 명을 폐기물관리법 위반 혐의로 불구속 기소했습니다. 하 씨는 지난해 6월부터 올해 2월까지 폐합성 수지 등 소각 대상 폐기물 약 4841톤을 수도권 매립지에 불법 매립하여 8억 5천만 원 상당의 불법 이익을 챙긴 혐의입니다. 와이티엔 김이경 기자입니다.」

「그래도 수도권 매립지에다 폐기물을 묻었다니, 남의 선산에 폐비닐을 묻은 오 영감보다는 낫네.」

아직 술이 덜 깬 구저분한 얼굴의 영규가 텔레비전 화면에서 눈길을 떼며 말했다.

「오 영감만 나무랄 일도 못 돼. 멀칭 재배 때 사용했던 폐비닐을 태우거나 아무 데나 임의로 매립하지 말고, 깨끗이 모아 두었다가 면에서 수거 차량이 나오면 그때 폐비닐을 배출하라고 매일 이장이 떠들면 뭐 하나. 모아 두어도 제때제때 수거해 가지 않으니 말이야.」

건장한 몸집의 동우가 너덕거렸다. 그는 이장, 새마을 지도자, 산악회 회장을 두루 거치면서 귀동냥으로 얻어들은 것이 많았다.

「쓰레기 문제가 도시보다 농촌이 더 심해.」

「수인도 이젠 조용한 데가 아니야. 경전철 뚫려 봐. 별의별 것이 다 들어올 테니까······.」

「내가 전번에 얘기했잖아. 금접리에 내가 점찍어 놓은 땅이 있는데, 내가 좀 떼어 줄 테니까 거기다 화실을 지어. 공기 좋고······ 그럼 그리다가 머리 아프면 좀 걸어 올라가면 금접사라는 신라 시대 때 지은 절도 있고······ 가서 머리 식히면 좋고······.」

영규가 말을 끝내고 너울가지 있게 웃었다. 서울이 가까운 수인에 대학교와 대규모 아파트 단지가 들어서자, 아버지가 물려준 논과 밭을 팔아 영규는 큰돈을 손에 쥐었다. 에쿠스 승용차도 사고, 신미 택지 개발 지구에 5층짜리 빌딩을 지어 세를 놓고, 행정 타운이 들어선 삼길동에 최고급 집기로 치장한 사무실을 냈다. 수인부동산컨설팅 대표 박영규라고 새겨진 명함을 수인 시내 술집과 다방에 뿌리고 다녔다.
「생각해 볼게.」
순식이 의자에서 몸을 일으켰다.
「왜 벌써 가려고?」
영규가 순식을 올려다보았다.
「응, 화실에 가보려고.」
순식은 수인부동산컨설팅을 나와 경사가 심한 오르막길을 걸어 올라갔다. 하늘을 향해 직선으로 치솟아 있는 아파트 단지가 앞을 가로막았다. 아파트 단지를 쳐다보는 순간, 순식의 눈앞에 검은 장막 같은 것이 쳐졌다. 머리가 핑그르르 돌았다. 검은 나비들이 눈앞을 어지럽게 날아다니기 시작했다. 엄청난 나비 떼였다. 앞날개와 뒷날개가 모두 흑갈색인 나비들이 거칠게 날갯짓을 해댔다. 걸음을 멈췄다. 숨을 가쁘게 몰아쉬었다. 목덜미에 식은땀이 잔뜩 배어 나왔다. 눈을 크게 떴다. 검은 나비 떼들은 사라지고 없었다.
순식은 화실로 들어서자 의자에 털썩 주저앉았다. 온몸의 기운이 순식간에 빠져나가는 것 같았다. 방충망 사이로 기어든 햇살이 창문을 비집고 들어와 이젤 위로 비껴들었다. 베레모를 탁자 위에 벗어 놓은 채 의자 등받이에 비스듬히 기대어 있는 순식의 곱상스럽게 휘어든 눈썹 위로 햇살은 끊임없이 넘나들고 있었다. 벽시계의 초침 소리가 또렷이 들려왔다. 그 흑갈색 나비 떼들은 무엇일까. 내가 만날 나비 생각만 하니까 환영이 나타난 건가. 그래 환영이었을 거야. 전화벨 소리가 화실 안에 빼곡히 들어차 있는 적요를 밀어냈다. 전화벨이 여러 번 울렸다. 미동도 하지 않고 있던 순식의 짙은 눈썹이 꿈틀거렸다. 그가 송수화기를 집어 들자, 윤아의 난들난들한 목소리가 흘러나왔다. 그는 웅얼웅얼 대답하고, 송수화기를 내려놓았다.

순식의 눈길이 이젤에 다가가 멎었다. 이젤 속에는 가냘픈 어깨를 가진 나신의 여인이 강물 위로 날아다니는 나비들을 바라보고 서 있었다. 그림을 지그시 바라보던 그는 낮게 신음을 발했다.

「아냐, 저 모습은 아냐. 세상에서 가장 아름다운 여인의 모습과 나비의 모습은 저런 게 아냐.」

순식은 화폭을 향해 붓자루를 휙 집어던졌다. 푸른 물감이 화폭에 점점이 흩어졌다. 그는 이마를 짚으며 고개를 숙였다.

「내가 윤아를 그릴 때 맑지 않은 정신으로 그린 게 분명해. 원시적인 생명감이 흘러넘치는 여자의 모습은 저렇지 않아.」

순식은 낮게 숨을 몰아 쉬며 화폭에다 칼을 그었다. 화폭 찢어지는 소리가 그의 생각을 기억의 저편으로 갈라 갔다.

 순식이 윤아를 처음 만난 것은 수인문화제 초대 작가전을 열 때였다. 화장기 없는 얼굴의 여자가 감귤 빛 원피스 차림으로 전시회장 출입구를 밀고 들어섰다. 순간, 순식은 호흡이 멎는 듯했다. 유경이었다. 그녀는 눈길을 다소곳이 내리깔고 그림 앞으로 천천히 다가갔다. 그녀는 색 바랜 바다 가재의 껍질 같은 빛깔의 옷을 입고 강 언덕의 풀밭에 비스듬히 앉아 있거나 서 있는 젊은 여인들의 가녀린 팔과 곡선이 시시각각 붉은 저녁놀에 잠식되어 가고 있는 그림 앞에 걸음을 멈추었다. 순식이 한때 깊숙이 빠져 있던 고갱의 영향을 받은 그림이었다. 고갱이 타히티에서 그린 작품들의 가장 중요한 주제는 타히티 여자들의 나체 또는 반나체라고 할 수 있다. 오세아니아의 태양과 색채가 고갱의 작품에 큰 영향을 주고 있다 하더라도, 고갱이 색채와 빛을 추구하기 위해 타히티에 간 것은 아니었다. 그 무렵 열대의 풍경 속에 나체로 서 있는 〈이국(異國)의 하와〉가 순식의 눈길을 사로잡았다.

「유, 유경이.」

순식의 말에 그녀가 고개를 돌렸다. 유경이 아니었다.

「강물 위로 날아가는 황금빛 나비들이 참으로 인상적이군요.」

윤아가 순식을 향해 배시시 웃어 보였다.

윤아의 눈길이 다시 액자 속의 그림으로 갔다. 태양이 내리쬐는 강물 위로 뛰어오르는 황금빛 고기를 손으로 낚아채는 여인들의 그림도 있었고, 울울창창한 원시림 속에서 나비들이 여기저기 날아다니는 광경을 그린 그림도 있었다.

「주로 나비를 그리시는가 봐요?」

「나는 이 세상에서 제일 아름다운 것이 설화 속에 나오는 동물들과 사람들이라고 생각해요. 설화 속의 사람들과 동물들은 천연 그대로의 모습을 간직하고 있다고 생각하거든요.」

초대 작가전은 성황리에 끝났다. 영규가 앞장서서 그림을 팔아 주었다. 서울에서 내려온 미술 평론가 유평기는 특히 〈강 언덕의 여인들과 나비들〉이 시원적 생명감에 충만한, 근래에 보기 드문 수작이라고 추켜세웠다.

「……진짜 시원적인 생명감으로 충만해 있는 그림을 보지 못한 게로군.」

순식은 미술평이 실려 있는 《현대 미술》을 덮으며 각죽거렸다.

「선생님…….」

윤아가 화실 문을 밀고 들어왔다.

순식이 고개를 돌려 윤아를 응시했다.

「선생님, 제가 아름답다고 생각하지 않으세요?」

윤아가 길고 짙은 속눈썹을 내리깐 채 말했다.

순식은 윤아를 그윽한 눈길로 바라보았다. 윤아의 나부데한 얼굴 위로 햇빛이 부서졌다.

「윤아의 모습을 화폭에 담아 보고 싶군.」

순식이 이젤 앞으로 다가갔다.

윤아가 뒤돌아서서 옷을 벗기 시작했다.

「준비 다 되었으면, 저기 앉아요.」

순식이 꽃 사이를 가리켰다.

윤아가 눈을 내리깔고 앉았다. 투명한 햇빛이 날아와, 윤아의 볼록한 젖가슴을 쓰다듬어 내렸다. 햇빛은 배꼽을 애무하다가 허벅지 사이로 천천히 스며들었다. 황금빛 나비들이 날개를 파닥거리기 시작했다.

「아아, 바로 저거야. 내가 찾고 있던 시원적 생명감이 바로 저 원시림이야.」

순식이 중얼거리며 화폭에다 윤아와 나비를 담아 갔다. 그의 손끝에 쥔 붓이 움직일 때마다 윤아의 모습이 화폭에 점점 또렷하게 드러나기 시작했다. 황금빛 나비 떼들이 날아올랐다.

4

순식은 약속 장소인 초원커피숍으로 갔다. 은은한 음률이 실내에 깔리고 있었다. 유경의 얼굴은 보이지 않았다. 대여섯 개의 빈 테이블이 보였다. 순식은 창가 자리에 가 앉았다.

무릎 위로 올라오는 스커트를 입은 종업원이 순식에게 다가왔다.

「주문하시겠어요?」

종업원이 가느다란 손으로 머리를 쓸어 올렸다.

「손님을 기다리는 중입니다.」

순식은 의자 등받이에 머리를 기댔다. 공중전화 부스 옆의 수인장로교회 담장에 심령 대부흥회라는 현수막이 바람에 나부끼고 있었다.

휴대전화의 벨 소리가 울렸다. 순식은 몸을 일으켜 돌려 휴대전화를 귀에다 바짝 갖다 댔다. 유경이었다.

「거기 어디지?」

「방금 버스 터미널에 도착했어.」

순식은 휴대전화를 주머니 속에 집어넣고 고개를 들어 창밖을 바라보았다. 감귤 빛 투피스를 입은 유경이 횡단보도를 건너고 있었다.

유경이 문을 밀고 들어왔다. 순식은 손을 번쩍 치켜들었다.

「꼭 형 혼자만 세상에 버려져 있는 것 같은 얼굴을 하고 있네.」

유경이 순식의 맞은편 의자에 앉으며 말했다.

「사실이잖아. 나이 마흔이 넘은 노총각이 되면 누구나 세상에 버려져 있다는 생각을 문득문득 하게 돼.」

순식이 포충망을 만지작거리며 말했다.

「걱정 마…… 형, 내가 형을 구원해 드릴게.」

유경이 득의에 찬 표정으로 순식을 바라보았다.

'구원'이라는 말을 듣자, 순식은 뜨거운 입김이 가슴속으로 흘러드는 듯한 느낌을 받았다. 그의 가슴이 격렬하게 뛰기 시작했다.

「유경이, 고마워. 나를 구원해 줄 천사가 되겠다니…… 고마워.」

순식의 목소리가 떨려 나왔다.

「형, 뭔가, 오해하고 있는가 본데…… 내가 말하는 구원은 그런 세속적인 구원이 아니고, 형이 우리 주 예수 그리스도를 믿고 구원을 받으라는 거야.」

유경이 눈가에 주름을 잡으며 생글거렸다.

「……」

순식의 관자놀이가 뜨겁게 달아올랐다.

두 사람 사이에 침묵이 흘렀다. 유경이 침묵을 밀어내고 나비 이야기를 하기 시작했다.

「오스트리아 사람들은 1964년 인스부르크 동계 올림픽 때 환호했어. 스키 강국인 오스트리아는 활강과 회전 종목을 휩쓸었어. 하지만 나비들에게는 죽음의 축제였지.」

유경이 말했다. 인스부르크 시는 도시 한가운데를 흐르는 인(Inn) 강에 다리를 놓았다. 다리 위의 휘황찬란한 수은 가로등들이 나비를 유혹했다. 밤새 하얀 불빛에 취해 춤추던 나비들은 먹이도 찾지 못하고 알도 낳지 못한 채 사라져 갔다.

「나비를 좋아하던 게르하르트 타르만이라는 열네 살 먹은 소년이 있었어. 수천 마리의 나비가 다리 난간에 떼 지어 날아다니던 기억이 생생했어. 그 뒤 3년도 안 되어 거의 모든 나비가 자취를 감추었어. 그 후 38년간 인스부르크에는 더 많은 스키장과 주유소가 들어서 밤새 불을 밝혔어. 6백 종이 넘던 나비들이 여덟 종밖에 남지 않았어.」

유경이 잠시 말을 멈추고, 커피 잔을 앞으로 당겼다.

「그 뒤 타르만은 생물학을 전공해 세계 최대 박물관의 연구관이 되었어.」

「흠…….」

「과학자들 사이에서는 노란빛을 비추는 나트륨등이 나비에 안전하다고 알려졌어.」

「왜?」

순식은 귀를 바짝 치켜세우며 유경의 입을 바라보았다.

「나비를 유혹하는 자외선이 나오지 않기 때문이야.」

「그럼 나트륨등을 달면 되잖아.」

「문제는 나트륨등이 세 배나 비싸다는 거야.」

「역시 문제는 경제 논리가 개입되면 점점 어려워지는 거지.」

「그러나 환경 문제는 인간의 의지가 중요하지. 타르만은 같은 고민을 하고 있던 오랜 친구이자 환경부 관리인 지그베르트 리보카나와 손을 잡았어. 2000년 초에 인구 2135명의 소도시 비르겐의 한 초등학교에서 나비 교실을 열었대. 그리고 그들은 밤에 학생들과 함께 고성을 찾아가 수은등을 켰어.

수많은 나비와 나방들이 모여들었어. 그러나 나트륨등을 켰을 때는 불과 몇 마리밖에 모여들지 않았어. 이 일을 계기로 비르겐 시는 마을의 230개 가로등을 나트륨등으로 교체하겠다고 발표했어. 이어 298개의 마을들이 비르겐 시의 뒤를 따랐다는 거야.」
유경이 말을 끝내고 반쯤 빈 커피 잔을 내려다보았다.
「⋯⋯그런데 언제 나비에 대해 그렇게 많은 공부를 했어?」
순식은 궁금증을 느끼며 유경을 바라보았다.
「뉴욕이라는 데⋯⋯ 거긴 사막이야⋯⋯. 가지고 간 돈도 다 떨어지고⋯⋯ 아르바이트하며 공부한다는 게⋯⋯ 사막에 그냥 발가벗겨진 채 내팽개쳐져 있는 느낌이 들 때가 많았다니까. ⋯⋯막막했어⋯⋯. 그때마다 형과 함께 나비를 잡으러 다니던 때가 문득문득 떠올랐어. 그때가 나에게 황금의 시기가 아니었을까 하는 생각이 들었어⋯⋯ 곤충 박물관을 찾아다니고⋯⋯ 나비에 관한 책을 사 모으고⋯⋯ 나비에 관한 인터넷 사이트를 찾곤 했지.」
유경이 속삭이듯 말했다.
「그랬었구나⋯⋯.」
순식이 신음하듯 말했다.
그들 사이에 잠시 침묵이 흘렀다.
「자. 슬슬 가보지 뭐.」
순식이 포충망을 륙색에 집어넣으며 말했다.

「금접리에 화가촌이 들어선다니깐요. 예술가들이 몰려든다는 건 무얼 뜻하는 겁니까. 청정 지역이라 이 말씀이지요. 금접봉에는 옛날부터 황금 나비가 살았다잖아요. 안 그래요, 강 화가.」

「그래요. 저하고 화가 몇 분이 금접리에 가봤는데 아주 환상적이었어요. 박 사장님이 장소를 점지해 주어서 지금 일요화가회에서 거기다 화가 마을을 조성하려 하고 있어요.」

난들난들한 목소리가 순식의 등 너머로 날아왔다.

「잘 알았습니다. 준비가 되는 대로 연락드리겠습니다.」

「다음에 또 뵙겠습니다.」

윤아가 벌떡 일어서는 순간, 그녀의 눈길이 순식의 눈길과 마주쳤다. 륙색을 든 순식의 손이 전기를 먹은 전동기처럼 떨리기 시작했다.

「왜 그래?」

유경이 눈을 크게 치켜떴다.

「아, 아무 일도 아니야.」

순식이 더듬거렸다.

어깨와 목 부분이 깊게 파인 셔츠를 입은 윤아가 영규의 뒤를 따라 카운터 앞으로 갔다.

「저 여자 아는 사람이야?」

유경이 턱짓으로 윤아를 가리켰다.

「아, 아니.」

순식이 짧게 대꾸했다.

카운터 앞으로 다가간 유경이 지갑에서 돈을 꺼내 커피 값을 치렀다.

수인 고속버스 터미널 앞에는 어깨에 붉은 띠를 두른 사람들이 웅성거리고 있었다.

「상수원 보호 특별 대책 지역에 10년 동안 쓰레기 매립을 해 온 것도 말이 안 되는 소리인데, 감염성 의료 폐기물 처리 업체인 복지환경이 경인 지방 환경청으로부터 의료 폐기물 매립장으로 허가를 얻어 매립장 시설을 추가로 설치하기 위한 공사를 시작하고 있습니다. 시민 여러분, 저희 진목리 주민들은……」

핸드 마이크를 든 사람의 꺽꺽하게 쉰 목소리가 자동차 엔진 소리를 휘감았다.

대장간의 모루처럼 암팡지고 단단해 보이는 체격의 택시 기사가 차문을 열고 서서, 어깨에 붉은 띠를 두른 사람들을 바라보고 서 있었다.

「금접사로 갑시다.」

순식과 유경은 택시 안으로 몸을 들이밀었다.

「진목리가 어디예요?」

유경이 차창 밖으로 시선을 던지며 물었다.

「금접봉을 중심으로 뒤가 진목리고 앞이 금접리지요.」

택시 기사가 창밖으로 가래침을 곤두뱉었다.

겹겹이 싸인 산줄기 사이로 솟은 금접봉이 눈에 들어왔다. 마치 나비가 한 마리 날아오르는 형상 같았다. 차창으로 검은 날것들이 떼전을 지어 달려들었다. 갑자기 차창 앞이 흐려졌다. 검은 날것들이 날갯짓을 거칠게 해대며 끊임없이 차창으로 달라붙었다.

「이게 뭡니까?」

「나방 같기도 한데…… 어디서 이렇게 몰려오는지 모르겠어요.」

택시 기사가 핸들을 천천히 돌리며 말했다.

「20년 전만 해도 이 골짜기에 여름어리표범나비나 봄어리표범나비 같은 나비들이 흔했어.」

순식이 혼잣말처럼 중얼거렸다.

「그럼 저게 나비란 말입니까?」

택시 기사가 백미러를 흘깃 쳐다보며 말했다.

「나비보단 크기가 작은 거 같고…….」

순식이 말끝을 흐렸다.

도로가 끝나고 가풀막진 산길이 시작되었다.

순식과 유경은 택시에서 내렸다.

유경이 함뿍 산그늘이 깃든 산길을 오르기 시작했다. 순식은 륙색에서 포충망을 꺼냈다. 산길을 도두밟는 유경의 뒷모습을 순식은 물끄러미 바라보았다.

「나비 같은 여자야.」

자신도 모르게 입 밖으로 말이 새어 나왔다.
「붉은점모시나비가 혹시라도 금접봉에 있을까…….」
유경이 걸음을 멈추고 고개를 돌렸다.
「없을 거야…….」
「…….」
「담색어리표범나비는 채집할 수 있을 거야.」
「그건 왜.」
「수인에서는 일부러 채집할 필요가 없을 정도로 늘어났다잖아.」
「그 원인이 뭘까?」
「아직 그 원인이 밝혀지진 않았지만 생태계가 몸살을 앓고 있는 것만은 분명한 거 같아. 한 가지 질병이 사라지면 또 다른 질병이 생기는 것이나 나비가 멸종하고 또 급증하는 건 모두 인간이 자연을 깔아뭉갠 탓이지.」

금접사로 가는 개울가에서 둥근 눈이 툭 튀어나와 있는 석장승들이 구새 먹은 상수리나무 밑에 서 있었다. 석장승들은 머리에 벙거지처럼 생긴 모자를 쓰고 손에는 창을 든 것 같은 모습을 하고 있었다.

나비는 보이지 않았다. 담색어리표범나비조차 날아다니지 않았다.

「왜 나비가 한 마리도 보이지 않지?」
순식이 포충망을 허공에 휘저으며 말했다.

나비를 찾아서 273

「금접사 주위의 생태계가 회복 불능 상태에 빠져 있는 게 아닐까.」

유경의 온몸이 나르지근하게 맥이 풀려 나갔다.

갖가지 색깔로 변모해 가는 저녁노을이 금접봉 줄기를 타고 내려와 저수지 위로 내려앉았다. 저수지 쪽에서 물기를 품은 끈끈한 바람이 불어왔다. 저수지 가의 거룻배에 노가 비스듬하게 걸려 있었다. 저 배를 타고 노를 저어 가면 어디에 닿을 수 있을까. 순식은 잠시 걸음을 멈추고 노를 바라보았다.

「오늘 나비 보긴 틀린 거 같아. 절 구경이나 하고 가지 뭐.」

유경이 나른한 목소리로 말했다.

순식이 산문으로 들어섰을 때 지붕 위에 기와버섯이 퍼렇게 뻗어 올라 있는 대웅전 문은 굳게 닫혀 있었다. 대웅전 뜰 앞의 5층 석탑이 고졸한 정취를 뿜어냈다. 석탑은 탑신과 옥개석이 하나로 되어 있었다. 까맣고 허리가 잘룩한 나방 한 마리가 옥개석에 살풋이 앉았다. 널짱한 대웅전 뜰은 말끔하게 쓸려 있었다.

저녁노을이 황금빛으로 잦아들고 있었다.

「모기 때문에 못 살겠네.」

몸피가 대살지지 않고 푸짐한 보살이 낮게 뇌까렸다.

싸리비로 대웅전 벽을 탁탁 두들기던 보살이 대웅전 뒤로 사라졌다. 이윽고 그녀가 쑥과 신문지를 가져와 뜰에 불을 지폈다. 파란 연기가 피어오르기 시작했다.

「언제부터 모기가 이렇게 많이 생겨나기 시작했어요?」
순식이 물었다.
「산 너머에 쓰레기 매립장이 건설되고부터유.」
보살이 순식에게 눈길을 주며 엉덩이를 달싹했다.
검은 나방들이 날갯짓을 거칠게 해대며 날아들었다.
「그런데 이 나방들은 도대체 어디서 날아오는 것들입니까?」
「그걸 난들 어떻게 알겠시유. 아마 산 너머 쓰레기 매립장 때문이 아닌가 싶어유. 황금 나비들이 사라지자, 모기하고 검은 나방들이 몰려들었시유.」

보살이 마른풀과 쑥을 뒤척거렸다. 불꽃이 허공으로 흩어졌다. 연기가 풀석풀석 일었다. 이윽고 대웅전 뜰은 연기로 뒤덮였다. 보살이 막대기로 쑥 더미를 뒤적거렸다. 불꽃이 허공으로 점점이 흩어졌다. 유경이 냇내 때문에 마른기침을 했다. 그때였다. 연기 속에서 나비가 퍼덕거렸다. 나비는 검푸른 수심이 무섭지 않다는 듯 날갯짓을 거칠게 해대며 저수지 위로 날아갔다. 나비는 저녁놀 빛 속으로 천천히 미끄러져 갔다.

날개 아래로 물방울을 뚝뚝 떨구며 날아가는 나비는 황금빛으로 빛나고 있었다.

나비를 찾아서

■ 해설

건강한 편견
― 김종성의 생태 소설론

김남석(문학평론가)

1

생태학의 목적은 무엇일까? 생태학에 관심을 갖게 되면서 부쩍 늘어난 자문이다. 많은 학자들이 나름대로의 답을 내놓고 있다. 《잃어버린 숲》의 저자 레이철 카슨은 우리 주변에서 사라질 것들을 염려했기 때문에 생태학에 관심을 가졌다. 아르네 네스는 막연한 자연보호와 쓰레기 줍기가 중요한 것이 아님을 설파하기 위해 관심을 기울였다. 게리 스나이더 같은 사람들은 나무와 고래와 여우의 입장과 권리를 복원하기 위해서였을 것이다. 팀 룩은 일주일 중 하루를 자연에서 보내고 돌아오는 사람들이 생태학을 거론하는 모순과 허위를 밝히고 싶었을 것이다. 머레이 북친은 인간의 문제를 도외시하고 인간이 아닌 것들의 문제를 과장하는 태도에 대해 이해할 수 없었기 때문일지도 모른다.

그들의 관심은 다르다. 따라서 그들의 목적도 다르다. 그러나 중요한 것은 그들의 생각이 아니다. 그들이 위대한 학자이고 놀랄 만한 이론을 보여 주었다 해도, 그것은 엄격히 말해서 두 번째 문제이다. 가장 중요한 화두는 '우리에게 생태학은 무엇인가'일 것이다. 나는 이 문제가 해결되어야 우리가 생태 비평과 생태 담론 그리고 생태 문학을 하는 이유도 분명해질 것이라고 믿는다. 유감스럽게도 지금으로서는 무엇이라 확정할 수 없지만, 이 대답을 찾는 과정에서 다른 답도, 다른 길도, 다른 생각도 자리를 잡을 수 있다고 믿는다.

김종성의 소설은 그런 면에서 관심을 끈다. 김종성은 화려한 소설가가 아니다. 그의 문장은 화려한 수사를 동반하지 않는다. 멋진 분위기도 없고, 고뇌에 찬 화자도 없다. 내면의 어두움과 신비함을 감동적으로 묘사하려는 포즈도 없다. 담담하게 사회 이 구석 저 구석을 돌아다니며 문제가 되는 요인들을 찾아보는 인물이다. 획기적인 대안도 없다. 그들은 고뇌하지 않는 것처럼 고뇌하면서 그 문제를 세상에 알리는 것으로 족하다. 그래서 그의 소설은 마치 미완처럼 보일 때가 많다.

대신 김종성의 소설은 간결함과 정확함을 지향하고 있다. 그의 소설은 문제가 무엇인지 명확하게 짚어 내고 있다. 아리송한 어사나 두루뭉술한 주제가 아니라, 쉽게 눈으로 확인할 수 있는 문장과 의식을 드러내고 있다. 이것은 대단한 미덕이다. 더구나 그 문제의식이 환경 문제에 집중될 때는 생태학에 관심을 가지는 나로서는 여간 반가운 일이 아닐 수 없다.

지금까지 한국의 생태 담론(문학 비평)은 제자리를 맴돌고 있었다. 생태학의 목적과 관심은 도외시한 채, 이 새로운 학문을 어떻게 활용할 것인가에 지나치게 힘을 기울였기 때문이다. 생태 담론의 참뜻을 문학의 창작 전선에 투입하기 이전에, 소수의 문학 작품에만 제한적으로 실험하고 그 의미를 퇴색시켰기 때문이다. 특히 생태 소설을 논하는 평론가나 연구자들이, 소수의 텍스트를 전범처럼 여기면서 계속 그 진미를 우려내는 좋지 못한 끈기를 보여 왔기 때문이다. 이것은 정체고 답습이고 창의력 없는 진보였다.

김종성의 소설은 이러한 답보적 상황으로부터의 탈출을 생각하게 한다. 나는 그의 문학이 생태 문학의 대안 중 하나라고 판단한다. 화려하지는 않지만 정직하고, 획기적이지는 않지만 천천히 나아가는 집요함이 있기 때문이다.

2

김종성의 소설 작법은 '자료'에 의거하고 있다. 그는 신문 자료, 연구 논문, 각종 고서, 전공 이론 등으로 소설을 무장시키고 있다. 그 자료들은 환경 파괴와 생태 문제에 집중된 것이다. 그의 세 번째 창작집 《말 없는 놀이꾼들》의 서두에 실린 세 작품, 〈수국이 있는 풍경〉, 〈말 없는 놀이꾼들〉, 〈꿈틀거리는 산〉이 그 시작이다. 이 세 작품은 이후 그의 창작 성향(《연리지가 있는 풍경》)을 주도한다는 점에서 새로운 소설 개간지를 알리는 이정표이기도 했다. 그 뒤 〈일요일을 지킵니다〉, 〈버력산〉, 〈나비를 찾아서〉, 〈열목어〉 등을 발표했다. 그리고 최근에 〈연리지가 있는 풍경〉을 발표했다. 이 작품들은 소재와 시각의 측면에서 생태 문제를 다룬 소설들이다.

초기 세 작품 중에서 〈꿈틀거리는 산〉은 주목된다. 이 작품은 화자가 외국에서 고향으로 돌아오며 받은 인상을 조립하고 있다. 화자는 외국의 건설 현장에서 일하는 인부로, 사막을 보고 황폐화된 산림을 경험한 바 있다. 화자의 눈에 비친 고향 마을은 외국의 풍경과 다를 바 없다. 그들이 어릴 적 뛰어놀던 고향은 먼지와 아연 가루로 "빨래를 못 널고 방문을 못 여"는 마을이 되어 있었다. 아연 폐석 가루가 가라앉은 냇물이 흐르고, 그나마 유량마저 만족스럽지 못할 정도이다. 신비하게 여겨졌던 '웅범소'는 오염되었고, 이에 항의하는 마을 사람들의 시위는 전경들의 횡포에 진압되었다. 이러한 마을의 풍경은 이후로도 김종성의 소설에 자주 등장한다.

황폐화되는 마을 풍경 속에 김종성이 살짝 곁들여 놓는 것이 있다. 그것은 전래의 생활 방식과 종교이다. 〈꿈틀거리는 산〉에는 미륵 신앙이 나온다. 그런데 '성경을 든 신사'가 마을에 나타나면서 "마을의 밭 둔덕이나 고샅 가에 서 있던 미륵이 하나 둘 없어"졌다. 이 미륵은 도솔천에서 이 마을의 미륵산에 하생(下生)하여 세상을 구원할 존재이다. 이러한 미륵 신앙과 연관

되어 '아기장수' 설화도 전래되고 있다. 아기장수 바위에는 미륵상이 있고, 그 미륵상 배꼽에는 오래된 '비결(秘訣)'이 숨겨져 있다고 했다. 이 비결이 함부로 유출되면 서울이 망한다는 참언과 함께 그 비밀이 전해지고 있다.

이러한 전래의 신앙은 사라지고 있다. 아기장수의 마을은 외부의 침략으로 붕괴되고 있다. 그 침략은 일차적으로는 새로운 종교, 즉 기독교의 전래이고, 그다음으로는 마을의 생태계를 위기에 몰아넣고 있는 환경오염 시설, 즉 아연 제련소이다. 두 힘은 마을을 지키던 믿음을 붕괴시키고 그들의 옛 신을 이 땅에서 추방시켰다. 미륵과 아기장수가 마을을 떠나면서 그들의 마을은 믿음이 붕괴되고 신비함이 사라진 폐허가 되었다.

변화는 모든 이에게 환영받을 수 없는 것이다. 어쩔 수 없이 그 변화를 받아들여야 하는 시대와 상황이 있을 수 있다. 그러나 마을 사람들은 그 변화를 거부하고 있다. 그럼에도 강제적으로 주어지는 변화는 폭력일 수 있다. 그 폭력은 또 하나의 외부 세력으로 나타난다. 환경 파괴에 저항하고 질서 붕괴에 저항하는 마을 사람들을 힘으로 진압하는 전경들이다.

〈꿈틀거리는 산〉은 재벌, 종교, 정부의 부정적 힘을 묘사한 작품이다. 또 마을 사람들 중의 일부 변절자를 부정적인 세력으로 편입시키고 있다. 그 안에서 마을 사람들은 억울한 피해자로 등장하고 있다. 이러한 구도는 긍정의 세력에 속한 화자와 주변 인물들의 관점을 수용한 것이다. 이러한 관점은 김종성의 시각이 자연의 파괴가 일부 세력이 가진 특권과 폭력의 힘에 기반한 것임을 알려 준다. 생태학의 적은 이미 확연히 실체를 드러낸 '공공의 적'인 셈이다.

〈용 울음소리〉도 비슷한 구조를 취하고 있다. 〈꿈틀거리는 산〉이 아연 제련소를 공공의 적으로 몰고 있다면, 〈용 울음소리〉는 석유 비축 기지를 공공의 적으로 몰고 있다. 전자가 마을 주민을 강제로 진압하는 전경을 통해 정경 유착의 실상을 보여 주었다면, 후자는 환경 평가를 무시하고 강행하는 정부 사업을 통해 힘의 논리를 폭로하고 있다. 전자가 웅범소와 아기장수 설화를 바탕으로 한다면, 후자는 용소와 용혈루 그리고 용신제를 정신적 기저로 삼고 있다. 두 작품은 물 오염의 실상을 부각시켰다는 점에서 크게 비슷하고, 제목의 뉘앙스와 지향점도 비슷하다.

다만 〈꿈틀거리는 산〉의 미륵 신앙 이미지가 보다 압축된다는 점은, 〈용 울음소리〉의 미세한 변화이다. 〈용 울음소리〉는 '용'의 이미지에 여러 겹의 의미를 중층화시키고 있다. 용은 수신의 상징이며, 용을 섬기는 굿은 전통적 삶의 표상이다. 용혈마을, 용소, 용혈루 등의 지명은 평화롭던 자연의 모습을 대변하고 있고, 용 신앙과 관련된 것은 내면의 믿음을 암시하고 있다. 용의 파괴는 마을의 파괴이며 전통적 삶의 파괴이며 환경(물)의 파괴이다. 물론 이 모든 것을 믿고 의지했던 믿음의 파괴이다.

4

《연리지가 있는 풍경》의 소설들은 중핵적 이미지를 내세우고 있다. 가령 〈일요일을 지킵니다〉의 '땀 흘리는 비석(불상)', 〈열목어〉의 '열목어', 〈나비를 찾아서〉의 '나비', 〈연리지가 있는 풍경〉의 '연리지' 등이 그것이다. 이 중에서 〈나비를 찾아서〉를 보면, '나비'의 기능을 보다 확연하게 확인할 수 있다.

〈나비를 찾아서〉의 주인공은 '황 화백'이라고 불리는 '순식'이다. 순식은 직원이 열 명도 안 되는 회사에서 단행본 표지화를 그리는 일을 하며 나비를 그리고 있다. 순식의 친구로 영규가 있다. 영규는 어느 날 그림 한 점을 샀는데, 이 그림 역시 나비와 관련이 있다. 남계우의 호접도였다. 순식의 옛 친구로 유경도 등장한다. 순식은 유경을 친구 이상으로 여겼지만, 유경은 순식의 마음을 거부하고 태평양 저쪽으로 유학을 떠났다가, 국제 학술 대회를 빙자해 한국으로 돌아왔다. 발표 논문은 '생태 신학의 자연과학적 접근—나비를 중심으로'였다.

소설의 주 무대는 수인이다. 물 수(水), 어질 인(仁). 물의 어짊을 닮은 도시인 셈이다. 수인은 김종성 소설의 다른 공간적 배경처럼 개발의 소용돌이에 휩싸인 곳이다. 외지에서 많은 사람들이 들어오고 있고, 각종 시설이 늘어나고 있다. 그중에는 쓰레기 처리 시설 같은 환경 파괴 시설도 포함되어 있다. 그러면서 수인은 점차 '물의 어짊'을 잃고, 도시의 황량함을 닮아 간다. 그토록 많던 나비 거주지였건만, 지금은 그 나비들이 자취를 감추었다. 대신 모기와 나방으로 마을은 엄청난 재해를 입고 있다. 일단 보기에도 흉측한 이들은 나비의 우아함 대신, 환경 오염의 폐해를 상기시킨다는 점에서 혐오스러운 존재들이다.

나비와 관련된 사항은 또 있다. 금접사. 나비와 직접적인 관련은 없지만, 나비의 역동적인 움직임을 대표하는 화소도 있다. 윤아는 순식이 그린 나비 그림에 반해 순식에게 호감을 느꼈고, 순식은 윤아의 '시원적 생명력'에 감화되어 그녀를 눈여겨보았다. 두 사람은 나비와 꽃의 관계가 되어 서로를 탐했다. 나비에 대한 삽화로는 유경이 들려주는 오스트리아의 나비 부활 이야기도 한몫한다.

이처럼 이 소설 내부는 나비에 대한 삽화로 만원이다. 마치 책장만 열면 금방이라도 나비가 날아오를 것처럼 '나비' 이야기로 빽빽하다. 이러한 나비 중심 삽화는 앞에서도 말한 자료의 가치와 정보의 수집을 보여 주는 김종성의 창작 방식을 대표한다. 또한 나비라는 환상적 이미지를 통해 하고자 하는 말, 환경 파괴의 심각성과 시원으로의 복귀를 압축하는 역할을 한다.

이러한 역할은 소설을 강하게 통제하고 있다. 따라서 '나비' 이야기 이외에는 대단히 간략하게 처리되고 있다. 김종성은 염결성을 느낄 정도로 주제와 관련 없는 삽화는 일체 배제시키는 경향을 보인다. 자유 화소의 응용 범위가 대단히 좁은 소설을 쓰는 셈이다.

나머지 소설들도 비슷하다. '땀 흘리는 비석'이나 '열목어' 혹은 '나무'의 이미지는 김종성이 바라보는 소설 세계를 여행하는 이정표이자, 소설적 의미의 중심이다. 이 이미지를 이해하지 않고는 그의 소설을 출입할 수 없으며, 그 이미지를 마주하지 않고는 소설의 전언을 해독할 수 없다.

그러다 보니 몇 가지 심각한 문제를 낳기도 한다. 논의의 편의를 위해 〈나비를 찾아서〉를 다시 살펴보자. 유경이 순식을 떠난 것은 여러 가지 이유가 있겠지만, 이미 지나간 과거의 사실이다. 유경은 순식에게 개인적인 호감 이상을 갖지 않은 것으로 묘사되어 있다. 그런데 유경은 국제 학술 대회에서 '나비' 연구를 발표하고 있다. 왜 갑자기 나비일까. 순식이 나비를 사랑했던 것과 관련이 있는 걸까.

작가는 이유를 다음과 같이 설명하고 있다. 뉴욕은 막막했고, 돈이 떨어져 경제적으로 압박이 심했고, 혼자 남겨진 느낌으로 외로웠고, 그래서 순식과 나비를 잡으러 다니던 기억이 되살아났고, 갑자기 나비에 대해 연구해야겠다는 생각이 들었다. 작가가 만들어 놓은 이유는 표면적인 대답은 될 것이다. 그러나 그것은 어쩌면 나비를 이 소설 속으로 끌어들이기 위한 권위나 개연성을 만들기 위한 설정이었을 가능성이 더욱 높다.

나는 유경의 선택이 인위적이라고 생각한다. 그것은 유경이 학술 대회를 빙자해 풀어놓을 몇 가지 고차원적인 이론을 소개하기 위한 포석으로 보인다. 나비가 부활의 상징이고, 부활은 그리스도의 상징이며, 그것은 곧 기독교의 상징이라는 논리가 바로 그것이다. 이를 통해 기독교 신학이 가진 반생태성에 대한 역논리를 전개하기 위함이다.

이러한 작의는 유경의 발표에 대해 한 대학원생이 질문을 던지고, 이 질문에 대해 다시 유경이 기독교를 옹호하면서 확연해진다. 이 대목은 흥미롭다. 김종성은 지금까지의 생태 소설에서 기독교를 유력한 적으로 삼고 있었다. 〈꿈틀거리는 산〉에서 평화롭던 마을을 침범하는 세력은 기독교였다. 〈일요일을 지킵니다〉에서는 목사의 이중성을 고발하고 있다. 뿐만 아니라 기독교는 정부 혹은 재벌의 세력과 밀착된 몹쓸 세력으로 묘사되어 왔다.

그러나 〈나비를 찾아서〉에서는 이러한 기존의 논조를 전환하여 기독교의 반생태성에 대한 반론을 유도하고 있다. 이것은 고차원적인 논리를 필요로 한다. 이를 위해서는 전문적인 주장이 삽입될 필요가 있다. 예를 들면 다음과 같은 구절이다.

「성경을 특정한 구절에 얽혀 해석하게 되면, 위험한 결론을 도출할 수도 있습니다. 린 화이트 2세가 이방 종교와의 싸움에서 기독교가 승리함에 따라 역사적으로 기독교가 자연을 지배하는 경향을 지니게 되었다고 지적하면서 기독교 사상이 환경 문제의 역사적 뿌리임을 주장하는 것은 상식적인 이야기가 되었지요. 한편 머레이 북친에 의하면 성경이 유럽의 반자연주의를 만든 것이 아니라, 기독교 이전에 나타난 여러 종교의 애니미즘적 경향에도 불구하고 이교도 시대부터 이미 유럽 대륙에 존재한 반자연주의적 정당화에 성경이 봉사했을 뿐이라고 했습니다.」(258~259쪽)

대단히 어려운 학설이다. 소설처럼 대중적인 장르에서 이러한 논설을 길게 전개한다는 것은 위험하다. 그러나 김종성은 유경을 신학 전문가로 상정하고 발언 장소를 학술 발표회장으로 설정해서, 이러한 주장을 자연스럽게 만들려고 했다. 고차원적인 지식과 논리가 필요했기 때문이다.

결론부터 말하자면 이러한 삽화의 배치는 부자연스럽다. 마치 발표회장에서 논문을 읽거나 심각한 르포를 대하는 느낌을 지울 수 없기 때문이다. 이것은 넓은 의미에서 '편견'이다. 작가가 읽고 이해한 세상에 대한 일방적 강요로 작용할 수 있다. '나비'라는 중심 메타포가 이를 완화시켜 주지만, 이것은 소설의 보다 높은 완성도를 해치는 위해 요소임을 기억할 필요가 있다.

5

김종성은 분명 노력하는 작가이다. 자료를 발로 모아 소설을 써야 하고, 그 소설의 전언이 삶과 세상에 이로움을 줄 수 있는 구체적 목표를 가져야 하며, 그럼에도 소설의 외피와 내면에는 이를 완화하고 부드럽게 융화시킬 수 있는 상상력이 있어야 함을, 그는 잘 알고 있고 또 잘 알려 주는 작가이다. 이러한 미덕은 그의 소설을 신뢰할 수 있게 만든다. 또한 그가 가진 지식—그것이 편견일지라도—에 대해 존중하게 만든다.

문제는 그 미덕을 보다 잘 살려 내는 방식이다. 소설을 학술 발표회장으로 만들어 수준 높은 지식을 선사한다고 해서 그 미덕이 잘 살아나는 것은 아니다. 왜냐하면 그 안에서 주인공이 느끼고 반성하고 때로는 회의해야 할 몫이 빠져나가기 때문이다. 주인공은 외부에서 주어지는 자료를 읽고 기억하고 전달하는 역할에 전념해야 한다.

환경 문제에서 김종성이 주의해야 할 부분이 여기이다. 김종성은 새로운 지식을 알리고 전파하려는 목적 아래 소설을 집필했다(실제로 그는 생태학과 소설의 연관성으로 박사 학위를 취득했다). 이것은 김종성이 생태 소설을 쓰는 목적은 될 것이다. 그러나 우리가 생태 문학에서 요구하는 것은 자료의 나열이나 지식의 일방적 주입이 아니다. 생태학은 오히려 이러한 일방적인 의사소통을 거부하는 학문 체계이다.

생태학은 주체와 주체를 둘러싼 환경의 상호 작용과 연관 관계를 살피는 학문이다. 주체는 무한히 다양하고, 주체가 변함에 따라 환경의 조합도 달라진다. 주체가 토끼라면, 환경은 토끼가 먹을 풀과 토끼가 숨을 숲과 토끼를 쫓는 추적자와 토끼와 먹이를 같이하는 동물이 될 것이다. 여기엔 숨 쉬는 공기,

마실 물, 온도, 습도, 바람의 방향 등이 해당될 것이다. 심지어는 토끼와는 아무 연관 없는 비버의 개체 수도 문제가 될 것이다. 비버가 줄면 수위를 조절하지 못하게 되고, 그렇게 되면 나무와 주변 동물의 숫자가 달라질 것이기 때문이다.

주체를 여우로 바꾸면 어떻게 될까. 미묘한 변화가 큰 변화를 가져올 것이다. 주체가 생물이 아니라 돌이나 물이라면, 아니 인간이라면. 우리는 무수히 달라지는 조합 속에서 요약할 수도 없는 상관성을 상정해야 한다. 그런데 단정과 속단이 개입될 수 있을까. 무엇이 옳다고 말할 수 있을까. '개체에 대한 정직한 무식'만이 인정해야 할 '앎'이 아닐까. 그런 면에서 생태학은 겸손을 요구한다. 그 겸손은 분명 침묵과는 대별되어야겠지만, 어떤 측면은 비슷한 구석도 있다.

이러한 생태학의 특성과 관련지어 주목되는 소설이 있다. 그것은 〈연리지가 있는 풍경〉이다. 이 소설은 앞에서 보아 온 소설과 다른 점을 가지고 있다. 일단 공공의 적이 사라진 점이다. 김종성의 소설은 생태의 적을 규정하고 이를 명확하게 한다는 점에서 일정한 의의가 있었다. 싸워야 할 것이 명확하지 않은 시대에는 이러한 관점이 중요했다.

하지만 이것은 고발의 시대에 필요한 문법이다. 대중이 힘없고 언론의 역할이 미비할 때 필요한 행위이다. 우리는 90년대를 통과하면서 선도적인 작업이라는 이름으로 이러한 작업을 지켜보아야 했고, 어떤 측면에서는 과대평가도 해왔다. 이제는 식상했고, 더 이상 생태 소설이라는 명분으로 이러한 소설을 재생산해야 할 필요성을 잃어버렸다. 이제는 보다 근본적인 문제와 시각을 가진 생태 소설이 필요하다.

〈연리지가 있는 풍경〉은 그 실마리를 보여 준다. 먼저 이 소설에는 옳은 자와 그른 자가 없다. 한 마을은 전통적인 생활 방식으로 살던 사람들과, 새로운 주거 방식을 차용한 사람들로 나뉘어 있다. 이전의 소설이었다면 아파트를 중심으로 살아가는 사람들은 이방인으로, 환경 파괴의 주범으로 설정되었을지도 모른다.

그러나 이 소설에서는 두 집단의 이기심이 더욱 문제가 된다. 두 세력은 집단을 형성해 힘 겨루기를 하고 있다. 회비 납부 문제로 큰 싸움을 벌였고, 약수터 개방을 두고 생색을 내고 있다. 아파트에 사는 사람들은 쓰레기 처리 시설(쓰레기 소각 잔재 매립장)을 반대하고, 농촌에 사는 사람들은 쓰레기 처리 시설 유치를 찬성한다. 이유는 쓰레기 처리 시설의 유치를 통해 생활 수준이 나아지고 고용 창출이 기대되기 때문이다. 이러한 기대는 농촌 사람들이 아파트 사람들의 생활 방식을 선호하기 때문이다. 우리에게 환경 보존은 남들처럼, 도시민처럼, 부유층처럼, 살지 말라는 인내력의 강요이기도 하다.

두 집단은 모순적인 행각을 벌이기도 한다. 한 아파트 주민은 밭에 거름을 주는 농부를 타박한다. 냄새가 난다는 것이 이유이다. 그러자 농부는 이제는 땅까지 간섭하려 한다며 피해의식을 드러낸다. 두 사람의 대화는 골이 깊은 두 세력의 불화를 보여 준다. 또 유기농 농법을 주장하면서, 막상 자신의 집 앞에서 풍기는 오물 냄새에는 혐오감을 드러내는 근시안적 사고도 드러낸다.

쓰레기 처리 시설 저지를 위해, 아파트 주민들이 대거 농성에 들어선 풍경을 보자. 이것은 또 하나의 공해이자, 쓰레기 처리 시설 못지않은 환경 파괴이다. 시끄러운 소음, 단체로 행동에 들어선 사람들의 핏발 선 눈망울, 자신의 것을 잃지 않으려는 이기심, 남을 배려하지 않는 각박한 마음. 농성장 앞은 인산인해를 이룬 사람들의 공해로 눈살이 절로 찌푸려진다.

양남이라는 산자수명한 마을을 파괴한다면 파괴하고 있는 그들이, 다른 피해 시설에 대해 이토록 분노를 일으키는 것은 어딘가 논리가 허술하다. 문제는 우리 사회가 이렇게 허술한 논리 속에 놓여 있다는 점이다. 생태학자들이 이구동성으로 말하는 환경 파괴의 주범은 인간의 이기심이다. 인간의 교만이고, 인간 중심적 사고이다. 김종성이 나중에 고쳐 말했듯이, 모든 기독교가 생태학의 적이 아니라, 인간 중심으로 이끄는 기독교가 생태학의 적이다. 바꿔 말해서 쓰레기 처리 시설의 도입과 유치가 근본적인 문제가 아니다. 쓰레기 처리 시설은 인간들이 처한 하나의 필요악이다. 그 필요악을 해결하려는 의지는 이기심을 철회하지 않고는 불가능하다.

김종성은 이 소설을 통해 적(敵)과 아(我)를 나누는 기존의 고발 형식을 포기하고 있다. 소설 속의 마을인 양남에서는 이미 적과 아를 넘어 모두가 환경 파괴의 피해자이자 가해자로 정의되고 있다. 그들은 서로를 미워하고 자신만 사랑하는 생태 훼손의 주범인 셈이다. 시끄러운 소음은 바로 이들의 이권이 부딪치며 내는 혐오스러운 소리였던 셈이다.

6

시끄러운 소리는 '양남'에만 있는 것이 아니다. 그것은 중심 인물의 내면에도 휘몰아치고 있다. '남편'으로 제시된 인물은 고고목재학을 전공한 학자이다. 그러나 그는 가야의 옛 배를 이루는 목재가 일본의 삼나무라는 논문을 발표해 크게 곤욕을 치렀다. 그의 학설은 임나일본부설을 뒷받침하는 근거가 된다는 점에서, 반국가적 행위로 치부되었다. 학자가 진실을 다루어야 한다는 점에서 그는 잘못이 없다. 다만 그의 논설이 현실적으로 용인되지 않을 뿐이다.

남편은 국가 기관의 조사를 받았고, 조사 기관의 서슬 푸른 압력에 학교는 그의 강의를 빼앗았다. 남편의 후배는 그 기회를 놓치지 않고 그 자리를 차지했고, 남편은 평소 아끼던 후배에게 배신의 아픔을 맛보아야 했다. 인간 세상의 경쟁이 과도해서 잃게 되는 사례가 또 하나 있다. 작품의 말미를 보면, 남편의 후배들이 한 대학에 무더기로 원서를 제출해서 결국에는 무산되는 사건이 서술되어 있다. 그것도 후배들은 서로 합의하에 공평하게 기회를 나누어 갖기로 했는데, 애초의 맹약을 깨고 각자의 이익대로 행동한 결과였다.

이러한 행위는 비록 산과 숲을 파괴하는 행위는 아니지만, 인간의 생태학적 질서를 크게 위협하는 요소이다. 인간들은 공생과 협력과 양보의 미덕을 배우지 않고, 이기심과 자아중심주의와 공멸에 이르는 탐욕을 배우고 있다. 이것은 우리 사회가 내는 시끄러운 잡음이다. 그 잡음이 커질 때, 자연은 물론 인간 세상의 붕괴도 머지않을 것이다.

환경 문제에 관해서는, 김종성은 '편견'을 감추지 못하는 작가이다. 나는 그의 소설에 나타난 기독교를 보면서 그런 생각을 했고, 공공의 적을 삼아 이를 공격하는 태도에서 그런 관점을 읽었다. 하지만 그의 편견은 대부분 건강하다. 그는 자신의 편견을 건강하게 가꾸기 위해 부단히 노력한다. 자료를 모으는 과정도 편견을 만드는 과정이다. 그는 자신이 믿을 수 있는 사실을 확보하기 위해 발로 정보를 취재하고 그 정보를 집약해서 소설을 쓴다.

김종성이 그려낸 세상은 어떠한가. 그 세상도 편견에 가득 차 있다. 물고기들은 한쪽으로만 헤엄쳐야 하고 새들은 길 없는 허공에서 길을 잃을 수도 있다. 나무조차 혼자 살기 어려운 세상이다. 병들고 힘든 인간의 탐욕 때문에 세상은 엉망이다. 아니, 편견에 가득 찬 인간의 의지는 세상을 병들게 힘들게 하고 있다. 김종성은 그러한 세상에 건강한 편견을 심어 주려고 한다. 눈이 한쪽인 새들은 두 마리가 모여서 살아야 하고, 길을 잃기 십상인 물고기들은 협력해서 길을 찾아야 한다. 공해와 오해로 찌든 나무들은 피부를 맞대고 살길을 찾아야 한다.

사람들도 마찬가지이다. 자연을 보호하고 환경을 가꾸기 이전에, 마음속에 들어찬 편견을 바꾸어야 한다. 한국의 학자는 가야의 문물에서 임나일본부설을 부정하는 증거만 찾아야 하는 것은 아니다. 처음에 믿었던 대로 기독교가 반드시 생태학의 적은 아니며, 농촌의 오염된 물은 재벌의 문제만은 아니다. 개발과 파괴의 논리는 '우리' 아닌 '어떤 사람들'의 횡포와 책임은 아니다. 그 '어떤 사람들'이 바로 '우리'일 수 있으며, 그 '우리'는 편견을 가지고 있기 때문이다.

김종성의 소설이 고발의 문법에서 성찰의 문법으로 바뀌면서 생태 문제의 진원지가 어디인지를 알려 주었다. 인간은 자연에 대해 일방적인 욕심을 부렸고, 생태학적 피해를 입은 사람은 가해자에 대한 맹목적인 분노를 품었으며, 생태 비평은 생태 문학에 대해 막연한 경도를 보였다. 그 안에서 인간은 책임을 미루고 회피하려고 했다. 이것들은 모두 편견이다. 자신을 제외하고 자신의 관점으로 세상을 보려 한다는 점에서 외눈박이 물고기와 한쪽 날개의 새에 불과하다.

그런 의미에서 건강한 편견은 주목된다. 우리가 어차피 두 눈을 갖고도 전방만을 주시할 수밖에 없는 운명이라면, 후방과

측방을 보아 줄 또 다른 우리를 찾아야 하고, 그 우리들을 묶어 줄 수 있는 '건강한 편견'을 회복할 때이다. 김종성이 소설에서 찾고 있는 것도, 생태학의 궁극적인 목적도, 우리가 생태학과 생태 문학을 통해 얻을 것도, 우리 마음속에 도사린 편견을 보다 건강하게 바꾸는 것이다. 어차피 편견을 버릴 수 없다고 할 때, 우리는 그 편견을 건강하게 만들어 세상에 덜 해롭게 만들어야 한다. 이것이 생태 문학의 중요한 사명이다.

연리지가 있는 풍경

초판 1쇄 인쇄일 • 2005년 11월 21일
초판 1쇄 발행일 • 2005년 11월 24일
　지은이 • 김종성
　펴낸이 • 임성규
　펴낸곳 • 문이당

등록 • 1988. 11. 5. 제 1-832호
주소 • 서울시 성북구 동소문동 4가 111번지
전화 • 928-8741~3(영) 927-4990~2(편)
팩스 • 925-5406
ⓒ 김종성, 2005

홈페이지 http://www.munidang.com
전자우편 webmaster@munidang.com

ISBN 89-7456-315-0 03810

값은 뒤표지에 표시되어 있습니다.

잘못된 책은 바꾸어 드립니다.
저자와의 협의로 인지는 생략합니다.
이 책의 판권은 지은이와 문이당에 있습니다.
양측의 서면 동의 없는 무단 전재 및 복제를 금합니다.

문이당

열리지가있는풍경

0369283 2005.12.02 (영풍성)

9,500